KB178591

레이첼 커스크
세계 언론의 찬사를 받다

마지막 책장을 넘긴 후에도 오랫동안 여운이 남는다.
일련의 대화로만 구성된 이 소설은 믿을 수 없을 만큼 강렬하게
독자의 마음을 사로잡는다.
영국_가디언

'윤곽 3부작'의 짜릿한 피날레.
레이첼 커스크는 그녀 특유의 신랄한 재치로
문학계의 불필요한 가식을 꼬집어냄과 동시에
문학의 본질적인 가치를 지키려고 힘쓴다.
영국_이코노미스트

『영광』은 우리가 책을 읽고 책의 가치를 판단하는 방식을
비판적인 시선으로 조명한다. '윤곽 3부작'은 21세기에
쓰인 소설 중 가장 중요한 작품에 속한다.
캐나다_글로브앤메일

실패에 관해 다루지만, 작품 자체로서는 실패가 아니다.
실로 숨이 멎는 듯한 성공작이다.
미국_더 뉴요커

항상 그렇듯 레이첼 커스크의 대화와 언어 감각은 탁월하다.
그는 또 한 권의 보석 같은 작품으로 '윤곽 3부작'을 마무리한다.
미국_퍼블리셔스 위클리

놀랍고 도발적인 마지막 장면은, 레이첼 커스크의 '윤곽 3부작'이
얼마나 대담하고 뛰어난 문학적 성취인지 정확하게 보여준다.
미국_NPR

찬란한 성취, 타협 없는 어둠.
미국_커커스 리뷰

W.G. 제발트와 비견되는 작가!
호주_시드니 리뷰 오브 북스

『영광』의 출간과 함께 '윤곽 3부작'은 현대 소설의
걸작 중 하나로 평가받을 수 있게 되었다.
미국_워싱턴포스트

인간의 조건에 대한 레이첼 커스크의 관점은 도발적이고 고혹적이다.
영국_타임

현대 여성상에 대한 매우 세련되고 깊은 공감을 만들어내는 소설이다.
동시에 독자들에게 지적인 도전과 특별한 즐거움을 선사한다.
미국_버슬

레이첼 커스크의 '윤곽 3부작'은 소위 자전적 소설,
오토픽션 장르의 중요한 작품으로 언급되었다.
한동안 당신의 뇌리를 떠나지 않을 소설이다.
미국_뉴욕타임스

레이첼 커스크의 완벽한 문장에는 단어 하나도 버릴 만한 것이 없다.
미국_슬레이트

독창적이며 우아하고 창조적인 소설이다.
영국_인디펜던트

'윤곽 3부작'은 최고의 소설이다.
레이첼 커스크가 지적인 작가라는 것은 이미 알고 있었지만,
해학적인 면도 풍부하다는 걸 알게 되었다.
깊이 빠져들게 할 뿐 아니라, 많은 것을 생각하게 하는 소설이다.
영국_런던 이브닝 스탠다드

멀게 느껴지면서 친밀하고, 몽환적이면서 현실적이며,
얇지만 풍성하고, 섬세하지만 강렬하다.
레이첼 커스크의 소설은 요즘 쓰여지는 소설들과는 다르게
짜릿한 즐거움을 준다.
캐나다_토론토 스타

레이첼 커스크는 모두의 예상을 뒤엎었다.
놀라움이 가득한 소설이다.
영국_텔레그래프

영광

Kudos

타협 없는 어둠의 찬란한 성취

영광

레이첼 커스크 장편소설

임슬애 옮김

한길사

여자는 자리에서 일어나 떠났어
그러지 말았어야 했나? 뭘 그러지 마?
떠나지 말았어야 했냐고.

아니, 내 생각에는 그랬어야 했어
날이 저물고 있었거든.

날이 어땠다고? 저물었다고. 글쎄,
여자가 떠났을 때는
그래도 아직 밝았는데, 뭐,
적어도 앞이 보이기는 했지.
그리고 그때는 여자가 마지막으로 그럴 수 있었던…
뭘 그럴 수 있었는데? …떠날 수 있었다고.
그때가 마지막, 정말 마지막이었어
그 후로는 그럴 수 없었어
자리에서 일어나 떠날 수 없었어.

—「여자는 자리에서 일어나 떠났다」, 스티비 스미스

일러두기

• 이 책은 영국에서 발간된 Rachel Cusk가 쓴 *Kudos*(Faber & Faber, 2018)를 옮긴 것이다.
• 독자의 이해를 돕기 위해 옮긴이가 각주를 넣었다.

비행기 옆자리에 앉은 남자는 좌석에 비해 몸이 너무 컸다. 팔꿈치가 팔걸이 밖으로 튀어나왔고, 무릎이 앞 좌석을 짓누르는 바람에 그가 움직일 때마다 앞에 앉은 사람은 짜증 난다는 얼굴로 뒤를 흘긋거렸다. 그는 몸을 꿈틀거리며 다리를 꼬았다가 풀어냈고, 무심코 오른쪽에 앉은 사람을 발로 차고야 말았다.

"미안합니다."

그가 말했다.

그러고는 손을 깍지 껴 무릎 위에 올린 채 코로 깊게 호흡하며 가만히 앉아 있었는데, 얼마 지나지 않아 다시 몸을 들썩거리면서 다리를 움직이려고 하는 바람에 앞 열의 좌석들이 전부 앞뒤로 덜컹거렸다. 결국 복도 쪽에 앉아 있던 내가 좌석을 바꾸고 싶은지 물어봤고, 그는 구미 당기는 사업 제안이라도 받은 듯 선선히 응했다.

"나는 보통 비즈니스석을 타거든요. 그쪽은 다리 뻗을 공간이 많지요."

우리가 일어나 좌석을 바꾸는 사이 그가 말했다.

편안해진 그는 복도 쪽으로 다리를 쭉 뻗고 머리를 등받이에 기댔다.

"정말 감사합니다."

그가 말했다.

비행기가 아스팔트 위로 천천히 움직이기 시작했다. 옆자리 남자는 만족스러운 한숨을 내쉬더니 바로 잠이 든 것 같았다. 그런데 복도를 걸어가던 여자 승무원이 남자의 다리 앞에 멈춰 섰다.

"고객님? 고객님?"

승무원이 말했다.

화들짝 잠에서 깬 남자가 머쓱해서 비좁은 좌석 공간에 다리를 욱여넣자, 승무원은 유유히 지나갔다. 비행기는 잠시 움직임을 멈추더니 다시 요동치며 앞으로 나아가다가 또 멈춰 섰다. 창문 밖으로는 다른 비행기들이 쭉 늘어서서 차례를 기다리고 있었다. 남자가 고개를 꾸벅이기 시작했고, 오래 지나지 않아 그의 다리가 또 복도를 침범했다. 다시금 승무원이 다가왔다.

"고객님? 이륙할 때는 복도를 비워놔야 해서요."

승무원이 말했다.

남자가 똑바로 앉았다.

"미안합니다."

그가 말했다.

승무원이 떠나자 남자는 또다시 고개를 떨구기 시작했다. 밖에는 평평한 회색 아스팔트 위로 자욱한 실안개가 구름 낀 하늘과 맞닿아 있었고, 그 미묘하게 다른 층층의 색채는 꼭 바다를 바라보는 것 같았다. 앞 좌석에서는 여자와 남자 목소리가 들렸다. "정말 슬픈 일이야" 하고 여자가 말했고, 남자는 답변으로 무거운 신음을 뱉었다. "정말 슬픈 일이지" 하고 여자가 했던 말을 반복했다. 카펫 깔린 복도를 걸어오는 발소리가 들렸다. 아까 그 승무원이었다. 승무원이 옆자리 남자의 어깨 위에 손을 올리고 그를 흔들어 깨웠다.

"죄송하지만 복도에서 다리 좀 치워주실 수 있을까요?"

승무원이 말했다.

"미안합니다. 자꾸만 잠이 오네요."

남자가 말했다.

"그래도 다리를 뻗고 주무시면 안 되거든요."

"어젯밤에 잠을 못 잤어요."

"죄송하지만 그건 제 문제는 아니지요. 복도 공간을 침범하시면 다른 승객들이 위험할 수 있어서요."

승무원이 말했다.

옆자리 남자는 마른세수를 하고는 자세를 고쳐 앉았다. 핸드폰을 꺼내서 확인하더니 다시 주머니에 넣었다. 승무원은 가만히 서서 남자를 바라보았다. 그러다가 남자가 자신의 안내 사항을 충실히 따르고 있다고 판단했는지 만족스러운 기색으로 자리를 떠났다. 남자는 앞에 보이지 않는 관객들이라도 있는 것처럼 연기하듯 고개를 흔들면서 이해가 안 된다는 몸짓을 해 보였다. 40대 정도의 외모로, 개성 없이 잘생긴 얼굴이었다. 키가 훤칠하게 크고 주말을 맞은 사업가처럼 잘 다림질한 깔끔하고 밋밋한 옷차림이었다. 손목에는 묵직한 은시계를, 발에는 새것 같은 가죽 신발을 신고 있었다. 군복을 입은 군인처럼 획일적이고 다소 일시적인 남성성을 내뿜는 남자였다. 그때쯤 비행기는 가다 서기를 반복하는 것을 끝내고, 줄 앞쪽에서 활주로 쪽으로 느릿느릿 큰 곡선을 그리며 회전하고 있었다. 실안개는 빗발로 바뀌어 창문에 빗방울이 떨어졌다.

피곤한 얼굴의 남자는 촉촉하게 빛나는 아스팔트를 내다보았다. 사방이 엔진 소리로 요란해졌고, 마침내 비행기가 앞으로 내달리다가 덜컹덜컹 뒤로 젖혀지더니 짙은 구름층 사이로 솟아올랐다. 흐린 녹색으로 얽혀 있는 들판, 벽돌 같은 주택, 옹기종기 모여 있는 나무들이 저 아래 잿빛 구름 사이로 언뜻언뜻 보이다가 사라졌다. 옆자리 남자는 또 한 번 깊은 한숨을 내쉬고는 금세 잠에 빠져들었고, 머리를 가슴 위로 떨어뜨렸다. 깜빡거리던 객실 조명이 선명해지자 사람들이 움직이는 소리가 들리기 시작했다. 오래 지나지 않아 아까 그 승무원이 우리 쪽으로 다가왔다. 잠든 남자가 또다시 다리를 복도로 뻗고 있었다.

"고객님? 잠시만요? 고객님?"

승무원이 말했다.

남자는 고개를 들고 정신이 없는 듯 주변을 둘러보았다. 승무원이 앞에 카트를 세우고 서 있는 모습을 보고 나서 길을 내주기 위해 천천히 또 힘겹게 다리를 치웠다. 승무원은 입술을 앙다물고 눈살을 찌푸린 채 그 모습을 바라보았다.

"감사합니다."

승무원이 말했다. 빈정대고 싶은 마음을 겨우 억누른 목소리였다.

"내 잘못이 아닙니다."

남자가 승무원에게 말했다.

승무원이 짙게 화장한 눈으로 잠시 남자를 내려다보았다. 눈빛이 차가웠다.

"전 그냥 제 업무를 하는 겁니다."

승무원이 대답했다.

"알아요, 하지만 좌석이 이렇게 비좁게 배치된 것이 내 잘못은 아니라고요."

남자가 말했다.

잠시 대화가 중단되었고, 두 사람은 침묵 속에서 서로를 응시했다.

"그건 항공사에 항의하셔야겠습니다."

승무원이 말했다.

"지금 여기서 항의하고 싶은데요."

남자가 말했다.

승무원은 팔짱을 끼고 턱을 들었다.

"난 원래 비즈니스석을 타요. 그래서 평소에는 이런 문제를 겪을 일이 없거든요."

남자가 말했다.

"저희 항공사는 이 노선에 비즈니스석을 운영하지 않습니다. 하지만 수많은 항공사가 운영하고 있지요."

"그러면 지금 다른 항공사 비행기를 타라는 이야기입니까?"

"그렇습니다."

"그것 참 좋은 생각이군. 고마워서 몸 둘 바를 모르겠네."

남자는 자리를 떠나는 승무원의 뒤통수에 대고 기분 나쁜 웃음을 터뜨렸다. 그 후에도 줄곧 주변 사람의 시선을 의식하는 미소를 머금고 있었는데, 꼭 실수로 무대 위에 올라간 관객 같았다. 그러다 자신의 속마음이 드러나 버린 것을 무마하려는 듯 내 쪽으로 고개를 돌리고 영국 해협을 건너는 이유를 물었다.

나는 직업이 작가라고, 문학 행사에 가는 중이라고 했다.

남자의 얼굴에 즉각 정중하면서도 흥미로워하는 표정이 떠올랐다.

"제 아내가 책을 아주 좋아하지요. 북클럽인가, 그런 것도 해요."

그가 말했다.

나는 아무 대답도 하지 않았다.

"어떤 글을 쓰시지요?"

그가 한참 뒤에 물었다.

나는 설명하기 힘들다고 답했고, 그는 고개를 끄덕이고는 손가락으로 허벅지를 두드리더니 마구잡이 리듬에 맞춰 카펫 깔린 바닥에 발을 굴렀다. 고개를 좌우로 흔들고 손가락으로

두피를 꾹꾹 문질렀다.

"이야기라도 안 하면 또 잠들 것 같아서요."

그가 마침내 입을 열었다.

그는 문제를 해결하기 위해 감정을 희생하는 일에는 익숙하다는 듯 무심하게 말했지만, 내가 고개를 돌려 그를 바라봤을 때는 놀랍게도 애원하는 표정을 짓고 있었다. 눈 주변이 붉고 흰자가 노랬으며, 깔끔하게 자른 머리카락은 마구 문지른 탓에 삐죽삐죽했다.

"듣자 하니 비행기가 이륙하기 전에는 객실의 산소 농도를 낮춘다고 하더라고요. 그래야 사람들이 잠들 테니까요. 그러니 그 전략이 통했다고 불평하면 안 되죠. 제 친구 하나가 비행기 조종사거든요. 그 친구가 말해줬어요."

그가 말했다.

남자의 이야기에 의하면, 그 친구의 특이한 점은 직업이 조종사인데도 환경 문제에 광적일 정도로 관심이 많다는 것이었다. 친구는 조그마한 전기 자동차를 몰았고, 태양광 패널과 풍력 터빈으로 집에 전력을 공급했다.

"우리 집에 저녁을 먹으러 올 때도, 다들 코가 삐뚤어지도록 마시는 사이 밖에 나가 재활용 수거함 앞에서 남은 음식과 포장 용기를 분리하고 있을 사람입니다. 이 친구가 생각하는 휴가란 캠핑 장비를 바리바리 챙겨 웨일스 지방 산속에 콕 틀어박히는 거예요. 비가 주룩주룩 내리는 동안 텐트에 앉아서 매애, 하고 우는 양에게 말을 걸면서 2주 정도 빈둥거리는 거죠."

남자가 말했다.

그런 사람이 주기적으로 유니폼을 차려입고 50톤짜리 탄소 뿜는 기계의 조종석에 올라앉아, 휴가를 앞둔 주정뱅이들을 카나리아 제도에 데려다주고 있었다. 그에게는 이보다 부적합한 노선도 없을 것이었으나 아주 오래전부터 그 노선을 맡고 있었다. 그의 직장은 잔혹할 정도로 예산을 아끼는 저가 항공사였는데, 듣자 하니 승객들이 동물원 원숭이처럼 군다고 했다. 그는 떠날 때는 말끔해도 돌아올 때는 얼굴이 시뻘건 휴가객들을 실어 날랐고, 함께 어울리는 친구들 가운데 수입이 가장 적었음에도 수입의 절반은 기부했다.

"사실, 그 친구는 정말 단단한 사람이에요."

그가 의아하다는 듯 말했다.

"오랫동안 알고 지냈는데, 상황이 악화될수록 더 굳건해지는 것 같다니까요. 옛날에 들었던 이야기인데, 조종실에는 객실 상황을 볼 수 있는 화면이 있대요. 처음에는 사람들이 하는 짓을 보고 있으면 너무 우울해서 견딜 수가 없었다고 해요. 하지만 시간이 지날수록 푹 빠져버렸대요. 몇 시간이고 앉아서 그 영상을 봤다는 거예요. 명상이나 다름없다고 하던데요. 그래도 나라면 그런 일은 절대 못 할 거예요. 내가 은퇴하고 제일 먼저 했던 일이 항공사 마일리지 카드를 잘라버린 거니까요. 비행기는 이제 절대 안 타겠다고 다짐했었어요."

나는 그가 은퇴할 나이로 보이지 않는다고 말했다.

"제 컴퓨터에는 파일명이 '자유'인 스프레드시트가 하나 있었지요."

그가 오묘한 미소를 머금고 말했다.

"그냥 숫자가 일렬로 쭉 나열된 파일이었어요. 그 숫자들의 합이 목표치에 도달할 때까지 견디다가 목표 달성 후에 일을 그만뒀어요."

그는 세계적인 매니지먼트 기업에서 임원으로 일했는데, 일이 일인지라 끊임없이 출장을 다녀야만 했다고 말했다. 가령 겨우 2주 만에 아시아와 북아메리카와 호주를 모두 다녀가는 일도 드물지 않았다. 언젠가는 비행기를 타고 남아프리카에서 열린 회의에 갔다가 끝나자마자 다시 비행기를 타고 돌아오기도 했다. 몇 번이나 그와 그의 아내는 각자 있는 곳의 중간 지점을 계산한 다음 그곳에서 만나 휴가를 보냈다.

한번은 오스트랄라시아에 있는 지사가 문을 닫게 되어 그곳에 머물면서 사태를 수습하느라 석 달 동안 아이들 얼굴을 볼 수 없었다. 열여덟 살에 취직해서 이제 마흔여섯이 될 때까지 일만 하며 살았으니 앞으로는 정반대의 삶을 살아볼 수 있기를, 남은 시간이 넉넉하기만을 바라고 있었다. 코츠월드에 있는 발 한번 들여보지 못한 별장과 차고에 묵혀둔 오토바이와 스키 등 각종 스포츠용품을 즐기고 싶었다. 지난 20년 동안은 가족과 친구들에게 잘 지냈니, 잘 있어, 라는 인사만 반복하며 살았다. 항상 출장을 앞두고 있어 준비하고 일찍 잠들어야 하거나 녹초가 되어 출장에서 돌아오는 길이었기 때문이다. 그는 어디선가 중세에 쓰였던 형벌에 관해 읽은 적이 있었다. 어느 방향으로도 팔다리를 죽 뻗을 수 없도록 디자인한 특수 공간에 죄수를 가둬놓는 것이었는데, 떠올리기만 해도 땀이 나는 형벌이었으나 그의 인생을 간략하게 설명해보면 바로 그런 감각이었다.

나는 감옥에서 풀려난 삶이 스프레드시트의 제목에 걸맞았는지 물어보았다.

"그런 질문을 하시다니 공교롭네요. 일을 그만둔 후로는 주변 사람들과 싸우기만 하거든요. 가족들은 내가 항상 집에 눌러앉아 자신들을 조종하려 한다고 불평해요. 가족들이 과거의 삶으로 돌아가고 싶다고 대놓고 말한 적은 없어요. 하지만

17

나는 알지요, 속내는 그렇다는 걸."

그가 대답했다.

예를 들어 그는 가족들이 아침마다 늦잠을 자는 모습에 기함했다. 그동안 그는 항상 날이 밝기 전에 집을 나섰고, 그들이 어둠 속에서 잠들어 있는 모습을 떠올리며 가장으로서 목적의식과 보호본능을 느낄 수 있었다. 가족이 얼마나 게으른지 그때도 알았다면 그들이 자는 모습을 그렇게 애틋하게 바라볼 수 없었을 것이다. 가끔은 잠든 가족이 깨어나기를 기다리다 보면 점심때가 다 됐다. 그래서 어린 시절에 그의 아버지가 그랬던 것처럼 방마다 들어가서 커튼을 젖히기 시작했는데, 이 행위가 촉발한 적대감에 충격을 받고 말았다. 식사 시간을 일정하게 정해보려고 했고—알고 보니 그의 가족은 저마다 다른 음식을 다른 시간대에 먹고 있었다—일과에 규칙적인 운동을 넣어보려 했으며, 그들이 이런 시도에 대대적으로 반항한다는 것이야말로 이런 조치가 필요하다는 증거라고 믿어보려 애썼다.

"가사도우미와 이야기를 많이 했어요. 그 여자 분은 8시에 출근하시더라고요. 저처럼 가족들의 늦잠이나 식사 같은 문제로 몇 년이나 고생하셨대요."

그가 말했다.

그가 이런 이야기를 부끄러워하면서도 선선히 털어놓았기 때문에, 걱정을 유도하려는 것이 아니라 그냥 재미 삼아 말하고 있다는 점이 명백하게 전달되었다. 그의 입 주변에 자조적인 미소가 어른거리며 희고 가지런한 치아가 드러났다. 그는 이야기가 이어짐에 따라 더욱 생생해졌고, 이전의 절박하고 흥분한 듯한 태도가 누그러지며 이야기를 들려주는 사람들 특유의 온화한 얼굴이 되었다. 나는 그가 이전에도 이런 이야기를 한 적이 있으며 그것을 즐긴다는 인상을 받았다. 과거의 사건을 당시 느꼈던 고통이 사라진 후에 되새기는 것이 얼마나 강렬하고 즐거운지 깨달은 사람 같았다. 나의 관찰에 의하면, 그런 일에 필요한 기술은 진실인 듯한 것에 최대한 가깝게 다가가면서도 거리감을 유지하는 것, 동시에 자신의 진심이 자신을 장악하지 못하게 막는 것이었다.

나는 비행기를 타지 않겠다고 맹세했으면서 왜 또 타게 되었는지 물어보았다.

그는 다소 겸연쩍은 미소를 지으며 한 손으로 부드러운 갈색 머리칼을 훑었다.

"딸애가 거기서 열리는 음악 행사에 참가하거든요. 학교 오케스트라 단원이라서. 그거, 뭐더라, 오보에를 해요."

그가 말했다.

원래 그는 아내, 아이들과 함께 어제 비행기를 탈 예정이었으나 키우는 개가 아파서 가족을 먼저 보낼 수밖에 없었다. 말도 안 된다고 생각할 수 있지만, 개는 식구 중 가장 중요한 일원이었다. 그는 밤새 아픈 개 옆을 지키다가 날이 밝자마자 곧장 운전해서 공항으로 와야 했다.

　"솔직히 말씀드리면 운전을 해서는 안 되는 상태였어요."

　그가 낮은 목소리로, 우리 사이에 놓인 팔걸이에 팔꿈치를 기대며 말했다.

　"앞을 분간하기도 힘들더라고요. 도로 옆으로 똑같은 말이 적힌 푯말이 스치고 또 스치는데, 혹시 나 보라고 세워둔 건 아닐까 의문이 들지 뭐예요. 무슨 푯말인지 아시죠, 어디를 가나 보이잖아요. 무슨 뜻인지 이해하느라 한참 걸렸어요. 궁금하더라고요."

　그가 부끄러운 듯 미소를 머금고 말했다.

　"내가 진짜 미쳐가는 건 아닐지. 누가, 왜 그런 푯말을 세워두었는지 도무지 이해할 수 없었죠. 나를 직접 겨냥한 것처럼 느껴졌어요. 물론 저도 뉴스는 보지만, 일을 그만둔 후에는 시사에 조금 뒤처졌거든요."

　떠날 것인가 남을 것인가,* 이 질문은 보통 우리가 자기 자신에게 던지곤 하는 것이라고 내가 말했다. 우리가 하는 모든 결심의 핵심에는 그 질문이 있다고 할 수도 있었다. 우리나라의 정치 상황에 대해 잘 모른다면, 그 푯말들이 민주주의 정부가 사용하는 책략이 아니라 마침내 개인의 의식이 공적인 영역까지 터져 나온 결과라고 생각할 수 있을 것 같았다.

"재미있는 점은, 내가 전부터 나 자신에게 그런 질문을 해왔다고 느꼈다는 거예요. 기억력이 생긴 후로는 줄곧 자문했던 것 같아요."

남자가 말했다.

나는 개가 어떻게 되었는지 물어보았다.

잠시 그는 당황스러운 표정을 지었다. 무슨 개를 말하는 건지 모르겠다는 얼굴이었다. 그러다가 눈을 찌푸리고 입을 삐죽거리며 크게 한숨을 내쉬었다.

"이야기가 좀 길어요."

그가 말했다.

아픈 개는—이름은 '파일럿'이었다—보기에는 그렇지 않았어도 사실 나이가 많았다고, 그가 말했다. 아내와 결혼하고 오래 지나지 않아 입양한 개였다. 부부는 농촌에 주택을 샀던 참이라 개를 키우기에 이상적인 환경이었다고 그가 말했다.

* 영국에서 유럽연합 탈퇴 문제를 두고 국민투표를 했던 상황을 가리킨다.

그때 파일럿은 작은 강아지였는데, 발은 굉장히 커다랬다. 원래 몸집이 큰 견종이라는 것은 알았으나 다 자란 파일럿이 그 정도로 거대할 거라고는 전혀 예상하지 못했다. 이제 다 컸겠지, 라고 생각할 때마다 조금씩 더 자랐다. 파일럿이 옆에 있으면 세상의 비율이 어그러졌고, 무엇이든, 그들의 집과 자동차와 심지어 그들조차도 작아 보였는데, 때로는 그런 광경이 재미있었다.

"난 키가 몹시 큰 편인데요. 가끔은 다른 사람보다 키가 크다는 사실이 지긋지긋할 때도 있어요. 하지만 파일럿 옆에 서면 나도 정상이라는 느낌이 들었어요."

그가 말했다.

아내가 첫 아이를 임신하자 파일럿은 그의 개인 프로젝트가 되었다. 그 시절에는 출장이 잦지 않아서, 몇 달 동안 여가 시간에는 대부분 파일럿을 훈련하며 보냈다. 함께 언덕길을 산책하고 품성을 다져주었다. 무작정 사랑해주거나 응석을 받아주지 않았다. 엄정하게 교육했고 드물게 칭찬했으며, 파일럿이 아직 어려 양 떼를 쫓아가는 일이 발생했을 때는 아주 단호하고 엄하게 체벌하면서 그런 자신에게 놀라기도 했다. 무엇보다 어떤 상황에서도 파일럿 앞에서는 행동거지를 조심했다. 마치 개가 아니라 사람을 양육하는 듯한 태도였고, 그 결과 파일럿이 성장을 마쳤을 때는 거대한 근육질 몸을 갖췄을 뿐만 아니라 맹렬하게 짖을 줄도 알았으며 지능도 매우 뛰어났다. 개는 가족을 세심히, 지극히 배려해주어 구경하는 사람들은 입을 떡 벌리고 말았으나, 정작 식구들은 시간이 지나면서 그런 모습에 익숙해졌다.

예를 들어 작년에 아들이 폐렴에 걸려 심하게 앓았을 때, 파일럿은 밤낮으로 아들 방 앞에 앉아 있다가 아이에게 무언가 필요한 기미가 보이면 자동으로 일어나 부모를 찾았다. 가끔씩 딸이 빠져드는 우울 삽화에도 익숙했고, 심지어 함께 우울해지기도 했다. 가족은 파일럿의 울적하고 위축된 모습을 보고 딸에게 우울 삽화가 찾아왔다는 사실을 알아챌 때도 있었다. 하지만 집에 낯선 사람이 접근하면 궁극의 민첩함과 무자비함을 갖춘 경비견으로 돌변했다. 파일럿을 모르는 사람들은 몹시 무서워했으며 그런 무서움은 실로 옳았는데, 개는 누구라도 가족 구성원에게 위협을 가한다면 주저하지 않고 즉시 죽였을 것이기 때문이다.

그는 파일럿이 서너 살쯤이었을 때 직업적으로 큰 성공을 거두어 오랫동안 출장을 다니는 일이 많아졌지만, 자기가 없어도 개가 가족을 안전하게 지켜줄 거라는 생각에 마음 놓고 집을 비울 수 있었다. 가끔 집에서 멀리 떨어진 곳에서 파일럿을 떠올리면 그 어느 생명체와도 느끼지 못한 긴밀한 유대감을 느끼고는 했다. 그러니 개가 자신을 필요로 하는 상황에서 차마 떠날 수 없었던 것이다. 딸이 메인 연주자로 뽑혀 몇 주 동안 준비한 공연이었지만 어쩔 수 없었다. 딸의 공연은 국제적 축제의 일환이었고 관객도 많이 모일 예정이라, 그야말로 환상적인 기회였다. 하지만 그의 딸 벳시는 파일럿을 떠나려 하지 않았다. 벳시를 보내는 것도 여간 고역이 아니었다. 딸은 그가 개를 제대로 돌보지 못할 거라고 의심하는 것 같았다.

나는 딸이 무슨 곡을 연주하는지 물어보았고, 그는 머리를 긁적였다.

"사실 잘 모르겠습니다. 아이 엄마는 알겠죠, 분명."

그는 딸의 오보에 실력이 그 정도로 뛰어난지도 몰랐다고 덧붙였다. 딸은 예닐곱 살쯤에 처음 레슨을 받기 시작했는데 솔직히 듣기에 적잖이 괴로워서 방에서 연습하라고 부탁해야 했다. 그 끽끽거리는 소리는 장시간의 비행 후에 특히 신경에 거슬렸다. 때로는 오보에의 간사한 고음이 굳게 닫힌 문마저 뚫고 나와 귀를 찔렀고, 단잠으로 시차의 피로를 씻어내고 싶었던 그는 정말 짜증이 났다. 한두 번쯤은 혹시 딸이 자신을 벌주려고 일부러 연습하는 것은 아닐지 고민했으나 듣자 하니 그가 집에 없을 때도 그렇게 자주 연습하는 것 같았다. 가끔은 오보에 연습을 줄이고 다른 일을 하는 편이 더 건강하지 않겠냐고 넌지시 말을 꺼내기도 했는데, 이런 의견은 최근 가족의 일과에 규율을 도입하려고 했을 때만큼 경멸을 샀을 뿐이었다. 솔직히 말하면, 연습 말고 무엇을 해야겠냐는 질문을 받았을 때 그가 떠올릴 수 있었던 대답은 그가 딸 나이일 때 하던 일들—친구들과 어울리고 TV를 보는 것—이라, 결국에는 그의 관점에서 더 정상적이라고 간주하는 것들에 지나지 않았다. 사실 그가 보기에 벳시에게는 정상적인 구석이 하나도 없었다.

예를 들면, 벳시는 불면증이 있었다. 세상에 어느 열네 살 청소년이 잠을 못 잔단 말인가? 게다가 딸은 저녁을 먹는 대신 부엌 찬장 옆에 서서 마른 시리얼을 몇 움큼씩 집어 그릇에 덜지도 않고 먹었다. 밖에 나가지도 않았고, 그나마 외출할 때는 아내가 항상 태워다 줬기 때문에 걷는 일도 드물었다. 듣자 하니 그가 집을 비울 때는 딸이 매일 파일럿을 산책시키는 것 같았는데, 직접 본 적이 없으니 믿기 힘들었다. 이런 고민이 쌓인 끝에 그는 딸이 과연 독립할 수 있을까, 일종의 실패한 실험 결과물처럼 평생 딸을 끼고 살아야 하는 건 아닐까 자문하게 되었다.

그러던 어느 저녁, 벳시가 학교 행사에서 연주를 맡아 그는 아내와 함께 참석했고, 내심 지루하겠거니 생각하며 다른 부모들과 함께 강당의 작은 의자에 끼어 앉았다. 조명이 밝아지자 무대 위 오케스트라와 그 앞의 여자아이가 보였는데, 그는 한참 후에야 그 여자아이가 벳시라는 것을 알아보았다. 딸은 일단 훨씬 성숙해 보였다. 그리고 어딘가 깜짝 놀랄 만큼 마음이 편안해지는 구석이 있었다. 어쩌면 무대 위의 벳시는 그를 필요로 하지 않는 듯한 모습이었기 때문에, 그 존재만으로 그의 마음에 비난과 의문을 야기하지 않았기 때문에 그런 것 같았다.

그 아이가 자기 딸이라는 사실을 받아들였을 때 그가 느꼈던 감정은 나쁜 일이 생길 것만 같은 끔찍한 두려움이었다. 그는 벳시가 실수할 거라고 확신했고, 아내 역시 그런 마음이라고 판단해 아내의 손을 꽉 쥐었다. 지휘자가 도착하자—그는 검은색 데님과 목이 올라온 스웨터를 입은 지휘자를 보자마자 그 작자를 싫어하기로 작정했다—오케스트라가 연주를 시작했고, 어느 순간 벳시 역시 연주를 시작했다. 그가 눈치챈 것은 벳시가 매우 집중해서 지휘자를 바라보며 지휘자가 보내는 신호라면 아주 미묘한 것에도 반응하고 있다는 사실이었다. 커다란 눈을 휘둥그레 뜬 채 고개를 끄덕이고 입술에 악기를 가져다 댔다. 그전까지 그는 딸에게 말 한마디 없이

도 타인과 교감하고 타인의 지시를 수용할 수 있는 능력이 있다고 생각하지 않았다. 시리얼을 그릇에 부어 먹으라는 말도 듣지 않던 딸이었으니까. 그는 몇 분이 지난 후에야 뱀이 움직이는 듯한 으스스한 소리를 만들어내는 사람이 벳시라는 사실을 실감할 수 있었다. 그는 연주회 관람 경험이 풍부했기에 벳시의 연주가 매력적이고 황홀하다는 것을 알 수 있었고, 그때서야 음악이 제대로 들리기 시작했다. 그가 음악을 들으며 어찌나 눈물을 많이 흘렸던지 사람들이 자리에서 고개를 돌려 그를 흘긋거리기 시작했다. 공연이 끝난 후 벳시는 그의 큰 키 때문에 무대에서도 우는 모습이 보였다고, 부끄러웠다고 했다.

나는 그에게 그때 왜 울었던 것 같냐고 물었고, 갑자기 그의 양쪽 입꼬리가 아래로 쭉 당겨지는 바람에 그는 커다란 손으로 입을 가렸다.

"솔직히 말하면, 그동안 줄곧 벳시에게 문제가 있다고 생각했던 것 같아요."

그가 말했다.

사람들은 자신에게 문제가 있다는 생각보다 자식에게 문제가 있다는 생각을 더 쉽게 또 기꺼이 받아들이는 것 같다고 내가 말했고, 그는 나의 이론이 맞는 말인지 고민하는 듯 잠시 나를 응시하더니 거세게 고개를 저었다.

그는 벳시가 아주 작은 꼬마였을 때부터 다른 아이들과 달랐다고 했다, 그것도 좋지 않은 방식으로. 딸은 믿을 수 없을 정도로 신경이 예민했다. 가령 바닷가에 가면, 발밑에 밟히는 모래의 감각에 몸서리치는 벳시를 가족들이 안고 다녀야 했다. 딸은 어떤 단어들의 발음을 못 견뎌서 누군가가 그중 하나를 말할 때마다 손으로 귀를 막고 비명을 지르고는 했다. 딸이 먹지 않는 음식, 먹지 않는 이유는 너무나도 많아서 기억하기도 힘들었다. 온갖 것들에 알레르기가 있었고 항상 아팠으며 앞서 이야기했던 것처럼 불면증도 있었다. 때로 그와 그의 아내는 한밤중에 잠에서 깨어, 벳시가 원피스 잠옷 차림으로 귀신처럼 침대 옆에 서서 그들을 내려다보는 것을 발견하기도 했다.

딸이 자라면서 마주한 가장 심각한 문제는 그 아이가 어떤 화법을 거짓말이라고 부르며 극도로 예민하게 반응하는 것이었는데, 그가 보기에는 성인들의 대화에 으레 수반되는 지극히 정상적인 관습과 말하기 방식일 뿐이었다. 딸은 사람들이 하는 말 대부분이 거짓말, 마음에 없는 말이라고 주장했고, 네가 대체 그걸 어떻게 아냐고 물으면 들어보면 바로 알 수 있다고 답했다. 아까 이야기했던 것처럼 벳시는 아주 어렸을 때부터 특정한 단어의 발음을 못 견뎠지만, 조금 자라서 학교에 다니기 시작하자 단어 혐오보다는 거짓말 혐오가 더 큰 문제가 되었다. 부부는 그 문제를 더 전문적으로 다뤄줄 학교로 아이를 전학시켰으나 그래도 가족 관계, 지인들과의 관계는 어려울 수밖에 없었다. 다 함께 식사하는 자리에서 손님 한 명이 너무 배불러서 디저트는 못 먹겠다고, 경기는 불황이라지만 사업은 잘 되고 있다고 말하자마자 아이가 귀를 막고 소리 지르며 방에서 뛰쳐나가니 당연한 일이었다.

그와 아내는 딸을 이해해보려는 노력의 일환으로, 아이들을 재운 뒤 둘이서 대화를 나누며 딸처럼 민감하게 서로의 이야기 속에 숨어 있는 거짓을 감지하려고 시도해보았다. 실제로 그들은 사람들이 하는 말 중 상당수가 꽤 정형적이고, 가만히 생각해보면 진심과는 동떨어져 있을 때가 많다는 사실을 발견했다. 그래도 벳시와는 지속적으로 마찰이 있었고, 아내는 날이 갈수록 말이 없어졌다. 그는 이것이 벳시 때문이라고, 벳시가 일상적인 의사소통을 지뢰밭으로 만들어버려 아무 말도 안 하는 게 안전해진 탓이라고 믿었다.

어쩌면 벳시가 종종 거슬릴 정도로 과하게 파일럿을 사랑했던 것은 이런 이유일지도—개는 말을 못 해서 거짓말도 못하니까—몰랐다. 그러나 얼마 전에 일어난 사건으로 인해 그는 처음으로 딸이 정의하는 진실이라는 것을, 딸이 스토리텔링의 영역에서 휘두르고 있는 독재의 본질을 질문하게 되었다. 그때 그는 벳시와 함께 파일럿을 산책시키고 있었는데, 갑자기 개가 혼자 저쪽으로 뛰어갔다. 그곳은 거대한 저택 옆의 공원으로, 그는 그곳에 사슴이 있다는 사실을 까맣게 잊어버리고 파일럿의 목줄을 풀어놓았던 것이다. 평소에 파일럿은 가축 옆이라도 차분하고 고분고분했으나 이번에는 자신답지 않은 행동을 했다. 방금까지만 해도 옆에 있던 개는 눈 깜짝할 사이에 사라지고 말았다.

"파일럿이 얼마나 빨랐는지 몰라요. 몸집이 거대해서, 일단 그 개가 뛰겠다고 마음먹은 이상 아무도 따라잡을 수가 없었어요. 보폭이 어찌나 넓어지던지, 그냥 기어를 완전히 바꾸는 셈이었달까. 눈 깜짝할 새에 50미터 앞에 있더라고요. 우리는 멀거니 서서 개가 공원 반대편으로 날아가는 모습을 바라봤어요. 사슴들은 개를 보자마자 뛰기 시작하더군요, 이미 도망가기에는 너무 늦었지만. 아마 사슴이 수백 마리는 있었을 거예요. 그런 광경을 보신 적이 있는지 모르겠네요. 아주 끔찍하면서도 아름다웠어요. 동물들이 무리 지어 뛰는 모습은 마치 흐르는 물길 같았지요. 우리는 사슴 떼가 발굽을 내디디며 파일럿과 함께 공원을 뛰어다니는 모습을 보았고, 나는 거의 매료되어버렸어요. 사실은 급박한 상황이었지만 사슴들은 계속 방향을 틀고 왔던 길을 되돌아가며 8자를 그렸고, 파일럿은 사슴 떼를 쫓아가고 있었으나 마치 머릿속에 생각해둔 패턴에 맞춰 자기가 원하는 방향으로 사냥감을 몰아가는 것처럼 보이기도 했지요.

약 5분 동안 사슴 무리와 개는 커다랗게 흐르는 곡선을 따라 둥글게, 둥글게 뛰어다녔는데, 그러다가 지루해진 건지, 파일럿이 갑자기 이쪽에서 끝내자고 결심한 것 같았어요. 별로 힘도 안 들이고 속도를 두 배로 높여서 사슴 무리를 관통하더니 어린 사슴 중 한 마리를 덮쳤지요. 우리 옆에 서 있던 어떤 여자가 우리를 향해 소리소리 지르면서 신고할 거라고, 사람을 불러서 개를 쏴죽일 거라고 난리 치기 시작해서, 나는 그 여자를 진정시키려고 했어요.

그런데 갑자기 뒤쪽에서 무슨 소리가 들려서 돌아봤더니 벳시가 기절한 거예요. 쓰러지면서 돌에 머리를 부딪혀 피를 흘리는 채로 차가운 풀밭에 널브러져 있었지요. 정말이지 죽은 것 같았습니다. 이때쯤 파일럿은 숲속으로 내달리고 있었고, 벳시가 걱정스러워진 여자는 개를 쏴 죽여야 한다는 생각은 까맣게 잊은 채, 딸을 자동차로 데려갈 수 있도록 도와주고 병원까지 동행했어요. 물론 벳시는 괜찮아졌어요."

31

그가 음울하게 웃더니 고개를 가로저었다.

나는 개가 어떻게 되었는지 물어보았다.

"아, 그날 밤에 돌아왔어요."

그가 말했다.

"문 앞에서 기척이 들려 열어줬더니 안으로 들어오지도 않고 멀거니 서서 저를 바라보던데요. 피 칠갑을 해서는, 온몸이 어찌나 더럽던지. 파일럿도 곧 무슨 일이 일어날지 알고 있었어요. 각오하고 있었지요. 그래도 때리는 마음은 괴롭더군요."

그가 슬픈 목소리로 말했다.

"파일럿을 때린 건, 그 녀석을 데려온 후로 기껏해야 두세 번 정도예요. 우리 둘 다 알아요, 체벌 없이 파일럿은 그렇게 훌륭한 개가 될 수 없었다는 걸. 하지만 벳시는 파일럿이 저지른 짓을 인정하지 않았어요. 몇 주 동안 개를 만지지도, 개에게 말을 걸지도 않았지요. 나한테도 입을 꾹 다물었고요. 그 애는 전혀 이해를 못 하더군요. 내가 말했어요.

'있잖아, 개를 상대로 삐치고 토라져봤자 훈련은 하나도 안 돼. 그러면 개는 교활해지고 사람을 속이기 시작해. 알잖아, 내가 집에 없어도 네가 불안하지 않은 건 누가 널 해치려고 하면 파일럿이 그 사슴한테 했던 짓을 똑같이 해줄 거라는 사실을 알아서 그런 거잖니. 물론 파일럿은 소파 옆자리에 함께 앉아주기도 하고, 물건도 가져다주고, 아플 때 침대 옆자리에 나란히 누워주지. 하지만 모르는 사람이 문을 두드린다면, 필요할 때는 그를 죽일 각오도 되어 있다고. 파일럿은 동물이라 훈련을 받아야 해. 네가 예민한 기분을 내세우면 파일럿의 동물적 본능에 방해가 된다고.'"

이야기를 마친 그는 한동안 침묵을 지키며 턱을 들고 회색 복도 쪽을 내려다보았다. 빼곡히 앉은 승객들 사이로 승무원이 카트를 밀고 다녔다. 좌우를 번갈아 바라보며 창가 끝 좌석에 닿으려고 허리를 숙이기도 했다. 올려 그린 눈꼬리와 입꼬리가 아주 날카로워 부드러운 타원형 머리에서 눈과 입만 세밀하게 조각해놓은 듯한 인상이었다. 승무원의 기계적인 움직임은 최면술 같았고, 옆자리 남자는 그 움직임을 바라보면서 잠결로 흘러드는 듯했다. 잠시 후 머리를 꾸벅이기 시작하더니 화들짝 잠에서 깨어 똑바로 앉았다.

"미안합니다."

그가 말했다.

그는 얼굴을 벅벅 문질렀고, 잠시 내 옆쪽의 창문을 응시하며 코로 깊게 호흡하다가 우리의 목적지에는 처음 가보는 것인지 물어왔다.

나는 몇 년 전에 아들을 데리고 한 번 가봤다고 대답했다.

그때 아들이 힘든 시기를 겪고 있어서 여행을 다녀오는 것이 좋겠다는 판단이 들었다고 했다. 하지만 떠나기 직전에 다른 아이를 한 명 더 데려가게 되었다. 친구의 아들이었다. 친구가 아파서 병원에 가야 했는데, 내가 아이를 맡아주면 도움이 될 것 같았다.

나는 두 아이가 잘 어울리지 못했다고 말했다. 친구의 아들이 많은 관심을 요구하는 바람에, 며칠 동안 나의 주의를 독점할 거라고 기대했던 내 아들은 원하는 것을 얻지 못했다. 나는 보고 싶었던 전시회가 있어서 어느 날 아침 아이들을 설득해 함께 미술관에 가기로 했다. 숙소에서 미술관까지는 걸어갈 만한 거리라고 생각했으나 내가 잘못 계산한 것이었고, 결국 우리는 비가 퍼붓는 고속도로 옆을 몇 킬로미터나 걷게 되었다. 게다가 친구의 아들은 알고 보니 미술관에 가본 적이 없고 예술에 관심도 없었던 탓에 장소에 맞지 않게 행동하기 시작했는데, 미술관 직원들은 아이를 나무라더니 결국에는 나가달라고 했다.

내가 쫓겨난 아이와 함께 여전히 젖은 옷을 입고 카페에 앉아 있는 사이 아들은 혼자 전시를 봤다. 아들은 한 시간쯤 전시회장에 있었고 밖으로 나와서는 무엇을 봤는지 전부 설명해주었다고, 나는 남자에게 말했다. 부모로서의 삶에 어떤 궁극적인 가치가 있는지, 부모가 된다는 것이 정녕 무슨 뜻인지 알아낼 수 있을지 모르겠지만, 그때 그 카페에서 아들의 이야기를 들으며 보냈던 시간은 과연 부모로서의 삶에서 빛나는 순간 중 하나였다.

아들이 전시회에서 봤던 작품 중에는, 예술가가 거대한 나무 상자에 자기 방을 실제 크기 그대로 재현해놓은 것도 있었다. 온갖 물건이 있었는데—가구, 옷, 타자기, 책상 위의 종이 더미와 펼쳐진 책들, 더러운 커피 컵—위아래가 뒤바뀌어서 바닥은 천장이 되었고 방 전체가 거꾸로 뒤집혀 있었다. 아들은 상자 안의 좁은 복도를 통해 들어갈 수 있는 이 거꾸로 된 방에 특히 감명받았고, 여기서 오랜 시간을 보냈다.

나는 여행이 끝난 후에도 때때로 아이가 전해준 묘사를 떠올렸다고 말했다. 그 방에, 우리가 살고 있는 세상과 똑같은 요소로 구성되어 있지만 그 존재 방식은 우리가 기대하는 것과 정반대인 또 다른 세상에 앉아 있는 아들을 상상했다고 했다.

옆자리 남자는 다소 혼란스러운 표정으로 내 이야기를 듣고 있었다.

"그래서 아들은 이제 예술가인가요?"

그가 물었다. 내가 이런 이야기를 하는 이유는 아들이 예술가이기 때문이고 그 외에 다른 이유는 있을 수 없다고 생각하는 것 같았다.

나는 아들이 가을에 대학교에 진학해 예술사를 전공할 거라고 말했다.

"아, 그렇군요."

그는 고개를 끄덕이며 말했다.

그는 자기 아들이 공부를 잘한다고, 벳시보다 훨씬 학구적이라고 말했다. 그의 아들은 수의사가 꿈이었다. 방에서 친칠라, 뱀, 한 쌍의 쥐 등 온갖 희한한 동물들을 키웠다. 부부의 친구 중에 수의사가 있었는데, 아들은 주말마다 그 동물병원에 갔다. 사실은 파일럿에게 문제가 있다는 사실을 알아챈 사람도 아들이었다. 개는 몇 주 전부터 몹시 조용하고 침울하던 참이었다. 가족은 늙어서 그런 거라고 생각했는데, 어느 날 저녁 아들이 파일럿을 쓰다듬어주다가 옆구리가 부어오른 것을 발견했다. 며칠 후 그는 아내가 외출하고 아이들이 학교에 간 사이 파일럿을 친구인 수의사에게 데려갔다. 별다른 이상이 있을 거라 생각하지는 않았다. 수의사는 개를 살펴보더니 암에 걸렸다고 말했다.

그는 이야기를 멈추고 또다시 내 옆의 창문을 바라보았다.

"개도 암에 걸릴 수 있는지 몰랐어요. 파일럿이 어떻게 죽게 될지, 한 번도 생각해본 적 없었지요. 수술할 수 있냐고 물어봤더니 소용없다는 거예요. 너무 늦었다고. 그러고는 파일럿한테 진통제를 먹였고, 나는 개를 데리고 집에 왔어요. 집에 오는 내내, 파일럿이 젊고 튼튼하고 힘이 넘쳤던 지난날들을 생각했어요. 파일럿이 집을 지키는 사이 내가 때로는 몇 주 동안이나 출장을 떠났던 것에 대해서 생각했고, 내가 은퇴한 지금 파일럿이 죽어가고 있다는 사실이 뭔가 의미심장하게 느껴졌어요.

무엇보다도 다른 가족에게 말하기가 두려웠는데, 솔직히 말하면 가족들은 내가 죽고 파일럿이 살기를 원할 것 같았거든요. 내가 집으로 돌아오는 바람에 모든 것이 망가졌다는 생각이 들기 시작하더군요. 내가 없을 때는 다들 행복해 보였는데, 이제 아내와 나는 항상 싸우기만 하고 아이들은 꽥꽥거리고 문을 쾅쾅 닫아요. 설상가상으로, 이제 내가 파일럿을 아프게 만들었잖아요. 평생 한 번도 약한 모습을 보이지 않은 개인데요. 어쨌든 말하기는 했어요. 실제보다 덜 심각하게 말하기는 했지요, 그건 인정해요.

우리가 외국에 있는 동안 파일럿을 강아지 호텔에 맡기기로 했었는데, 나는 그사이에 개가 죽을 거라는 걸 알았기 때문에 가족에게 나를 두고 먼저 떠나라고 했어요. 다들 수상하게 생각했죠. 상태가 안 좋아지면 바로 돌아올 테니까 전화하라고, 약속하라고 몰아붙이던데요. 심지어 그날 저녁에 호텔에서 전화해서는, 식구들이 집에 없는 사이에 파일럿을 죽게 놔두지 않을 거라고 맹세하라면서 난리를 쳤어요. 나는 걔는 괜찮다고, 그냥 감기 같은 거라고, 아침이면 괜찮아질 거라고 했고요."

그는 이야기를 멈추고 곁눈으로 나를 바라보았다.

"심지어 아내한테도 아무 말 안 했지요."

내가 왜 아무 말도 하지 않았냐고 물었더니 그는 또 이야기를 멈추었다.

"아내는 출산할 때 내가 분만실에 있는 걸 원하지 않았어요. 기억해요, 내가 같이 있으면 고통을 견디지 못할 거라고 했어요. 자기 혼자 해야 한다고요. 가족들도 파일럿을 사랑했죠. 하지만 파일럿을 훈련하고 가르쳐서 그렇게 훌륭한 개로 만든 사람은 나였다고요. 어떻게 보면 내가 파일럿을 창조한 거예요, 내가 집에 없을 때 내 역할을 하라는 의도로. 내가 그 개에게 어떤 감정을 느꼈는지 이해할 수 있는 사람은 아무도 없어요. 가족들도 이해 못 해요. 그런데 죽어가는 파일럿 옆에 그들이 있고 그들의 감정이 내 감정보다 우선시된다고 생각하니 참을 수가 없었어요. 아마 아내가 했던 말도 이런 맥락이었겠죠."

그가 이야기를 이어갔다.

"어쨌든, 부엌에 파일럿의 침대가 있었거든요. 파일럿이 거기로 가서 옆으로 누워 있기에, 나는 자리에서 일어나 쿠션을 가져와서 할 수 있는 한 편안하게 해줬어요. 그러고는 그 옆에, 바닥에 앉았어요. 파일럿은 가쁜 숨을 헐떡이면서 커다랗고 슬픈 눈으로 나를 바라보고 있었고, 그렇게 우리는 오랫동안 가만히 서로를 응시했지요. 파일럿은 받은 숨을 쉬며 누워 있었고, 나는 개의 머리를 쓰다듬으며 말을 걸었죠. 자정쯤 되니까 얼마나 오랫동안 이렇게 있어야 하는지 궁금해지기 시작하더라고요. 난 죽음의 과정에 대해 아무것도 몰랐고—누군가의 임종을 지켜본 적이 없거든요—내 인내심이 닳고 있다는 것이 느껴졌어요. 파일럿이 더는 고통스럽지 않기를 바라서 그런 것도 아니었어요. 그냥 무슨 일이든 일어나기를 바랐어요.

나는 어른이 된 후로 삶의 대부분을 어딘가로 가거나 그곳에서 돌아오는 데에 썼죠. 어떤 상황에 처해 있든 곧 그 상황이 끝나거나 정해진 시간이 되면 자리를 뜰 수 있다는 전망이 있었고, 그런 삶에 때로는 염증을 느꼈음에도 어떻게 보면 중독된 상태였어요. 게다가 동물이 괴로워하고 있으면 그 고통을 끝내줘야 한다는 사람들의 말이 떠올랐고, 나는 주사를 맞혀야 할지, 베개로 얼굴을 눌러서 질식시켜야 할지 고민했어요. 그때 내가 너무 나약한 걸까, 겁이 많은 걸까 궁금해지기 시작했지요. 그리고 이상하게도 파일럿이라면 그 질문의 답을 알 것만 같았어요.

결국 새벽 두 시쯤 됐을 때 포기하고 수의사 친구에게 전화했는데, 친구는 내가 원한다면 바로 와서 주사를 놔주겠다고 하더군요. 개를 그냥 놔두면 어떻게 되냐고 물었더니 모른대요. 몇 시간 후에 죽을 수도 있고, 며칠, 심지어 몇 주 후에 죽을 수도 있다는 거예요. '네 선택에 달렸어'라고 하던데요. 그래서 내가 말했어요. '이봐, 이 개 정말 죽는 거야, 아니야?' 그 친구가 대답했어요. '맞아, 곧 죽을 예정이긴 한데, 죽음이란 예측할 수 없는 거니까 끝까지 기다릴 수도 있고 지금 끝낼 수도 있는 거지.' 나는 다음 날 공연을 앞둔 벳시를 떠올렸어요. 모든 게 끝나고 나면 얼마나 피곤해질까, 어떻게 해야 할까 고민하다가 결국 친구에게 오라고 했어요. 친구는 15분 뒤에 도착했지요."

나는 그 15분 동안 무슨 일이 있었는지 물어보았다.

"아무 일도 없었어요. 그 어떤 일도 일어나지 않았죠. 나는 계속 그 자리에 앉아 있었고, 파일럿은 여전히 숨을 몰아쉬며 그 커다란 눈으로 나를 바라봤어요. 딱히 특별한 감정이 생기진 않더라고요. 나는 그저 이 상황을 해결해줄 누군가를 기다리고 있었어요. 모든 게 거짓말 같았죠. 하지만 지금은, 다시 그때로 돌아갈 수 있다면, 정확히 그 순간으로, 그 부엌으로 다시 돌아갈 수 있다면 말 그대로 뭐든 해줄 수 있을 것 같아요."

그가 말했다.

"마침내 수의사 친구가 도착했어요."

그가 이야기를 이어갔다.

"순식간에 모든 것이 끝났고, 친구가 파일럿의 눈을 감겨주더니 내게 전화번호를 알려주면서 내일 아침에 전화하면 누군가가 와서 시체를 가져갈 거라고 하고는 떠났어요. 그래서 나는 똑같은 공간에 똑같은 개와 남겨졌는데, 이제 개는 죽은 거예요. 아내와 아이들이 이걸 안다면, 그곳에 앉아 있는 나를 본다면 뭐라고 할까 고민하기 시작했고, 내가 정말 끔찍한 짓을 저질렀다는 사실을 깨달았지요. 그들이라면 절대 저지르지 않을 짓, 정말 비겁하고 말도 안 되는 짓, 이제는 절대 되돌릴 수 없을 짓을 저질렀으니, 앞으로 절대 이 사건을 잊어버리지 못할 것 같았어요. 모든 것이 완전히 바뀌어버린 듯했지요. 내가 바로 그 자리에서 개를 묻어주기로 한 건, 어쩌면 그저 증거를 인멸하려는 시도였을지도 모르겠네요.

어두운 바깥으로 나가 창고에서 삽을 꺼내 들고 정원에 적당한 자리를 고른 다음 땅을 파기 시작했지요. 그리고 땅을 파는 내내 지금 내가 하는 행동이 과연 남자답고 명예로운 걸까, 아니면 그저 허세인 걸까 고민했지만 답을 내릴 수 없었어요. 왜냐하면 땅을 파는 동시에 사람들에게 이 사건에 관해 이야기를 하는 나를 상상하고 있었거든요. 내가 얼마나 힘이 센지, 얼마나 결단력 있는 사람인지 깨닫는 그들을 상상했는데, 사실 땅 파는 일은 예상했던 것보다 훨씬 힘들었어요. 처음에는 못 할 것 같다고 생각했을 정도로요. 하지만 절대 포기할 수 없다는 사실을 알았지요. 날이 밝으면 그 정원의 풍경이 얼마나 이상해 보일지 그려졌거든요. 죽은 개 옆에 앉아 있는 나, 그리고 반쯤 파놓은 엉망진창 구덩이, 이상하잖아요. 땅은 놀라울 만큼 딱딱했고 삽이 계속 바위에 부딪히는 데다가, 파일럿을 묻으려면 구멍이 꽤 커야 했지요.

한두 번쯤은 여기서 그만둬야겠다는 생각도 했어요. 그런데 조금 시간이 지나니까, 바로 그 상황이 남자의 삶을 단적으로 보여준다는 생각이 들더라고요. 내가 분노하고 있다는 것을, 그 분노가 동력이 되고 있다는 것을 깨달았고, 그래서 분노가 커지고 또 커지도록 내버려 두었어요. 나중에는 가족의 반응 같은 건 하나도 무섭지 않더라고요. 개를 죽여야 했던 사람도, 구덩이를 파서 묻어줘야 했던 사람도 그들이 아닌 나니까요.

아내가 자주 쓰기 시작한 말이 있거든요. 가족의 일과를 꾸려온 방식을 두고 싸움이 벌어질 때마다 튀어나오는 말이지요. 바로, '당신은 집에 없었잖아.' 들을 때마다 정말 싫었는데, 이제는 내가 그 말을 똑같이 돌려주는 광경이 그려지더라고요. 그 말을 할 때 아내가 얼마나 화가 나 있었을지 알게 되었어요. 그랬더니 갑자기 파일럿이 죽은 게 기쁘더군요. 정말 기뻤어요. 파일럿이 없으면 우리가 스스로의 진심을 인정할 수 있을 것 같았거든요."

그는 이야기를 멈추었는데, 얼굴에 혼란스러운 표정이 떠올랐다.

그가 얼마 후 이야기를 이어갔다.

"구덩이를 다 판 후에는, 다시 집에 들어가서 파일럿을 이불에 감쌌어요. 침대에 누워 있는 걸 안아 올렸는데 엄청나게 무거워서 떨어뜨릴 뻔했지요. 질질 끌고 가면 더 수월했을 거예요. 하지만 도무지 그럴 수가 없었던 것이, 벌써 파일럿의 죽은 몸이 두렵게 느껴졌거든요. 다시 집으로 들어가서 죽은 채 누워 있는 파일럿을 바라봤을 때, 정말 믿을 수 없게도 도망가고 싶다는 충동을 느꼈어요. 그 뻣뻣한 몸이 파일럿이라는 걸 믿으려고 노력했죠. 그러지 않았다면 끝까지 해내지 못했을 거예요. 나중에는 개를 가슴에 꽉 끌어안고 가야 했어요. 그런데도 나가는 길에 문틀에 파일럿의 머리를 찧고 말았지요. 소리 내서 말을 걸면서 미안하다고 했고, 어찌어찌 휘청거리면서 개를 데리고 나가 정원을 가로지른 다음 구덩이에 넣었지요. 동이 트기 시작했어요. 편하게 자세를 잡아주고 집 안으로 들어가서 침대에 있던 물건 몇 개를 챙겨와 같이 구덩이에 넣었어요. 그다음에는 흙으로 구덩이를 채우고 땅을 잘 다진 후 그 주변을 돌멩이로 표시했지요. 그러고는 짐을 싸고 샤워를 했어요. 꼴이 말이 아니었죠. 윗옷은 버릴 수밖에 없었어요. 그리고 차에 타서 공항까지 운전한 거예요."

그는 자신의 커다란 손을 앞에서 쭉 편 다음 앞뒤로 살펴보았다. 손은 깨끗했으나 초승달 같은 손톱 밑에 시커먼 흙이 꽉 차 있었다. 그가 나를 바라보았다.

"손톱 밑의 진흙만은 닦아낼 수 없었어요."

그가 말했다.

호텔은 완벽한 원기둥 모양이었다. 옛날에 급수탑이었던 건물을 호텔로 개조한 것이라고, 이 작업 덕에 건축가가 상을 많이 받았다고, 데스크에 있는 직원이 말해주었다. 그러고는 도시 지도를 건넸다. 지도를 데스크에 쭉 펼쳐놓더니, 반짝거리는 매니큐어를 바른 길쭉한 손톱으로 접힌 곳을 펴주었다.

"호텔은 여기에 있어요."

직원이 펜으로 한 지점에 동그라미를 그렸다.

로비 한가운데에 굵은 기둥 여러 개가 우뚝 솟아 건물을 세로로 관통했고, 그 주변으로 바큇살처럼 보행로가 뻗어나갔다. 기둥 뒤에 문학 행사 로고가 프린트된 티셔츠 차림의 여자아이가 앉아 있었고, 그 앞의 책상에는 행사 정보가 적힌 전단지가 쌓여 있었다. 여자아이는 내 정보를 찾으려고 서류를 뒤적거렸다.

오늘 오후에 내가 참석하기로 예정된 프로그램이 하나 있고 그다음에는 국내 일간지와 인터뷰가 잡혀 있다고 했다. 오후의 프로그램은 여기, 호텔에서 열릴 계획이었다. 저녁에는 시내 중심가에서 파티가 있는데 음식도 제공될 예정이었다. 주최 측에서 식사권 시스템을 통해 음식을 제공하고 있어서, 지금 식사권을 받아 호텔과 나중에 열릴 파티에서 쓸 수 있었다. 여자아이가 인쇄된 식사권 뭉치를 꺼내 그중 몇 개를 점선을 따라 조심스럽게 찢어낸 다음, 앞에 있는 리스트에 일련번호를 메모하고 내게 건넸다. 행사 정보가 적힌 전단지, 내 책을 출간한 출판사 대표가 남긴 메시지도 전해주었다. 오후 행사가 시작되기 전에 호텔 바에서 만나자는 내용이었다.

호텔 바 한쪽에서 결혼 피로연이 진행 중이라 저지선이 둘러져 있었다. 사람들은 천장이 낮은 어두운 공간에서 샴페인 잔을 들고 서 있었다. 둥그런 벽에 늘어선 창문을 통해 한쪽에서 서늘하고 강한 빛이 드리웠고, 그 명암 대비 때문에 손님들의 옷과 얼굴이 번쩍거렸다. 사진사가 사람들을 두어 명씩 작은 그룹으로 묶어서 테라스로 데리고 가면, 그들은 시원한 산들바람이 부는 가운데서 카메라를 위해 웃는 표정을 유지했다. 신부와 신랑은 모여 있는 손님들 속에 섞여 이야기하며 웃고 있었는데, 나란히 서 있었으나 서로에게 등을 돌리고 있었다. 그들은 주변을 너무나도 의식하는 표정을 짓고 있어서 마치 잘못이라도 저지른 것 같았다. 나는 그곳에 있는 사람들이 전부 신혼부부의 또래라는 것을 깨달았고, 그들보다 나이가 많거나 적은 사람이 없다는 사실은 이곳에서 일어나는 일들이 미래에도, 과거에도 묶여 있지 않으며, 그 연결을 끊어낸 것이 자유인지 무책임인지 아무도 확신할 수 없다는 의미인 듯했다.

바의 다른 공간은 텅 비었고, 가죽으로 된 부스식 좌석 한 곳에만 손님이 있었다. 작은 체구에 밝은색 머리카락의 남자가 테이블에 책 한 권을 올려놓고 앉아 있었다. 그는 나를 발견하자 책을 들어 올려 표지를 보여주었다. 그러고는 책 뒷면을 보고 나를 본 다음 다시 뒷면을 보았다.

"작가님은 사진이랑 너무 다른데!"

내가 말소리가 들릴 만한 곳까지 접근하자, 그가 나무라듯 외쳤다.

나는 표지 속의 사진이 찍은 지 15년도 더 된 것이라는 사실을 지적했다.

"그래도 마음에 들어요! 뭐랄까, 순진해 보여요."

그가 말했다.

출판사 대표는 그의 출판사에서 책을 낸 다른 작가에 관해 이야기하기 시작했는데, 그 작가의 책에는 폭포수 같은 길고 반짝반짝한 금발을 늘어뜨린 날씬하고 사랑스러운 여자의 사진이 실려 있다고 했다. 하지만 실제로 보면 머리카락이 세어 잿빛이었고 다소 비만이었으며 불행히도 눈까지 좋지 않아 두꺼운 유리병 같은 렌즈가 들어간 안경을 쓰고 있었다.

작가가 낭독회와 각종 행사에 참여할 때마다 사진과 실물의 차이가 극명하게 드러나서, 때로 대표는 최근에 찍은 사진을 쓰는 게 어떻겠냐고 조심스럽게 물어봤으나 도무지 말을 듣지 않았다. 왜 사진이 정확해야 하나? 경찰이 와서 신분 확인할 일도 없는데? 그 작가가 말하기를, 애초에 작가라는 직업이 존재하는 이유는 그것이 현실로부터의 도피를 상징하기 때문이었다. 게다가, 그는 폭포수 같은 머릿결을 가진 요정 같은 존재가 되는 편이 더 좋았다. 마음 한구석에서는 아직도 그것이 자신의 실제 모습이라고 믿었다. 그에 의하면 자신을 기만하는 능력은 삶에 필요한 재능 중 가장 핵심인 부분이었다.

"우리 출판사에서 책을 낸 작가 중에 손꼽히게 인기가 좋아요. 말이 되지요."

대표가 말했다.

그는 내게 호텔이 마음에 드는지 물었고 나는 호텔의 원형 구조가 놀랄 만큼 헷갈린다고 답했다. 어딘가로 가려고 길을 나섰다가 정신 차려보면 시작 지점이었던 적이 벌써 몇 번이나 있었던 것이다. 나는 길을 찾는 행위가 결국에는 앞으로 나아가고 있다는 믿음과 자신이 어디를 거쳐왔는지 확실히 알고 있다는 착각으로 이루어져 있다는 것을 깨닫게 되었다. 애초에 바로 옆에 있던 장소를 찾아 원형 건물을 한 바퀴 빙 돈 적도 있었는데, 비스듬한 파티션으로 건물 내부의 자연광을 다 차단해놓아 주변 경로가 어둠에 잠겨 있었으니 이런 실수는 당연한 것이었다. 다르게 표현하면, 빛은 그 뒤를 따라감으로써 발견하는 것이 아니고, 멀든 가깝든 무작정 걷다 보면 엉겁결에 발견하게 되는 것이었다. 또 다르게 표현해보면, 목적지에 도착한 후에야 비로소 자기가 어디에 있는지 알 수 있었다.

나는 건축가가 상을 수도 없이 받은 이유가 이러한 은유 때문이라고 확신했다. 하지만 이런 설계는 사람들이 이미 자기만의 문제로 골머리를 앓고 있다는 사실, 다들 시간은 없고 할 일은 많다는 사실을 간과한 것이었다. 대표는 눈을 휘둥그레 떴다.

"그 말은, 소설에도 똑같이 적용할 수 있는 말이네요."

그가 말했다.

대표는 섬세한 외모를 지닌 남자였다. 말쑥한 정장 재킷과 줄무늬 셔츠 차림에 금발 머리카락을 깔끔하게 뒤로 넘긴 모습이었고, 각진 은색 안경을 꼈으며, 향수와 다림질 내음이 풍겼다. 체구가 작아서 실제 나이보다 더욱 어려 보였다. 피부가 몹시 희었고—셔츠 손목과 옷깃 밖으로 보이는 피부가 너무나 창백해 셔츠와 분간이 되지 않는 바람에 마네킹처럼 인공적이었다—엷은 분홍색 입술은 아이의 입술처럼 작고 매끄러웠다. 그는 이제 출판사 대표로 승진한 지 18개월 됐다고, 그전에는 마케팅 쪽 일을 했다고 말했다. 어떤 사람들은 전국 최고의 전통과 명망을 자랑하는 문학 전문 출판사가 서른다섯 살짜리 영업사원의 손아귀에 들어갔다며 우려를 표했지만, 그가 경영을 맡은 짧은 시간 동안 출판사는 파산 위기를 벗어났을뿐더러 이제 역사를 통틀어 가장 높은 연수익을 낼 전망이었고, 말 많던 사람들은 하나둘 입을 다물기 시작했다고 덧붙였다.

그는 이 이야기를 하며 희미한 미소를 머금었고, 안경 뒤의 엷은 푸른색 눈은 수면 위에서 부서지는 빛처럼 수줍게 반짝이고 있었다.

"예를 들면, 1년 전만 해도 이런 작업에는 회삿돈을 쓸 수 없었을 거예요."

그가 말했다.

그는 내 사진이 붙은 책을 들어 보였다. 나를 나무라는 건지 자랑스러워하는 건지 모호했다.

"슬픈 사실은, 그 1년 동안 걸출한 작가들 여럿이 수십 년 만에 처음으로 원고를 거절당했다는 것이지요. 불평불만이 아주 많았어요."

그가 미소 지으며 말했다.

"상처 입은 채 타르 구덩이에 묻힌 짐승들처럼 끙끙거리던데요. 어떤 작가들은 자기가 쓰고 싶은 대로 글을 쓰면—독자가 그것을 읽고 싶어 하든 말든—그것이 책이 되어 나와야 한다고, 자신에게 그런 특권이 있다고 생각했는데, 그런 특권에 제약이 생긴 상황을 받아들이지 못했어요. 불행히도, 예의범절과 통제력을 잃어버린 경우도 있었지요."

그가 얇은 철제 안경테를 가볍게 건드리며 말했다.

나는 돈 안 되는 문학적인 소설을 포기한 것 외에 어떤 결정을 했기에 회사가 이익을 거두게 된 것인지 물었다. 그의 미소가 더욱 환해졌다.

"가장 잘 팔린 건 스도쿠책이에요. 나도 제법 중독됐지 뭐예요. 물론 이런 하찮은 책으로 출판사의 명예를 실추시켜서는 안 된다는 비판이 있었어요. 하지만 그런 비판도 금방 잦아든 것 같아요. 비교적 인기 없는 작가들이, 출판사가 스도쿠책으로 수익을 내면 자신의 작품도 출간해줄 수 있다는 것을 깨달았거든요."

그는 모든 출판사가 찾고 있는 것은—말하자면 현대 문학계의 성배 같은 것인데—시장에서 잘 팔리면서도 문학적 가치를 놓아버리지 않은 작가들이라고 말했다. 다시 말하면 독자들이 즐겁게 읽을 수 있는 책, 읽는 모습을 타인에게 보여도 전혀 부끄럽지 않은 책을 쓰는 작가들이었다. 그는 그런 작가들을 여럿 확보하는 일에 성공했고, 스도쿠책과 인기 많은 스릴러 책을 제외하면 출판사의 수익을 증대한 것은 주로 그들이었다.

나는 문학적 가치를 보존하는 것이—비록 명목상의 보존일지라도—대중적인 성공을 가져다준 요인이라는 그의 관찰이 인상적이라고 말했다. 영국 사람들은 오래된 집을 현대적인 편리에 맞게 뜯어고치는 것을 좋아하는데 이런 심리가 소설에도 적용될지 궁금하다고 했다. 적용될 수 있다면, 우리의 아름다움을 향한 본능이 무뎌지거나 사라진 것이 그런 심리의 원인일지 궁금했다. 그의 희고 섬세한 얼굴에 즐거운 표정이 떠올랐고, 그가 허공으로 손가락을 들어 올렸다.

"사람들은 불태우는 걸 좋아하지요!"

그가 외쳤다.

사실상 자본주의의 역사는 처음부터 끝까지 불태우기의 역사로 볼 수 있다고 그가 말했다. 수백만 년 동안 땅속에 묻혀 있던 석탄과 석유뿐만 아니라 지식, 사상, 문화와 심지어 아름다움까지도—다시 말해 오랫동안 발전하고 축적되었던 것이라면 무엇이든—다 불태워 이룩한 역사였다.

"우리가 태우고 있는 것은, 어쩌면 시간 그 자체일지도 몰라요. 예를 들어서, 영국 작가 제인 오스틴을 보세요. 나는 지난 몇 년 동안 이 오래전에 죽은 독신 여자의 소설들이 닳고 닳아가는 과정을 지켜봤어요. 스핀오프*와 후속작과 영화와

---

* 특정 영화나 드라마의 기본 설정을 그대로 가져와 새로운 이야기를 만들어낸 작품.

자기계발서, 내가 알기로는 심지어 리얼리티 쇼까지 만들며 제인 오스틴의 소설을 땔감 삼았죠. 그녀의 삶에 대해서 알려진 것이 별로 없는데도 대중을 대상으로 한 전기가 출간되었고, 오스틴은 장작으로 쓰였어요. 그런 행위가 예술 작품을 보존하려는 시도로 보일 수도 있겠지만, 사실 그 정체는 문학의 정수를 마지막 한 방울까지 다 짜내서 써버리려는 욕망이에요. 오스틴은 훌륭한 연료지만, 우리 출판사의 성공적인 작가들이 불태우고 있는 것은 문학이라는 관념 그 자체지요."

그가 목소리를 높였다.

그는 이상적인 문학을 향한 열망이 퍼져 있다고 덧붙였다. 그것은 마치 잃어버린 어린 시절, 현재보다 더 강력한 힘과 현실성을 가진 그때 그 시절을 향한 열망과 비슷하다고 했다. 그러나 막상 어린 시절로 돌아가게 된다면, 물론 그런 일은 불가능하지만, 사람들은 대부분 단 하루도 못 견딜 것이었다. 우리가 과거와 역사에 향수를 느낀다 해도 실제로 그 시절로 돌아갈 수 있다면 잠시도 버티지 못할 것이었다. 왜냐하면 과거의 일상에는 불편한 것이 많았고, 현대를 정의하는 가장 중요한 행동 동기는, 우리가 의식하든 못 하든, 고통과 구속은 전부 제거하고 자유를 추구하는 것이기 때문이었다.

"역사란 기억에서 고통을 제거한 것 아니겠어요?"

그는 유쾌한 미소를 머금은 채, 작고 흰 손을 모아 앞쪽 테이블 위에 올려놓고는 말했다.

"요즘 사람들은 옛 시대의 고통을 되새기고 싶은 마음이 들면 헬스장에 가지요."

가령 로베르트 무질 같은 어려운 작가를 읽는 일에 수반되는 수고 없이 문학의 뉘앙스만 경험하는 일은 많은 사람에게 아주 즐거운 경험이라고, 그는 이야기를 이어갔다. 그는 청소년기에 시를 많이 읽었고 그중에서도 특히 T. S. 엘리엇의 시를 즐겼는데, 지금 와서 『사중주 네 편』을 읽으려 한다면 분명히 고통스러울 것이었다. 엘리엇의 염세적인 인생관뿐만 아니라, 그 시들을 즐겨 읽던 어린 시절로 돌아가 과거를 날것 그대로 직면해야 하기 때문이었다. 물론 모든 사람이 엘리엇을 읽으며 10대 시절을 보내지는 않겠지만 고전 텍스트를 하나쯤 탐독하지 않고서 제도권 교육을 통과하기란 힘든 일이고, 대다수의 사람들에게 독서 행위가 지성을 의미하는 이유는 아마도 성장기에 읽어야 해서 읽었던 책을 즐기거나 이해하지 못했기 때문일 거라고, 그는 말했다. 심지어 독서는 도덕적 가치나 우월성까지도 함의하는 법이라 부모들은 아이가 책을 읽지 않으면 뭔가 문제가 있다고 걱정하고는 했으나, 사실 그런 부모들도 어렸을 때는 문학 공부를 질색했을 터였다.

실제로, 그가 앞서 말했던 것처럼, 문학 텍스트를 손에 들고 고통스러워하던 과거를 잊어버렸기에 책을 향한 존경심이 남아 있는 것일지도 몰랐다. 인간은 무의식적으로 고통스러운 경험을 반복하려 한다는 정신분석가들의 말을 믿는다면 말이다. 그러니 사람들의 책을 향한 의아한 애정을 재현하는 문화 상품이 있다면, 그 상품이 아무런 요구와 고통 없이 그 애정을 만족시켜준다면, 성공은 보장된 것이었다. 북클럽과 독서 모임과 서평이 넘쳐나는 웹사이트는 폭발적으로 성장해 잦아들 기미가 없었는데, 속물적이지 않은 것을 지향하는 속물근성이 줄곧 땔감이 되어주었기 때문이다. 그리고 그의 출판사에 큰 성공을 가져다준 작가들은 바로 그 속물근성의 전문가였다.

"무엇보다도, 사람들은 바보가 된 기분을 싫어해요. 다른 사람에게 그런 기분을 안겼다가는 대가를 치르기 마련이지요. 이를테면 나는 테니스를 좋아하거든요. 나보다 실력이 조금 나은 사람과 겨루면 내 실력은 평소보다 좋아져요. 하지만 실력이 월등한 사람이랑 겨루면 나는 고문받는 기분이 되고 경기는 완전히 망쳐버리죠."

그가 말했다.

가끔 그는 독자들이 세제의 세정력을 평가하듯 구매한 책을 평가하는 저속한 인터넷 세계를 탐험하며 즐거워한다고 말했다. 그가 이런 의견을 살펴보며 깨달은 점은, 문학을 향한 존경심은 굉장히 피상적이고 사람들은 언제든 문학을 오용할 준비가 되어 있다는 것이었다. 단테가 별 다섯 개 만점에서 한 개를 받고 『신곡』이 "완전 쓰레기 같다"는 평을 얻는 현상은 어떤 면에서는 재미있었지만, 민감한 사람이라면 그런 것을 보고 기분 나빠할 것이었는데, 결국 단테가—다른 대가들과 마찬가지로—인간의 본성에 관한 자기만의 깊은 이해를 바탕으로 작품을 빚어냈다는 것, 작가 역시 자기 앞가림할 수 있는 성인이라는 것을 깨달으면 기분 나쁠 필요도 없었다. 그의 동료들과 동시대 독자들이 으레 그러는 것처럼 문학을 연약한 것, 수호의 대상으로 보는 행위는 나약한 자세라고 그는 믿었다. 문학을 수호하는 행위에, 다소 열등한 자를 개선하는 것—그가 앞서 말했던 것처럼—말고 도덕적으로 유익한 가치가 있다고도 생각하지 않았다.

그는 의자에 기대고 앉아 기분 좋은 미소를 머금고 나를 바라보았다.

나는 그의 이야기가 조금 냉소적이라고, 동시에 정의라는 관념에 놀랄 만큼 무심하다고 했다. 정의는 수수께끼 같은 것이라 그 정체는 불투명하지만 나는 정의를 두려워하는 것이 현명하다고 생각한다는 말도 덧붙였다. 사실 정의는 불투명하고 수수께끼 같다는 점 그 자체가 두려움의 근거인데, 만약 세상이 악하게 살아도 벌을 받지 않고 착하게 살아도 보상받지 못하는 곳처럼 보인다면, 개인적인 영역에서 도덕이 중요해지는 바로 그 순간에 도덕을 폐기하려는 유혹이 강해질 것이기 때문이었다. 달리 말하면, 정의는 그 자체로 존중해야 하는 것이었고, 내가 보기에는 그가 단테를 자기 앞가림할 수 있는 성인으로 간주하든 아니든 할 수 있는 만큼 단테를 수호해야 했다.

내가 그에게 이야기하고 있는 사이, 출판사 대표는 조심스레 내 얼굴에서 시선을 거두고 어깨 너머에 있는 무언가를 바라보았다. 고개를 돌려 보니 어떤 여자가 바 입구에 서서 손으로 시야에 그늘을 드리운 채 난처한 듯 주변을 둘러보고 있었다. 먼 이국땅을 내다보는 여행자 같았다.

"아! 저기 린다가 왔네요."

그가 말했다.

그는 여자에게 손을 흔들었고, 여자는 우리를 찾느라 고생했는데 다행이라는 듯 반갑게 몸을 들썩였다. 하지만 바에는 우리밖에 없었다.

"실수로 지하까지 갔지 뭡니까. 밑에 주차장이 있더라고요. 자동차가 일렬로 끝도 없이 늘어서 있었어요. 어찌나 끔찍하던지.”

우리 테이블에 도착한 여자가 말했다.

대표가 웃음을 터뜨렸다.

“안 웃겨요. 웬 괴물의 창자 속으로 들어간 것 같았다니까요. 건물이 나를 집어삼킨 것 같았어요.”

린다가 말했다.

“우리 출판사에서 린다의 첫 번째 장편소설을 출간할 계획이에요. 지금까지는 평가가 아주 긍정적이었어요.”

대표가 내게 말했다.

린다는 키가 크고 팔다리에 살집이 말랑말랑했는데, 스트랩이 이리저리 꼬여 있는 굽 높은 샌들을 신고 있어서 키가 더 커 보였다. 그렇게 화려한 신발은 그녀가 입고 있는 검은색 텐트 같은 옷과 그녀에게서 풍기는 어색한 분위기와 어울리지 않았다. 윤기 없이 헝클어진 머리카락이 가닥가닥 뭉쳐 어깨 밑까지 내려왔으며, 피부는 밖에 잘 나가지 않는 사람들 특유의 창백한 빛깔이었다. 둥그렇고 탄력 없는 얼굴에 놀란 듯한 표정을 짓고 있었고, 입을 헤벌린 채 커다란 붉은 테 안경 너머로 바 반대쪽에서 벌어지는 결혼 피로연을 바라보는 중이었다.

“저건 뭐지요? 영화라도 찍는 중인가요?”

린다가 의아해서 물어보았다.

대표는 호텔이 결혼식 장소로도 인기가 많다고 설명했다.

"아, 무슨 장난이라도 치는 건가 싶었네요."

린다가 말했다.

그러고는 좌석에 축 늘어져서는 한 손으로 얼굴을 부채질하면서 다른 손으로는 검은색 옷의 목 부분을 끌어당겼다.

"단테 이야기를 하던 참이었어요."

대표가 유쾌한 목소리로 말했다.

린다가 대표를 빤히 바라보았다.

"미리 단테를 공부해오기로 했던가요?"

린다가 물었다.

대표는 웃음을 터뜨렸다.

"오늘 다룰 주제는 작가님 본인뿐이에요. 사람들이 돈을 낸 건 작가님 이야기를 듣기 위해서인걸요."

대표가 답했다.

린다와 내가 귀 기울이는 가운데, 대표는 우리가 참석하기로 되어 있던 프로그램에 대해 자세히 알려주었다. 자신이 직접 우리를 소개한 다음 개인적인 질문을 각각 두세 개 정도 던지면서 잠시 대화를 나누다가 낭독을 시작할 거라고 했다.

"하지만 대표님은 이미 답을 다 알고 있잖아요, 그렇죠?"

린다가 물었다.

대표는 형식적인 질문일 뿐이라고, 긴장을 풀어주는 것이 목적이라고 말했다.

"아이스 브레이킹이군요."

린다가 말했다.

"그런 거라면 익숙하지요. 나는 얼음이 조금은 남아 있는 것을 좋아하지만. 그편이 더 좋더라고요."

그가 덧붙였다.

린다는 유명한 소설가와 함께했던 뉴욕에서의 낭독회에 관해 이야기했다. 둘은 낭독회를 어떻게 진행할지 미리 의논하고 무대에 올랐는데, 난데없이 유명한 소설가는 관객을 향해 글을 낭독하는 대신 노래를 부르겠다고 선언했다. 관객은 이 아이디어를 굉장히 반겼고, 그 소설가는 일어나서 노래를 불렀다.

대표가 손뼉을 치며 폭소를 터뜨리는 바람에 린다는 펄쩍 뛰었다.

"무슨 노래를 부르던가요?"

대표가 물었다.

"모르겠어요, 웬 아일랜드 민요 같은 것."

린다가 답했다.

"작가님은 무슨 노래를 부르셨는데요?"

대표가 물었다.

"내 인생에 일어난 일 중 가장 끔찍한 사건이었어요."

린다가 말했다.

대표는 미소를 머금고 고개를 가로저었다.

"대단한데요."

대표가 말했다.

린다는 어느 시인과 함께했던 또 다른 낭독회 이야기도 해주었다. 그 시인은 컬트적인 인물이라 관객이 엄청나게 모였다. 시인의 남자친구는 그녀가 행사에 참석할 때마다 동행해서는, 여자친구가 낭독하는 동안 관객들 사이를 돌아다니며 그들 무릎 위에 앉아서 몸을 어루만지고는 했다. 린다와 함께한 낭독회에서는 커다란 끈 뭉치를 하나 가져와서 관객석을 오르락내리락 기어 다니며 사람들의 발목을 끈으로 감았고, 낭독이 끝날 때쯤에는 모든 관객이 끈으로 묶여 있었다.

대표는 또 한 번 폭소를 터뜨렸다.

"작가님도 린다 씨 소설을 읽어보세요. 정말 웃겨요."

대표가 내게 말했다.

대표를 바라보는 린다는 의아한 듯 얼굴에 웃음기가 하나도 없었다.

"웃기려고 쓴 게 아닌데요."

린다가 말했다.

"하지만 이곳 사람들이 작가님 소설을 좋아하는 건 웃겨서
라고요! 삶의 부조리함을 일깨워주면서도, 책을 읽는 독자 역
시 부조리한 존재라는 느낌은 안 들잖아요. 작가님의 소설 속
에서는 항상 작가님 본인이 그거잖아요—뭐였더라?"

대표가 말했다.

"표적. 여기 덥지 않아요? 숨 막히는데. 갱년기라 그런가."

린다가 무덤덤하게 말했다.

그녀는 손가락을 들어 허공에 물음표를 그려 보이며 말
했다.

"갱년기의 여성 작가가 달아오르자 얼음이 녹아내리고
있다."

출판사 대표는 이번에는 웃지 않았고, 그저 온화하고 무감
한 표정으로 린다를 바라보았다. 안경 너머의 눈이 깜빡이지
않았다.

"끊임없이 이런 행사에 참석하다 보니 잔뜩 늙어버린 기분
이에요. 노화의 계단을 몇 칸씩 껑충껑충 뛰어 올라간 것 같아
요. 항상 웃어야 해서 얼굴이 아파요. 이상한 음식을 잔뜩 먹
어서 이제 몸에 맞는 건 이 원피스밖에 없어요. 너무 자주 입

어서 이제는 내 집처럼 느껴진다니까요."

린다가 내게 말했다.

나는 린다에게 이곳에 오기 전에는 어디에 있었는지 물었다. 그녀는 프랑스, 스페인, 영국에 있었다고, 그전에는 이탈리아에 있는 작가들을 위한 공간에 2주 동안 머물렀다고 했다. 그곳은 외딴 언덕 위에 세워진 성안에 있었다. 고독한 사색을 추구하는 공간치고는 꽤 정신없는 분위기였다. 성의 주인은 어느 백작 부인이었는데, 죽은 남편의 돈을 써서 작가들과 예술가들에게 둘러싸여 사는 삶을 즐겼다. 그들은 저녁이 되면 백작 부인과 함께 식사 자리에 앉아서 영감이 되는 대화거리를 공급해야 했다. 백작 부인은 어떤 작가를 초대할지 직접 선정했다. 대부분 젊은 남성이었다. 사실 그곳에 여성 작가는 린다 말고 딱 한 명밖에 없었다.

"나는 마흔 살에 뚱뚱하죠. 다른 여자는 레즈비언이었어요. 무슨 속셈인지 딱 보이잖아요."

린다가 말했다.

그곳에 모인 작가 중 젊은 흑인 시인이 있었는데, 둘째 날에 바로 달아났다. 그전에 백작 부인은 이 시인을 데려온 것이 특히 뿌듯해서 누구든 자기 말에 귀 기울여주는 사람을 붙잡고 자랑했다. 그런데 시인이 떠나겠다고 하자 흥분해 날뛰면서 가지 말라고 애원하다가 왜 떠나려는 것인지 따져 묻기를 반복했는데, 시인은 백작 부인이 괴로워하든 말든 개의치 않았다. 그는 그곳이 자기한테 맞지 않는다고 말했다. 그곳에서는 불편해서 작업할 수가 없다는 것이었다. 그러고는 짐을 싸서 마을까지 5킬로미터 길을 걸어가 버스를 탔다. 백작 부인이 택시를 불러주지 않겠다고 딱 잘랐기 때문이었다. 백작 부인은 남은 기간 내내 누구든 자기 말에 귀 기울여주는 사람을 붙잡고 그 시인과 그의 작품을 냉혹하게 비판했다.

린다는 자기 방에서 시인이 길고 구불구불한 길을 따라 풍경 저편으로 사라지는 모습을 보았다. 어깨에 작은 배낭을 둘러맨 채 가볍고 경쾌한 걸음으로 걸어갔다. 린다도 그러고 싶은 마음이 컸으나 그럴 수 없다는 것을 알고 있었다. 일단 짐가방이 너무 컸다. 게다가 린다의 신발을 신고는 5킬로미터 거리를 걸을 수 없었다. 그녀는 도망치는 대신 창밖에 아름다운 계곡의 풍광이 펼쳐진 고가구 가득한 방에 남았다. 한 시간은 지났겠다고 생각하며 시계를 확인하면 10분이 겨우 지난 후였다.

"한 단어도 못 쓰겠더라고요. 심지어 읽는 것도 힘들던데요. 책상 위에 오래된 전화기가 있었는데, 누구에게든 전화를 걸어 나를 데려가라고, 구해달라고 하고 싶었어요. 그러던 어느 날 마음을 먹고 전화기를 들어봤는데 연결이 안 되어 있더 군요. 그냥 장식용이었어요."

린다가 말했다.

출판사 대표는 고음으로 짧게 웃었다.

"그렇지만 구해줘야 할 상황이 아니잖아요? 작가님이 있 던 곳은 아름다운 이탈리아 시골인데요. 성안에 마련된 자기 만의 방에 앉아, 방해하는 사람도 없이, 작업에 필요한 완전한 자유를 누릴 수 있는 상황이었잖아요. 대다수의 사람들에게 그건 꿈같은 이야기라고요!"

그가 물었다.

"모르겠어요, 나한테 무슨 문제가 있다는 뜻이겠지요."

린다가 뚱한 얼굴로 말했다.

린다의 방은 회화 작품, 가죽 장정 도서, 값비싼 러그가 가 득했고, 침구도 고급스러웠다고 했다. 아주 세세한 부분까지 완벽한 취향으로 고른 결과물이었으며 그에 맞게 극도로 깨 끗하고 반짝반짝하며 향긋했다. 한참 후에 린다는 깨달았다, 그 방에서 완벽하지 않은 것은 자기 자신뿐이라는 사실을.

"그 방 하나가 우리 가족이 사는 아파트 크기였어요. 커다 란 목제 옷장이 있었는데, 왠지 내 남편이 그 안에 살면서 열 쇠 구멍으로 나를 감시하고 있을 것만 같은 기분이 들어서 자

꾸만 옷장을 열어보고는 했어요. 생각해보면, 그 안에 남편이
있기를 바랐던 것 같아요."

린다가 말했다.

린다의 방에 있는 창문 밑에는 테라스가 딸린 멋진 수영장
이 있었는데, 실제로 거기서 수영하는 사람은 한 번도 본 적이
없었다. 수영장 주변에 일광욕 의자가 놓여 있었고, 가서 의자
에 누우면 즉각 하인이 쟁반에 음료를 들고 왔다. 린다는 몇
번이나 이런 광경을 목격했다, 직접 나가보지는 않았지만.

"왜 안 가봤어요?"

출판사 대표가 흥미롭다는 듯 물었다.

"나가서 의자에 누웠는데 하인이 나오지 않는다면, 정말 끔
찍할 테니까요."

린다가 말했다.

백작 부인은 아침이면 황금빛 가운을 걸치고 나타나, 흐드
러진 꽃에 둘러싸여 햇볕을 쬐며 누워 있었다. 가운을 풀어헤
쳐 갈색의 마른 몸을 드러내고 도마뱀처럼 햇살을 만끽했다.
몇 분 후에는 작가 중 하나가 마치 우연인 듯 옆을 지나갔다.
그가 누구든 어김없이 백작 부인에게 말을 걸었고, 때때로 대
화는 오랫동안 이어졌다. 린다가 방에 있으면 그들이 웃고 떠
드는 소리가 들렸다. 작가들은 백작 부인 뒤에서 그녀를 욕하

고는 했는데, 교묘하고 재치 있게, 증거가 남아 나중에 문제가 생기지 않을 방식으로만 흉보았다고, 린다는 말했다. 이것이 백작 부인을 사랑해서 그러는 것인지 증오해서 그러는 것인지 린다는 알 수 없었으나, 시간이 지나자 둘 중 어느 쪽도 아니라는 사실을 깨달았다. 그들은 백작 부인을 사랑하지도 증오하지도 않았다, 적어도 확연히 드러날 정도로는. 그저 자기 속내를 드러내지 않는 습관이 있었던 것이다.

식사 시간이 되면 백작 부인은 음식을 새 모이만큼만 몇 입 먹은 다음, 담배에 불을 붙여 아주 천천히 피우다가 접시에 비벼 껐다. 그녀는 저녁마다 가슴이 깊이 파인 꽉 끼는 드레스를 입었고 팔과 손가락과 목과 양쪽 귀에 보석을—금과 다이아몬드와 진주 등 종류도 다양했다—주렁주렁 달고 있어서, 그 찬란한 빛으로 어두운 식당의 중심이 되었다. 달리 말하면, 그녀를 의식하지 않는 것은 불가능했다. 그녀는 광채를 내뿜으며 테이블에 둘러앉은 사람들에게 집중했고, 매처럼 강렬한 눈빛으로, 사냥터를 주시하는 포식자처럼 대화의 언저리를 서성거렸다. 다들 그녀를 의식했기 때문에 흥미롭고 재미있는 이야기를 하려고 노력했다. 그러나 그녀의 존재감이 너무 강했으므로 그들의 대화는 결코 진실할 수 없었다. 그들의 대화는 작가들의 대화를 흉내 내는 사람들의 대화였다. 그리고 그녀에게 던져지는 먹이는 무미하고 인공적인 데다가 바로 발밑에 있었기 때문에, 그녀가 만족하는 모습조차도 거짓된 것이었다. 다들 이런 부자연스러운 연극에 열심히 임했는데, 대체 그들이 이를 통해서 무엇을 얻는 것인지 알 수 없었기 때문에 의아했다고 린다는 말했다. 그리고 백작 부인은 머리를 아주 높게 틀어 올렸던 탓에 목이 이상하리만치 연약해 보였다고, 손에 잡고 힘을 주면 두 동강으로 부러뜨릴 수도 있을 것 같은 모습이었다고 덧붙였다.

이 말에 대표는 불안 섞인 표정으로 웃었고, 린다는 무표정한 얼굴로 그를 바라보았다.

"진짜로 부러뜨리지는 않았어요."

린다가 말했다.

그런 식사 시간은 고문 같았다고, 그녀는 곧 뒤이어 말했다. 지금 깨닫고 나니 상호적 매춘과도 같았던 그 분위기 때문이기도 했고, 너무 긴장해서 배가 단단히 뭉친 탓에 음식을 먹을 수 없었던 것도 한몫했다. 사실 린다는 백작 부인보다도 식사량이 적었고, 어느 저녁 백작 부인은 린다 쪽으로 고개를 돌리고는 반짝이는 눈에 의아함을 담은 채 말했다. 그렇게 적게 먹는데도 덩치가 커서 놀랍다고.

"화가 나서 그러는 걸지도 모른다고 생각했어요. 내가 음식을 거의 손대지 않은 상태로 계속 돌려보냈거든요. 백작 부인이 내게 관심을 보인 것은 그때 딱 한 번뿐이었지요. 여자와의 우정이란, 자기 학대의 순간들을 공유하는 것이 전부라고 생각하는 것 같았어요. 사실 나는 하인이 테이블을 치우거나 다음 코스를 가져오려고 할 때마다 일어나서 도와주고 싶은 마음을 억눌러야 했어요."

린다가 말했다.

린다는 집에 있을 때 보통 가사 노동을 피하는 편인데 그런 일을 하면 자신이 하찮아지는 느낌이 들어 그 뒤에는 아무런 문장도 쓸 수 없기 때문에 하지 않는다고 덧붙였다. 집안일은 린다에게 평범한 여자가 된 듯한 느낌을 심어주었는데, 평상시에 그녀는 여자로 산다는 것에 대해 생각하지 않았고 어쩌면 자신이 여자라고 생각하지도 않았다. 집에 있을 때 자주 거론되는 주제가 아니었기 때문이었다. 린다는 남편이 가사 노동 대부분을 한다고, 남편이 집안일을 즐기는 데다가 그는 린다가 받는 영향을 받지 않기 때문이라고 했다.

"하지만 그곳에 있을 때는 그런 잡일이라도 해야 내 존재를 정당화할 수 있을 것만 같았어요. 심지어 남편이 그리워지기 시작하더라고요. 줄곧 남편을, 내가 항상 남편에게 비판적이었다는 사실을 떠올렸고, 시간이 지날수록 무엇 때문에 그를 비판했는지는 기억나지 않았어요. 생각하면 할수록 내 머릿속의 남편은 더 완벽한 남자로 변했거든요. 딸 생각도 했어요. 딸이 얼마나 귀엽고 순수한지 떠올리기 시작했고, 가끔 딸과 함께 있으면 벌 떼가 가득한 방에 갇힌 듯한 기분이 든다는 사실을 완전히 잊어버렸어요. 나는 항상 그런 작가들만의 공간에 가고 싶었거든요. 저녁이면 다른 작가들과 앉아 대화를 나누는 거죠, 집에서 남편이랑 딸과 보잘것없는 일로 논쟁을 벌이며 시간을 쓰는 대신. 하지만 그때는 다시 집으로 돌아가고 싶었어요. 집에 있을 때는 떠나올 날만 손꼽아 기다렸는데도요. 어느 밤에는 집에 전화를 걸었어요. 남편이 전화를 받았는데, 나라고 말하니까 조금 놀란 것 같더라고요. 우리는 잠시 이야기를 나누었고, 곧 침묵이 이어졌지요. 결국 남편이 물어봤어요, '뭐 필요한 것 있어?'"

린다가 말했다.

출판사 대표는 웃음을 터뜨렸다.

"낭만적이기도 하지!"

그가 말했다.

"그래서 집에 별일 없냐고 물어봤어요."

린다가 계속 말했다.

"남편이 별일 없다고, 그냥 여유를 즐기고^{pootle along} 있다고 했어요. 그이는 그런 깜찍한 영국식 어휘를 쓰는 습관이 있어요. 조금 짜증 나요."

린다가 덧붙였다.

"그러면 작가님이 그리워한 건 남편이 아니었네요."

대표가 말했다. 자신의 추리에 만족한 듯했다.

"아니었던 것 같아요. 어쨌든 남편과 통화한 덕에 정신이 돌아왔죠. 갑자기 우리의 아파트가 눈앞에 또렷하게 떠올랐어요. 통화하는 사이 전부 선연해졌지요. 쓰레기봉투가 새는 바람에 생긴 복도 카펫 위의 얼룩이라든지, 문이 굽은 부엌 찬장이라든지, 니카라과와 똑같은 모양의 흠집이 생긴 화장실 세면대라든지. 화장실에서 항상 풍기는 배수관 냄새까지도 맡을 수 있었지요. 그 후로는 상황이 좋아졌어요."

린다가 말했다.

린다는 팔짱을 낀 채로, 바 반대편에서 진행 중인 결혼 피로연을 바라보며 말했다.

"정말 즐거운 나날을 보냈어요. 매일 밤 파스타를 두 접시나 먹었지요. 백작 부인이 짓는 표정을 보는 것만으로도 만족스럽던데요. 게다가 다른 작가 중 몇몇은 꽤 흥미롭더라고요. 그 사람들의 책 광고가 주장하는 것처럼요."

그렇지만 2주가 지나자 린다는 좋은 것도 너무 즐기면 물리기 마련이라는 사실을 깨달았다. 어떤 남자 소설가는 그곳을 떠나면 곧장 프랑스에 있는 작가들을 위한 공간으로 갔다가 스웨덴에 있는 비슷한 곳으로 갈 거라고 했다. 린다는 그 소설가의 인생이 한량 작가를 위한 달콤한 계약의 연속이라고 생각했다. 마치 평생 디저트만 먹는 것 같았다. 린다는 그런 것이 건강한 삶이라고 생각하지 않았다.

하지만 어느 저녁에는 다른 작가가 흥미로운 이야기를 해주었다. 그 작가는 매일 글을 쓰려고 자리에 앉을 때마다 아무런 의미가 없는 물건을 하나 떠올린 다음 그것을 그날 글쓰기에 집어넣는다고 말했다. 린다는 예를 들어달라고 했고, 그는 지난 며칠 동안 잔디 깎는 기계, 고급 손목시계, 첼로, 새장 속의 앵무새를 선택했다고 말했다. 그중 글쓰기에 실패한 것은 첼로뿐이었는데, 어린 시절에 부모가 첼로를 가르치려 했었다는 사실을 소재 선택 당시에 잊어버렸기 때문이었다고 했다. 어머니가 첼로를 좋아해서 배우기 시작했는데 그는 소질이 전혀 없었다. 그가 만들어내는 흐느끼는 듯한 소리는 어머니가 기대하던 것이 아니어서, 결국 포기하고 말았다.

"그러니까, 그 작가가 쓰려던 이야기는, 첼로에 천재적인 재능을 가진 남자아이에 관한 것이었는데, 너무 과장이 심하고 개연성이 없어서 결국 폐기해야 했대요. 무작위로 소재를 고르는 이유는 사물을 있는 그대로 보기 위함이라고 그러더군요. 어쨌든 나는 여기 온 이래로 한 단어도 쓰지 못했으니 그의 방법을 시도해보겠다고 했어요. 시작이 되어줄 소재를 골라달라고 했더니 햄스터를 제안하던데요. 아시지요, 사육장에 넣고 기르는 작고 보송보송한 동물."

린다가 말했다.

린다는 자신이 사는 건물은 동물을 기르는 것이 금지 사항이었기 때문에 실제로 햄스터는 아무런 의미가 없었다고 말했다. 햄스터라는 말을 듣자마자 떠오른 생각은 가족 내의 삼각관계를 묘사하는 일에 유용하겠다는 것이었다. 전에도 그들 가족 내부의 관계 역학에 관해 써보려고 시도했었으나, 왜인지는 몰라도, 린다의 마음속 냉장고에서 꺼낼 때는 신선했던 재료들이 금세 상해서 곤죽이 되고 말았다. 지금 와서 고민해보니, 남편과 딸을 묘사할 때 다른 사람은 볼 수 없는 재료를—여기서 재료는 그녀의 감정이었다—썼다는 것이 문제였다. 눈에 보이고 만질 수 있는 햄스터는 완전히 달랐다. 린다는 가족을 묘사해내는 작업에 성공했다. 이야기 속에서, 남편과 딸이 햄스터를 쓰다듬고 귀여워하는 동안 햄스터가 갇혀있다는 사실이 점점 더 그녀의 신경을 거슬렀고, 햄스터를 두고 부녀가 유대감을 강화하는 사이 그녀는 소외감을 느꼈다.

사랑의 대상을 길들이고 가둬놓아야 한다니, 무슨 사랑이 이런가? 그리고 그들에게 나눠줄 사랑이 있었다면 왜 린다는 아무것도 받지 못했나?

딸이 햄스터와 흡족한 우정을 나누게 되었으니, 남편이 딸 대신 아내에게 관심을 쏟는 방식으로 상황이 마무리될 수도 있겠다고 린다는 생각했다. 하지만 결과는 그 반대였다. 남편은 전보다 더 아이에게 쩔쩔맸다. 딸이 햄스터 사육장에 다가갈 때마다 바로 자리에서 일어나 함께했고, 차츰 린다는 남편이 사실 햄스터를 질투하고 있지만 그저 딸과 멀어지고 싶지 않아서 햄스터를 좋아하는 척하는 것은 아닐까 자문하게 되었다. 남편은 사실 햄스터를 죽이고 싶어 할지도 모르겠다고 생각했고, 그러는 사이 남편이 자신에게 다시 관심을 준다고 해도 기껏해야 애증이나 느낄 수 있을 거라는 사실을 깨달았기에 꼭 햄스터를 살려둬야겠다고 결론 내렸다. 가끔 그녀는 햄스터가 상호적 나르시시즘으로 이루어진 인간관계에 부지불식간에 연루되어버린 피해자라는 느낌이 들어 가여워졌다.

과거에 햄스터 두 마리를 같은 사육장에 넣어두면 서로를 죽이고 말아 한 마리씩만 키워야 한다는 이야기를 들었던 기억이 났다. 린다는 밤이 되면 햄스터가 미친 듯이 쳇바퀴를 도는 소리 때문에 잠들지 못했다. 생각했던 결말 중 하나는 딸이 햄스터를 너무나도 사랑하게 되어 우리에서 풀어주는 것이었다. 하지만 결국 결말은 린다가 햄스터를 풀어주는 것으로, 딸이 학교에 간 사이 사육장 문을 열고 아파트 밖으로 쫓아 보내는 것으로 바뀌었다. 더 끔찍한 설정은 그날 아침 딸이 실수로 사육장 문을 잠그지 않아 햄스터가 사라졌다면서 햄스터의 실종을 딸의 잘못으로 돌린 것이었다.

"괜찮은 단편이에요. 내 에이전트가 『뉴요커』에 팔았지요."

린다가 건조하게 말했다.

어쨌든 린다는 이탈리아에서 무엇을 얻었는지 확신할 수 없었다. 어쩌면 얻은 것은 파스타를 잔뜩 먹어 불어난 몸무게밖에 없을지도 몰랐다. 남편과의 통화로 인해 정박지에서 풀려나 표류하는 느낌이 사라져버렸고, 그렇게 새로운 깨우침의 기회를 잃어버린 것인지도 몰랐다. 그녀는 헤르만 헤세의 소설에서 그것과 비슷한 묘사를 읽었다고, 말했다.

"주인공은 강가에 앉아 있어요. 빛과 어둠이 수면 위에 그리는 그림을 바라보고 있지요. 수면 밑에서는 헤엄치는 물고기인 듯한 이상한 형체가 잠시 머무르다가 사라져요. 그때 그는 자신이 바라보고 있는 것을 설명할 수 없다는 사실, 언어로는 그 누구도 설명할 수 없을 거라는 사실을 깨달아요. 그리고 설명할 수 없는 그것이야말로 진정한 현실일 수도 있다는 느낌을 받지요."

린다가 말했다.

"요즘 헤세는 완전히 한물갔죠. 헤세를 읽고 있다가 누가 보기라도 하면 부끄러워질 지경이라니까요."

대표는 경멸하듯 손사래 치며 말했다.

"그래서 같은 비행기에 탄 사람들이 날 이상하게 쳐다봤나 봐요. 화장이 얼굴 한쪽에만 되어 있어서 그런 줄 알았는데 말이에요. 호텔에 가서 거울을 보고 나서야 한쪽만 했다는 걸 알게 됐어요. 이걸 몰랐던 사람은 내 옆에 앉아 있던 여자뿐일지도 모르겠네요. 나를 한쪽에서만 바라봤으니 반대쪽과 비교할 수가 없었잖아요. 어쨌든, 그 여자도 꽤 이상한 사람 같았어요. 병원에서 퇴원하고 나오는 길인데, 몸속의 뼈가 거의 전부 부서졌었다고 그러더군요. 직업이 스키 강사인데, 눈보라가 치는 벼랑에서 스키를 타다가 추락했대요. 부서진 뼈를 맞추느라 6개월이 걸렸다지요. 몸에 철봉을 세우고 핀을 박아서 재조립한 거래요."

린다가 말했다.

비행기에서 그 여자의 사고에 관한 이야기를 들었다고 린다가 말했다. 사고 장소는 오스트리아 알프스, 여자가 스키 강사로 일하는 곳이었다. 그녀는 그날 날씨가 좋지 않다는 예보가 있었는데도 학생들을 밖으로 데려갈 수밖에 없었다. 광적으로 스키를 좋아하는 학생들이 활강 코스 밖에 있는 위험하기로 이름난 구역에 가고 싶다고 했기 때문이었다. 때마침 계절에 맞지 않게 눈 상태가 훌륭하다고 했다. 그들이 데려다 달라고 성화를 부리는 바람에, 여자는 그래서는 안 된다는 것을 알면서도 어쩔 수 없이 길을 나섰다. 그녀는 병원에서 보낸 6개월 동안 넉넉한 여유 시간을 이용해 자기가 당한 일에 그들의 지분은 어느 정도일지 생각해보았으나, 그때 아무리 무거운 압박을 받고 있었다 한들 결국 결정을 내린 사람은 자기 자신이었음을 받아들일 수밖에 없었다.

사실 낭떠러지 너머로 날아간 사람이 여자뿐이었던 것이 기적이었다. 다들 눈보라에 발이 묶이기 전에 빨리 산에서 내려가고 싶어서 과속하고 있었던 것이다. 여자는 사고가 발생하기 직전 자신의 힘과 자유를 기이하리만치 생생하게 실감했다, 그것이 순식간에 산에 빼앗길 수 있는 자유라는 사실을 알았음에도. 그 순간에는 모든 것이 어떤 유치한 게임 같은 것으로, 현실에서 벗어날 수 있는 기회 같은 것으로 보였고, 몸이 절벽 너머로 붕 떠오르며 산이 뒤로 밀려나자 잠시나마 자신이 날 수 있다고 믿을 뻔했다. 그녀는 그다음에 일어난 일을 기억하지 못했으므로 다른 사람들의 이야기를 짜 맞춰서 추측해야 했는데, 듣자 하니 그때 학생들은 그녀 없이 스키를 타고 산에서 내려오는 일에 주저함이 없었던 듯했다. 그녀가 추락에서 살아남지 못했을 거라고, 죽었을 거라고 굳게 확신했기 때문이었다. 이틀 후에 그녀는 산속의 대피소에 도착해 쓰러졌다. 뼈가 그렇게 많이 부러졌는데 어떻게 대피소까지 걸어갈 수 있었는지 아무도 몰랐다. 불가능한 일이었으나 그녀가 해냈다는 사실에는 의심의 여지가 없었다.

"어떻게 그런 일이 가능했다고 생각하는지 물어봤어요. 여자가 답하기를, 뼈가 부러진지 몰랐을 뿐이래요. 고통도 느끼지 못했대요. 그 말을 들었을 때, 갑자기 그것이 내 이야기라는 생각이 들었어요."

린다가 말했다.

내가 무슨 뜻인지 묻자, 린다는 의자 깊이 몸을 파묻고 무표정한 얼굴로 오랫동안 침묵을 지켰다. 대답하지 않으려는 것처럼 보였다.

"아이를 낳는 일과 비슷하다고 생각했던 것 같아요. 출산은 죽음을 이겨내는 일이잖아요. 그 후에 남는 것은 그 일에 대해 떠드는 것뿐이지요."

마침내 그녀가 답했다.

설명하기는 힘들지만 자신이 그 쇠붙이 여자에게 친밀감

78

을 느꼈던 것은 비슷한 경험을 했기 때문인 듯하다고 린다는 말했다. 그 여자와 마찬가지로 린다 역시 산산이 부서졌고, 그 결과 파괴될 수 없고, 자연을 거스르며, 줄곧 죽음을 생각하는 또 다른 자신으로 재탄생했던 것이다. 앞서 말했던 것처럼 죽음을 이겨낸 후에는 그 이겨냄에 대해 떠드는 것 외에는 할 일이 없어서, 누구든 귀 기울여준다면, 비행기 옆자리의 낯선 사람에게라도 이야기를 늘어놓는 법이었다. 아니면 죽음에 도달할 수 있는 또 다른 방법을 찾아 나설 수도 있었다. 린다는 스키를 타고 낭떠러지 위로 날아가는 것도 괜찮겠다고 생각했다. 비행기에서 떨어져 볼까, 과연 낙하산을 펴고 싶은 마음을 억누를 수 있을까 고민해보기도 했으나, 결국 글쓰기가 그런 선택을 하지 못하도록 막아주었다. 글을 쓸 때 그녀는 자기 몸 안에도, 몸 밖에도 존재하지 않았다. 몸을 잊어버릴 수 있었다.

"집에서 기르는 강아지 같은 거예요. 강아지를 어떻게 다루든 상관없어요. 강아지는 절대 자유롭지 못해요. 자유가 뭔지 기억이나 할까 싶지만."

그녀가 말했다.

우리는 바 반대편의 결혼 피로연을 바라보았다. 누군가가 건배사를 하고 있었고, 신부와 신랑은 나란히 서서 미소 짓고 있었다. 가끔 신부는 아래를 내려다보며 드레스 앞의 주름을 펴곤 했는데, 시선을 들고 다시 미소를 머금기 전에 잠시 공백이 있었다. 앉아서 그 광경을 바라보는 우리 쪽으로 곤란한 듯한 표정의 여자아이가 다가와 관객들이 기다리고 있다고 말해주었다. 행사 로고가 프린트된 티셔츠 차림에 클립보드를 들고 있었다. 출판사 대표는 의자에서 일어나 블레이저 앞면의 주름을 폈다. 신부가 했던 것과 묘하게 닮은 동작이었다. 자리에서 일어선 린다는 그보다 키가 컸다. 우리는 대표를 따라 한 줄로 걸어갔다. 나는 린다가 높은 신발 굽 때문에 얼마나 조심스럽게 걸어야 하는지 의식했다.

나를 인터뷰할 여자가 호텔 밖 정원에서 기다리고 있다고 했다. 근처의 도로에서 들리는 먹먹한 소음이 파도처럼 주기적으로 높아지고 있었다. 새로 심은 화단과 이리저리 얽힌 자갈길 가운데에 홀로 벤치에 앉은 그녀는 언덕 아래 펼쳐진 도시, 그리고 검은 뱀 같은 강이 구불구불 관통하는 구시가지를 내려다보고 있었다. 구시가지는 양옆에 세워진 정교한 건축물들에 에워싸인 풍경이었다. 그늘이 드리운 첨탑이 성당 지붕 위로 삐죽 솟아 있었다.

그녀는 기차역에서 바로 호텔까지 걸어왔다고 했다. 이 도시에서 차를 탔다가는 목적지가 어디든 거기서 멀어질 뿐이기 때문이었다. 듣자 하니 전후에 정비된 도로 시스템은 한곳에서 다른 곳으로 이동해야 하는 사람들의 사정을 고려한 결과물이 아니었다. 넓은 고속도로들은 도시 주변을 빙 두르기만 하고 관통하지는 않는다고 그녀가 말했다. 어딘가로 가려면 모든 곳을 거쳐야 했고, 그래서 도로는 항상 꽉 막혀 있었다. 여러 사람이 한 목적지로 이동할 수 있도록 설계된 것이 아니었다. 하지만 중심가를 통과하는 길은 더없이 기분 좋은 짧은 산책 코스였다.

인터뷰어는 일어나서 나와 악수했다.

"사실, 우리는 전에도 만난 적 있어요."

그녀가 말했다.

알아요, 하고 나는 대꾸했고, 잠시 그녀의 여윈 얼굴 위 커다란 눈동자가 환하게 밝아졌다.

"기억하실 줄 몰랐어요."

그녀가 말했다.

나는 10년도 더 된 만남이지만 기억에 남아 있다고 말했다. 그녀가 자신의 고향과 삶에 대해 묘사한 방식이 독특해서 그동안 종종 생각났고, 지금까지도 생생하게 떠올릴 수 있다고 했다. 그녀가 한때 살았던 마을과—이곳에서 멀지 않았지만

나는 가본 적 없는 곳이었다—그 아름다움에 대한 묘사가 유독 강렬했다. 이미 말했던 것처럼 자꾸 그 묘사가 떠올라서 나는 왜 그런 걸까 자문하기도 했다. 내 생각에는, 당시 내가 처한 상황에서는 절대 얻을 수 없을 어떤 완결성 같은 것이 그 묘사에 존재했기 때문이었다.

그때 그녀는 남편이랑 아이들과 살았던 조용한 동네를 묘사했다. 자갈이 깔린 길거리는 자동차가 지나가기에는 너무 좁아서 거의 모든 사람이 자전거를 타고 다녔고, 좁고 높은 박공 주택들이 늘어선 앞으로 철책이 지나고 고요한 물길이 흘렀으며, 둑을 따라 서 있는 커다란 나무들이 무거운 팔을 늘어뜨려 그 아래의 고요한 수면 위에는 산이 반사되듯 녹색 그림자가 어른거리는 곳이었다. 창문 너머로는 저 아래 자갈길에 부딪는 발소리, 떼 지어 씽씽 달리는 자전거의 바람 가르는 소리가 들렸다. 무엇보다도 마을 곳곳의 교회에서 울리는 종소리가 끊이지 않았다. 매시 정각에만 종을 치는 것이 아니라 15분, 30분마다 쳤는데, 종소리가 끝날 때마다 침묵의 씨앗이 심어지고 다음 종소리가 시작되면 꽃이 피어나는 듯, 사방에 종소리가 풀어놓는 이야기가 가득 차오르는 듯 느껴졌다. 수많은 지붕 위의 종들이 앞뒤로 몸을 흔들며 밤낮으로 대화를 나눴다. 경청하고 동의하는 듯한 어조, 중간중간 거쳐 가는 논쟁, 가끔 평소보다 더 길어지는 서사가—아침과 저녁 예배 시간, 특히 일요일에는 종소리가 한 교회에서 다른 교회로 꼬리를 물고 반복되었고, 마침내 즐겁고 귀가 먹을 것만 같은 대서사가 완성되었다—자신에게는 위안이었다고, 그때 그녀는 말했다. 어린 시절의 그녀에게 위안을 주었던 소리, 바로 부모님의 끊임없는 대화 소리 같았다고 했다. 그 시절 그녀의 옆방에서는 항상 부모님의 오르락내리락하는 목소리가 들렸는데, 이 세상 모든 것에 대해 알고 싶다는 듯 일어났던 사건들을 하나하나 논의하고 관찰하고 유념하는 목소리였다고 했다.

그 마을에 감도는 독특한 침묵의 분위기는 다른 곳에 가야만 깨달을 수 있다고 그때 그녀는 말했다. 그러니까, 윙윙거리는 도로의 소음, 식당과 상점에서 울리는 쾅쾅거리는 음악 소리, 건물이 끝없이 철거되고 건설되는 공사장의 불협화음이 허공을 가득 메운 곳에 가야 깨달을 수 있었다. 그 시절에는 그런 시끄러운 곳에 갔다가 귀가하면 다시 찾은 고요가 너무나도 상쾌해서 차가운 물속에서 헤엄치는 것만 같은 기분이었고, 종소리가 고요를 흩어놓는 것이 아니라 오히려 녹진하게 한다는 사실을 한동안 유념하게 되었다.

그녀가 자신의 삶을 묘사하던 방식은 시간의 메커니즘 내부에 존재하는 삶을 묘사하는 것처럼 느껴졌다고, 나는 다시 만난 그녀에게 말했다. 다른 사람들이 그런 삶에서 매력을 느끼든 느끼지 못하든 상관없이, 적어도 그것에는 사람들을 쾌락이나 고통의 극단으로 치닫게 하는 요소가 없었다고 했다.

그녀는 우아한 눈썹을 치켜뜨고 고개를 모로 기울였다.

나는 그런 요소를 서스펜스라고 부를 수도 있을 거라고 말했다. 그리고 내가 보기에 그런 서스펜스의 감각을 만들어낸 것은 알 수 없는 무언가가 우리의 삶을 조종하고 있다는 믿음인 듯한데, 사실 그런 믿음은 인간은 모두 죽는다는 확실한 사실을 외면하기 위해 품는 것이었다.

나는 우리가 마지막으로 만난 뒤 종종 그녀를 떠올렸다고 말했다. 그리고 그녀를 떠올렸던 순간은, 내가 어떤 깨달음에 도달하지 못했고 그 깨달음만 얻어내면 모든 것이 명확해질 거라는 믿음 때문에 마음이 극단으로 치닫고 있을 때였다. 우리가 만났을 때 그녀는 내게 남편과 두 아들에 관해, 그들 가족이 살고 있던 단순하고 규칙적인 삶, 변화가 없기에 낭비도 없는 삶에 관해 이야기했는데, 어떤 부분에서는 그녀의 삶과 나의 삶이 거울로 비춘 듯 똑같았지만 사실 두 삶은 완전히 다르다는 것을 깨닫고 나니 내가 처한 상황을 몹시 끔찍한 방식으로 바라보게 되었다고 나는 말했다. 그러고는 그 거울을 부숴버렸다고, 그것이 폭력의 결과였는지 그저 실수였는지 모르는 채로 부숴버렸다고 말했다. 내게 고통은 언제나 기회처럼 보였고 이런 관점이 참인지 아닌지, 참이라면 왜 참인지 알 수 없을 것 같았는데, 왜냐하면 고통이 기회라고 해도 무엇을 위한 기회인지 알아내지 못했기 때문이었다. 내가 알고 있던 것은 그저 고통에는 일종의 명예가 수반된다는 점, 이겨낸 후에는 진실과 더 가까워진 듯한 느낌이 들지만 사실 진실과의 거리는 전과 똑같다는 점뿐이었다.

가냘프고 뼈가 불거진 팔다리를 우아하게 꼬고 앉아 있는 인터뷰어의 표정이 점점 더 심각해졌다. 얼굴의 주름과 음영이 짙었는데, 눈 밑이 특히 어두워 꼭 멍이 든 것 같았다. 이야기를 듣는 그녀는 머리를 푹 숙이고 있었고, 그 길고 가느다란 목 끝에서 힘없이 늘어진 머리가 마치 짙은 꽃송이 같았다.

"인정할게요."

그녀가 마침내 입을 열었다.

"작가님에게 내 삶에 관해 이야기하고 질투를 유발하면서 즐거웠어요. 자랑스러웠어요. 그래, 난 용케 잘 살고 있구나, 하고 생각했던 기억이 나요. 그리고 그건 운이 아니라 내가 열심히 노력하고 절제해서 얻은 결과처럼 보였어요. 하지만 으스대는 것처럼 보이지 않아야 했어요. 나는 항상 내가 한 가지 비밀을 품고 산다고 생각했거든요. 그 비밀을 누설하면 전부 끝장일 것 같았어요. 남편을 바라볼 때면 그이 역시 똑같은 비밀을 품고 있다는 것이 느껴졌고, 나와 마찬가지로 그 비밀을 말하지 않을 것임을 알았어요. 왜냐하면 그것은 우리가 공유하는 비밀이었으니까요. 꼭 배우들처럼, 속으로는 그들이 연기 중이라는 사실을 알고 있으나 드러내놓고 인정하면 작품을 망치게 되는 상황인 거죠. 배우들에게는 관객이 필요한 법이지요. 우리도 마찬가지였어요. 비밀을 보여주되 말하지 않는 것이 즐거움의 한 부분이었거든요."

시간이 지나며 그들 부부는 동년배들이 이런저런 장애물에 걸려 넘어지는 모습을 지켜보게 되었고 심지어 그런 위급한 상황에서 도움을 주기도 했는데, 이는 그들의 우월감을 고양할 뿐이었다. 그녀는 우리가 만났을 때쯤 친한 친구 한 명이 고통스러운 이혼 절차를 밟던 중이라 그들 부부의 집에서 오랜 시간을 보내며 위로와 조언을 받고 있었다고 말했다. 원래 두 가족은 친밀한 사이라 수많은 저녁과 주말과 휴가를 함께 보냈으나 이제는 완전히 다른 현실을 맞이하게 되었다. 친구는 매일 새롭고 끔찍한 소식을 가지고 나타났다. 자신이 자리를 비운 사이에 남편이 승합차를 타고 와서 집에 있는 가구를 전부 가져갔다거나, 육아를 맡은 주말에 아이들을 돌보지 않고 방치했다고 말했다. 남편은 평생 살았던 집을 팔라고 강요하기도 했고, 지인을 찾아다니면서 친구에 관한 지독한 험담을 퍼뜨려서 관계를 오염시키기도 했다.

인터뷰어가 말했다.

"심각한 충격과 절망에 빠진 친구는 우리 부부의 부엌 테이블에 앉아 이런 이야기를 잔뜩 털어놓았어요. 나와 남편은 귀기울이면서 위로해주려고 노력했고요. 하지만 우리는 친구를 바라보면서 내심 즐거웠어요. 물론 절대로, 무슨 일이 있어도 그 즐거움을 인정하지 않을 것이었는데, 그 즐거움은 비밀을 누설하지 않는다는 것을 전제하니까요."

인터뷰어는 이야기를 이어갔다.

"사실을 말하자면, 남편과 나는 한때 이 친구와 친구의 남편을 부러워했어요. 옛날에는 수만 가지 이유로 그들의 삶이 우리보다 나은 것처럼 보였거든요. 그 둘은 에너지도, 모험심도 아주 많았어요. 항상 아이들을 데리고 이국적인 곳으로 여행을 다녔고, 취향이 아주 세련되어 집에 아름답고 특이한 오브제가 가득했어요. 그들이 얼마나 예술적인지, 얼마나 고급 문화를 사랑하는지 말해주는 증거들이 하고많았지요. 그림을 그리고, 악기를 연주하고, 책도 엄청나게 많이 읽고요. 우리 가족이 아무리 열심히 애써도 그들은 항상 우리보다 더 자유롭고 즐거운 삶을 사는 듯한 모습이었어요. 그때가—그들과 함께할 때—유일하게 우리 부부의 삶과 성격, 아이들의 성격에 불만을 품게 되는 순간이었어요. 그들이 우리보다 더 많은 걸 소유한 것 같아서 질투가 났고, 그들이 무슨 자격으로 그런 걸 누리는지 의아했지요."

간단히 말하면 그녀는 친구를 시샘했는데, 그러거나 말거나 친구는 자기 삶에 관해, 어머니로서 겪는 부당함과 가족을 뒷바라지하는 데에 필요한 가사 노동의 치욕스러움에 관해 끊임없이 불평했다. 그러나 남편에 관해서는 절대 불평하는 일이 없었고, 어쩌면 바로 이런 이유로 그는 친구가 가진 많은 것 중 남편을 가장 질투하게 되었는데, 질투가 어찌나 심했던지 자기 남편이 못마땅해 보일 지경이었다.

친구의 남편은 그의 남편보다 몸집이 더 컸고 잘생겼으며 몹시 매력적이고 사회성도 좋은 데다가 빛나는 신체적, 지적 재능까지 보유한 사람이라, 어떤 운동을 해도 우월했고 어떤 주제에 대해서도 다른 사람보다 아는 것이 많았다. 게다가 항상 정원을 가꾸고 아이들과 요리를 하고 캠핑이나 보트 타기를 함께하는 등 몹시 가정적이고 아버지 역할을 하는데도 나무랄 것이 없어 보였다. 무엇보다도 아내의 불만에 공감할 줄 알아서, 아내가 여성이 겪는 고역과 억압에 더 격렬하게 분노할 수 있도록 부추겼으며 자기 나름대로 그런 고역과 억압을 덜어주려고 열심히 노력했다.

"내 남편은 자기 몸에 자신감이 없었고, 매일 변호사 사무실에 틀어박혀 있느라 가족의 일상을 놓칠 때가 많았어요. 나는 이런 남편의 결함들을—내가 속으로 원한과 분노를 품게 된 원인이었지요—철저하게 숨기면서 그가 얼마나 중요한 사람이고 얼마나 열심히 일하는지 자랑했고, 나중에는 그런 식으로 내 안에 있던 어두운 감정들을 부정할 수 있었어요. 친구 부부와 함께할 때만 진실이 폭로될 조짐이 보였고, 때때로 나는 남편이 내 속마음을 알아챘을지, 내가 친구의 남편을 사랑한다고 몰래 의심하고 있는 것은 아닐지 궁금했죠. 하지만 그게 사랑이었다면 성경에서 갈망이라고 명명할 만한 종류의 사랑이었고, 친구의 남편은 갈망의 대상이 되는 일을 그 무엇보다 즐겼어요. 그렇게 외모를 가꾸는 남자는 본 적이 없다니까요. 여성적이라는 느낌이 들 정도였지요. 아주 남성적인 페르소나를 지닌 사람이었지만요.

나는 그에게 엄청난 동질감을 느꼈어요. 동질감이 정점에 달했던 것은 내가 남편이 얼마나 헌신적으로 일하는지 자랑할 때, 그가 아내의 편을 들며 아내가 여자로서 겪는 부당한 일에 대해 묘사할 때였어요. 어떻게 보면 우리는 서로를 알아본 거예요. 우리는 자기 자신을 좋아하듯 서로를 좋아했어요.

물론 그런 이야기를 대놓고 했다가는 우리가 쌓아 올린 삶이 와르르 무너졌을 테니 아무 말도 하지 않았지요. 언젠가 친구의 어머니가 친구에게 그랬대요, 너는 그런 멋진 남편을 가질 자격이 없다고. 그리고 그때 당시에는 나도 내심 그 말에 동의했는데, 이혼이 진행되면서는 정반대의 상황이 펼쳐졌지요."

인터뷰어가 말했다.

매번 부엌 테이블에서 새로운 이야기를 들을 때마다 친구 남편의 인성을 질문하고 또 질문할 수밖에 없었다고, 그녀는 말했다. 한때는 참으로 매력적이라고 생각했었고, 심지어 눈앞에 증거가 있는 상황에서도 욕하기 힘든 남자였다. 그리고 그녀의 남편이 온종일 일하느라 피곤한 데다가 정장을 갈아입을 여유조차 없었음에도 친구가 이야기하는 동안 인내심과 친절을 발휘해 가만히 앉아 있는 모습을 바라보고 있자면, 그런 남자를 남편으로 고른 자신의 안목에 새삼스럽게 놀라게 되었다. 친구가 전하는 남편 이야기가 끔찍해질수록 그녀는 자신이 그 남자를 얼마나 좋아했는지 아무도 모르기를 바랐고, 그 바람이 점점 커진 결과 그 남자를 가혹하게 비판하기 시작했다. 속으로는 친구가 이야기를 부풀리고 있다고 생각하면서도 그랬다. 그녀의 남편 역시 이상하리만치 친구의 남편을 비판하고 있었는데, 그래서 그녀는 남편이 지금껏 그 남자를 싫어하고 있었다는 것을 깨닫게 되었다.

"이런 느낌을 받기 시작했어요. 우리가 기어코 그들의 가정을 망쳐놓고 말았다는 느낌. 나의 비밀스러운 사랑과 그의 비밀스러운 증오가 상반되는 감정의 대상을 파괴하기로 공모라도 한 것 같았지요. 매일 밤 친구가 돌아가고 나면 우리는 앉아서 친구의 상황에 관해 이야기했고, 그러면 꼭 우리가 함께 이야기를 쓰고 있다는 생각이 들었어요. 현실에서는 절대 일어나지 않는 일들이 일어나고 정의가 실현되는 이야기를 그 모든 것이 우리 머릿속에서 일어나는 일 같았지만, 사실은 현실에서 일어나고 있었어요. 우리는 한동안 느끼지 못했던 친밀감을 느꼈지요. 우리가 부부로서 보낸 호시절이었어요."

그녀는 쓸쓸한 미소를 띤 채 말했다.

"타인의 결혼 생활을 보며 탐내던 것을 쟁취한 듯했지요."

그녀는 여전히 미소를 머금은 채 고개를 돌려 언덕 아래 도시를 굽어보았다. 자동차들이 강변도로를 따라 떼 지어 달리고 있었다. 그녀의 코는 존재감이 강해서 정면에서는 섬세한 얼굴선과 어울리지 않았지만 옆에서 봤을 때는 아름다웠다. 끝이 올라간 들창코였고 콧대에 확연한 V자 굴곡이 있었는데, 꼭 누군가가 운명과 형태가 어떻게 연관되어 있는지 보여주기 위해 조각한 작품 같았다.

그녀의 이야기를 들어보면 인간의 삶이 서사의 법칙 그리고 서사가 내세우는 복수와 정의 같은 관념에 지배될 수 있다고 느껴지지만, 사실 그런 환상이 생겨난 이유는 단지 그녀가 일어난 사건들을 그런 식으로 해석했기 때문이라고, 나는 대답했다. 다르게 말하면, 친구 부부의 이혼은 그녀의 내밀한 질투심이나 그들의 몰락을 바라던 마음과는 상관이 없었다. 그저 그녀의 스토리텔링 능력 때문에—앞서 말했던 것처럼 이 능력은 오래전 내게도 영향을 미쳤다—주변에 일어난 일들이 자기 탓이라고 믿게 된 것이었다. 그렇지만 그녀는 자신의 욕망이 타인의 삶을 바꿔놓고 있으며 심지어 고통을 주고 있다고 믿으면서도 죄책감을 느끼지는 않는 것 같았다. 나는 서사를 향한 충동의 뿌리가 사건을 유의미한 방식으로 연결하려는 욕망이 아니라—보통은 이런 욕망 때문에 서사가 탄생한다고 생각했다—죄책감을 피하려는 욕망일 수도 있다고 생각하면 흥미롭다고 말했다. 즉, 서사를 향한 충동은 우리의 책임감을 덜어주기 위해 고안된 전략이라는 것이었다.

"하지만 전에는 내 이야기를 믿으셨잖아요. 작가님이 믿을 거라고 기대하지도 않았고, 내 삶을 남이 부러워할 만한 것으로 꾸며냈을 뿐인데도요. 그 목적도 결국에는 내가 내 삶을 받아들이는 것이었고요. 내 커리어는, 자신이 여성으로서 겪었던 것을 세상에 공개할 의향이 있는 여자들, 그런 경험의 이런 저런 면을 솔직하게 내보이는 여자들을—정치인, 예술가, 페미니즘 활동가—인터뷰하는 것이 전부였어요. 그들의 솔직함을 재현하는 것은 내 몫이었지요. 나 자신은 너무 겁이 많아서 그들이 사는 방식대로, 페미니즘에서 말하는 이상과 정치적 원칙에 맞게 살 수 없었지만요. 내가 사는 삶에도, 변하지 않는 일상을 사는 데에도 나름대로 용기가 필요하다고 생각하는 편이 쉬웠죠. 그리고 그런 여자들이 겪는 어려움을 보며 즐거워했어요. 겉으로는 공감하는 척했지만."

그녀가 계속 이야기했다.

"어렸을 때는 어머니의 무릎 위에 편안하게 앉아, 두 살 많은 언니가 어떤 재난이 닥치든 전부 감내하는 모습을 지켜보고는 했어요. 언니가 잘못이나 실수를 저지를 때마다 나는 저러지 말자고 혼자 다짐하고는 했지요. 종종 언니랑 부모님은 지독하게 싸웠고, 나는 싸움의 주동자가 되지 않은 것만으로 톡톡히 이득을 보았어요. 그런데 앞서 말한 여자들과 인터뷰를 진행하면서 내가 어렸을 때와 똑같은 처지에 있다는 것을 깨달았어요. 그들이 나와 관련 있는 의제를 위해 싸워주는 덕에 나는 대중 앞에 나설 이유가 없으니, 그만큼 이득을 보고 있는 거잖아요. 어린 시절에도 언니가 부모님에게서 이런저런 자유를 쟁취해낸 덕에 나는 나중에 언니 나이가 됐을 때 손쉽게 같은 자유를 얻을 수 있었거든요. 나는 언젠가 이런 특권의 대가를 치르게 될 날이 올까 궁금해하고는 했어요. 정말 그런 심판의 날이 온다면 내가 받을 벌은 딸을 낳는 것이겠다는 생각이 들었고, 아이가 생길 때마다 너무나도 열렬히 아들을 바라게 되어 그렇게 열렬한 소원은 도저히 이루어질 수 없을 것 같더라고요. 하지만 매번 아들을 낳았고, 나는 어린 시절에 언니가 세상 모든 것과 분투하는 모습을 지켜봤던 것처럼 딸의 인생 때문에 분투하는 것도 지켜보았어요. 면밀히 관찰함으로써 언니의 실수를 반복하지 않았던 과거를 떠올리며 만족했지요. 그래서 언니가 무언가에 성공하면 참을 수 없었던 건지도 모르겠어요. 언니를 사랑하기는 했지만, 언니가 잘되는 모습은 봐줄 수가 없더라고요.

아까 말했던 친구는, 사실 내 언니예요. 그때는 언니의 이혼과 언니네 가족의 파멸이 내가 평생 기다려 온 것인 듯 달가웠어요. 이혼 후 몇 년 동안, 가끔 언니의 딸들을 보고 있으면 그 애들이 얼굴에 드러내던 상처와 고통 때문에 증오감까지 느꼈죠. 조카들의 상처는 이 모든 것이 게임이 아니라는 사실, 말하자면 어머니의 무릎 위에 편안하게 앉아 지켜보면서 이득을 취할 수 있는 게임이 아니라는 사실을 일깨웠기 때문이에요.

나의 아들들은 줄곧 안정감과 일상으로 꽉 짜인 평범한 삶을 살고 있었는데, 언니의 가정은 정말이지 끔찍한 문제들로 무너져내리고 있었어요. 언니는 계속 그런 문제들을 솔직하게 털어놓았고, 결국 나는 그렇게 솔직하게 이야기하면 아이들이 상처받는다고, 어느 정도는 숨겨야 하지 않겠냐고 말했어요. 나중에는 우리 아이들이 그런 격렬한 감정을 지켜보면서 불안을 느낄 것만 같아서, 언니네 가정사에 아이들을 노출하는 것도 꺼려지더라고요. 결국 언니와 조카들을 우리 집에 초대하거나 같이 휴가를 가자고 제안하는 것도 그만두었어요. 그전에는 주기적으로 했던 일이었는데요. 바로 그때쯤에, 내가 더는 언니네 가족을 지켜보지 않게 되었을 때, 언니의 삶이 바뀌기 시작했어요. 간간이 연락할 때마다 언니가 전보다 더 차분하고 긍정적으로 바뀌었다는 걸 눈치챘지요. 조카딸들의 사소한 성취와 발전에 관한 이야기를 전해주더라고요.

그러던 어느 날, 자전거를 타고 가는데 갑자기 장대비가 쏟아지기 시작했어요. 하필이면 그날 비옷을 깜빡하고 나오는 바람에 비를 피할 곳을 찾아보다가 언니네 집이 근처라는 사실을 떠올렸지요. 이른 아침이니까 언니가 집에 있으리라는 생각이 들어 빗속을 뚫고 페달을 밟았고, 현관 앞에 당도해 초

인종을 눌렀어요. 흠뻑 젖어서 꼴이 말이 아닌 데다가 애초에 옷도 후줄근한 걸 입고 있었고, 언니 외에 다른 사람이 문을 열어줄 수도 있다는 생각은 추호도 못 했죠. 놀랍게도 웬 남자가 문을 열어주더군요. 잘생긴 남자였는데, 나를 보더니 바로 뒷걸음질하며 안으로 안내한 다음 푹 젖은 내 소지품을 받아주고 머리를 말리라고 수건을 줬어요. 그 남자를 처음 본 순간 바로 알았죠, 그가 언니의 새로운 파트너라는 것을. 그는 내가 탐내던 전남편보다도 훨씬 훌륭한 남자이며, 언니와 조카딸들의 나아진 운수를 방증한다는 것을. 언니가 태어나서 처음으로 행복해하고 있다는 것도 깨달았어요. 그리고 그전에 불행을 겪지 않았다면, 언니가 겪었던 그 방식 그대로 겪지 않았다면 지금 느끼는 행복을 절대 느낄 수 없었으리라는 것도 깨달았지요.

언젠가 언니는 전남편의 차갑고 이기적인 성격, 우리 중 아무도 인식하지 못했던—누구보다 언니가 몰랐죠—이상한 성격은 그동안 암처럼 잠복해 있던 거라고 말했어요. 그것은 오랫동안 언니의 삶 속 보이지 않는 곳에 숨어 있었고, 언니는 그것의 정체를 모르는 채 점점 커지는 불안에 시달리다가 결국 고통을 참지 못해 삶을 다 찢어내고 암 덩어리를 떼어냈다고 했죠. 바로 그때 어머니가 했던 잔인한 말이—언니는 그런 멋진 남편을 가질 자격이 없다—떠올랐어요. 의미가 완전히 달라진 채로 말이죠. 어머니가 그 말을 했을 때 우리는 언니가 그렇게 멋진 남편을 떠나려 한다는 것, 분명 본인이 잘못해서 남편을 냉혈한으로 만들었을 것이고 아이들은 복구 불가능한 상처를 입을 텐데도 이혼을 감행하려 한다는 것을 이해할 수 없었는데, 이제 언니는 다른 이야기를 들려주고 있었어요. 남편이 최근에 보여주기 시작한 차가운 모습으로부터 아이들을 지켜야 한다는 의무감을 느낀다고 했지요. 남편이 정말 그런 사람인지, 그 당시에는 직접 증명할 수 없었지만요.

언니가 그랬는데, 하루는 구독일 민주 공화국에 관해서, 슈타지 정권하에서 사람들이 서로를 팔아먹었던 끔찍한 사건들에 관해서 남편과 이야기를 나눈 적이 있었대요. 그때 언니는 이제 아무도 자신의 용기와 비겁함의 한계를 정확히 알 수 없다고, 왜냐하면 지금은 그런 가치가 시험에 드는 시대가 아니기 때문이라고 말했대요. 아주 이상하게도, 남편은 동의하지 않았다는 거예요. 같은 상황이 되면 자신이 가장 먼저 이웃을 팔아넘길 거라고, 확실하다고 했다더군요. 언니는 이때 처음으로 같이 사는 남자 안에 있는 낯선 이의 얼굴을 똑똑히 볼 수 있었다고 했어요. 물론 결혼해서 함께한 세월이 축적되며 남편이 어떤 사람인지 암시해준 사건은 이 밖에도 많이 있었다고 해요. 그때마다 남편은 언니가 꿈을 꾼 거라고, 상상이라고 주장했고, 그 주장이 설득에 성공하지 못했다면 남편의 본성을 일찍 파악할 수 있었겠죠.

언니의 딸들은 이제 승승장구하고 있어서, 학교에서 시험을 보면 우리 아이들보다 훨씬 점수가 좋아요. 우리 아이들도 충분히 잘하고 있지만요. 아들들은 밝고 안정적이에요. 어느 분야에 취직할 건지 다 생각해놨고—한 아이는 공학, 다른 아이는 컴퓨터 소프트웨어—졸업해서 세상에 나갈 준비가 다 됐어요. 분명 그 아이들은 책임감 있는 사회의 일원이 될 거예요. 달리 말하면 남편과 나는 우리의 책무를 다한 거고, 이제야말로 내가 세상에 널리 전파하던 페미니즘의 원칙을 내게도 적용해볼 때인 셈이지요.

사실은 나의 가정이라는 안온한 세계 밖에는 무엇이 있을지, 어떤 자유와 기쁨이 그곳에서 나를 기다리고 있을지 오랫동안 궁금했어요. 내 가족, 내가 속한 사회에 영예롭게 할 일을 다했으니, 분노를 일으키거나 상처를 주는 일 없이, 야음을 틈타, 말하자면 사퇴 같은 것을 할 시간이라 생각했어요. 마음 한쪽에서는 몇 년이나 자제하고 희생했으니 보상받을 자격이 있다고 믿었으나, 다른 한쪽에서는 그저 이 게임에서 완승을 거두고 싶다는 생각도 있었지요. 우리 언니 같은 여자들에게 보여주고 싶었어요, 자유를 쟁취하고 자신을 이해하는 일은 세상을 통째로 깨부수고 그 광경을 남들 앞에 전시하지 않아도 가능하다는 것을.

여행을 떠나자고 생각했어요. 무거운 짐을 져야만 했던 오랜 세월을 뒤로하고 인도로, 타이로, 간단하게 배낭 하나만 들고 떠나는 거죠. 석양과 강물을, 날씨가 온화한 저녁이면 저 멀리 모습을 드러낼 산꼭대기를 그려봤어요. 운하 옆에 있는 우리 집에 남아 있는 남편을, 두 아들과 친구와 취미 생활의 세계에 머무를 남편도 그려보았고, 남편도 내 결정을 반길 거라는 생각을 했지요. 우리가 결혼하고 함께한 지난 20년 동안 우리의 남성성과 여성성은 서로 맞부딪혀 마모되었거든요. 우리는 익숙하고 고민 없는 일상을 살았어요. 나란히 서서 풀을 뜯고, 꼭 붙어서 잠을 자는 양 떼처럼.

다른 남자를 만날까 고민했던 적도 있어요. 실제로 꽤 오랫동안 꿈에 다른 남자들이 나왔어요. 평소라면 내 꿈은 익숙한 얼굴과 상황과 불안으로 가득했을 텐데요. 꿈속의 남자들은 항상 친분도 없고 만난 적도 없는 낯선 이들이었는데, 그래도 그들은 특별한 다정함과 욕망을 품고 나를 알아보았어요. 나 역시 그들을 알아보았고, 그들의 얼굴에서 과거에는 알고 있었던 무언가를, 잊어버린 뒤 다시 찾지 못하다가 이렇게 꿈속에서야 기억하게 된 그것을 발견했어요. 물론 이런 이야기는 그 누구에게도 할 수 없었어요. 꿈에서 깨면 정말 참을 수 없을 정도로 극렬한 행복감을 느꼈으나 그런 행복도 안방에 스며드는 새벽빛 아래서 차갑게, 실망스럽게 식어갔지요. 난 원래 꿈 이야기를 하는 사람들을 견디지 못했는데, 누구든 붙잡고 이런 꿈 이야기를 하고 싶은 마음이 간절했어요. 하지만 이런 이야기를 털어놓을 수 있는 사람은 꿈속의 남자들밖에 없었죠."

그녀는 계속 이야기했다.

"이때쯤 남편이 변하기 시작했는데, 정말 미세한 변화라 정확히 짚어낼 수 없었지만 그렇다고 무시할 수도 없었어요. 마치 자기 자신의 사본이나 위조본 같은 것이 된 듯한, 원본과 똑같이 생기기는 했지만 어쨌든 그 고유성이 없는 듯한 모습이었지요. 실제로 남편에게 무슨 문제라도 있냐고 물어볼 때마다 답변은 똑같았어요. 다른 사람이 된 것 같은 기분이라고요. 아이들에게도 무언가 달라진 것을 느끼지 못했는지 물어봤는데, 오랫동안 잘 모르겠다고만 대답하더니 어느 날 셋이서 축구 경기에 다녀온 후에—원래 부자끼리 줄곧 다녀오고는 했어요—내 말이 옳다고, 아빠가 전과 다르다고 하더라고요. 외모도 행동도 평소와 똑같아서 정확히 어디가 변한 건지 집어낼 수는 없었어요. 하지만 정신이 다른 데에 있는 것 같다고 아이들이 말했고, 바로 그때, 그것이 불륜의 징후일지도 모른다는 생각이 들었지요.

예상이 적중한 건지, 그때로부터 얼마 지나지 않은 어느 저녁에 같이 부엌에 있는데 남편이 갑자기 어두운 목소리로 할 말이 있다고 그러더군요. 바로 그 순간 나는 우리의 세계가 쪼개져 갈라지는 듯한 기분이었어요. 꼭 누가 번쩍거리는 대검으로 베어놓기라도 한 것처럼요. 부엌 천장이 허물어져 그 틈으로 하늘과 탁 트인 풍경이 보이고, 벽이 무너진 너머로 바람과 빗방울이 느껴질 것만 같았어요. 그전에도 연인이, 부부가 헤어지는 건 봤어요. 보통은 샴쌍둥이를 떼어놓는 것 같지요. 길고 긴 고통의 끝에는 한때 한 쌍이었던 불완전하고 슬픔에 겨운 인간 두 명이 남아요. 하지만 남편의 고백은 너무 빠르고 갑작스러웠어요. 우리를 묶어주던 밧줄을 한칼에 잘라버린 듯한 느낌이었고, 고통을 느낄 시간도 없었죠. 하지만 남편은 바람을 피우던 것이 아니었어요."

그녀는 머리를 뒤로 젖혀 흐릿한 잿빛 하늘을 바라보며 눈을 몇 번 깜빡였다.

"남편이 하려던 말은 우리가 함께하는 삶이 끝났고 나는 이제 자유롭다는 것이 아니고, 병에 걸렸다는 것이었어요. 게다가 그는 죽음을 가속하는 병이 아니라 남아 있는 삶을 면면이 망쳐놓을 병에 걸린 것이었죠. 우리가 결혼한 지 20년 됐는데, 의사는 남편에게 20년은 더 살 수 있다고 했대요. 원래 누리던 독립적인 삶과 힘을 매일 조금씩 잃어가면서 말예요. 남편이 살면서 획득했던 것들을 전부 남김없이 빼앗아갈, 일종의 역진화인 셈이에요. 그리고 나 역시 많은 것을 빼앗겨야 할 거예요. 내게 유일하게 금지된 선택지는 도움이 필요한 남편을 버리는 거니까요. 사실 더는 남편을 사랑하지도 않고 정말 사랑한 적이 있었는지도 모르겠을뿐더러, 마찬가지로 남편 역시 나를 사랑한 적이 없을 것 같지만요. 이건 우리가 지켜야 하는 마지막 비밀일 거예요. 그리고 가장 중요한 비밀이지요. 이 비밀이 누설되었다가는 다른 비밀도 전부 드러날 테고, 우리가 쌓아 올린 삶과 아이들의 삶은 망가지고 말 테니까요."

그녀는 한참 말이 없다가 다시 이야기를 계속했다.

"언니의 새로운 파트너는요. 섬 지역에, 그중에서도 가장 아름다운 곳에 집이 있대요. 남편과 나도 가끔 그쪽에 집을 사는 환상을 품었죠. 우리에겐 제일 작은 외양간 하나 살 돈도 없었지만요. 하지만 섬에 집이 있으면 우리 가족이 완벽해질 것 같아서, 가질 수 없다는 걸 알면서도 줄곧 꿈꾸고는 했어요. 언니 파트너의 집을 사진으로 봤는데, 바다 바로 옆에 있는 굉장한 곳이더군요. 사진에 언니의 아이들이 등장하기도 했어요. 아는 사람들인데도 그 행복한 모습이 낯설더라고요. 하지만 그곳에 가본 적은 없어요. 앞으로도 절대 가지 않을 거예요. 언니가 그곳에서 보내는 시간이 점점 늘어나고 있고 심지어 불만을 늘어놓기까지 해서, 지금껏 언니 손에 들어왔던 것 대부분을 버려왔던 만큼 그 집도 결국에는 버릴까 궁금하지만요. 이제는 언니가 무슨 생각을 하고 사는지 모르겠어요. 말을 안 해주거든요. 그리고 바로 이 사실이야말로—언니의 삶에 자기만의 비밀이 있다는 사실—언니가 지금 가진 것을 끝까지 붙잡을 거라는 뜻이겠지요.

언니에게 나를 만나고 싶은 마음이 없다는 것이 느껴져요. 어쩌면 그 누구도 만나고 싶지 않을지도 모르겠네요. 언니는 여정의 막바지에 도착한 거예요. 나는 평생 그 여정을 지켜봤고, 내가 엄청난 애증을 느끼며 지켜보는 가운데서 언니는 자신이 원하는 것을 찾아냈죠. 그리고 나의 애증 때문에 언니는 나의 시야 밖으로 사라졌어요. 나는 언니를 관찰할 권리를 박탈당한 셈이지요. 자꾸 이런 느낌이 들어요. 그 모든 것이 내 것이었다는, 내 것이었는데 빼앗겼다는 느낌."

그녀는 잠시 침묵을 지켰다. 턱을 든 채 눈을 반쯤 감고 있었다. 한 마리 새가 날아와 그녀의 발 주변, 자갈길 위에서 질

문을 던지듯 맴돌다가 아무런 관심도 끌지 못하고 다시 날아
갔다.

그녀는 곧 이야기를 이어갔다.

"때때로, 가족을 다 끊어내고 자유를 얻어낸 사람들을 만나
요. 하지만 종종 그 자유에서 일종의 공허함 같은 게 엿보이고
는 해요. 가족을 떼어내는 과정에서 자신의 일부를 떼어낸 것
만 같지요. 빙하에 갇혔다가 팔을 잘라내야 했던 사람처럼요."

그녀는 희미한 미소를 머금고 말했다.

"나는 그럴 생각이 없어요. 가끔 팔이 아플 때는 있지만 떼
어내지 않는 것이 내 의무라고 생각하고 있어요. 지난번에 길
에서 언니의 첫 번째 남편을 만났거든요. 서류 가방을 든 채
정장을 입고 있었어요. 그를 이런 회사원 같은 복장과 연관 지
어 생각해본 적이 한 번도 없어서 깜짝 놀랐어요. 그는 항상
보헤미안이나 예술가 유형이었거든요. 그가 자신을 굽히고
직장에 다닐 생각이 추호도 없으며—가족들이 돈에 쪼들린
다고 해도—그렇게 사는 사람들을 업신여긴다는 점도 남편
을 자극했던 것 같더라고요. 그 집은 언니가 돈을 벌었고 심지
어 가장 역할에 만족한다고 주장했는데—페미니즘의 원칙에
맞잖아요—이혼 후에는 결국 자기 밥벌이를 할 수밖에 없었
나 봐요. 사실 나는 마음속으로 그의 전통적인 남성상을 향한

경멸에 감탄했던 데다가 내심 그 경멸을 공유하고 있었기 때문에, 뭐랄까, 전통적인 남자처럼 입은 그를 보고 놀랄 수밖에 없었던 거죠.

길을 걷는 우리 사이의 거리가 점점 좁아지면서 눈이 마주쳤는데, 전에 느꼈던 애정이 다시 샘솟았어요. 그렇게 많은 일이 있었는데도. 거리가 충분히 가까워져서 말을 걸겠다고 입을 열고 나서야 그의 얼굴에 떠오른 순수한 증오의 표정이 보였지요. 저러다가 나한테 침이라도 뱉겠다는 생각이 잠시 들었어요. 실제로 침은 뱉지 않았지만, 지나가면서 하악, 하는 쉿소리를 내더라고요. 동물이나 낼 법한 소리였고, 나는 어찌나 놀랐던지 그가 지나간 후에도 한참을 붙박인 듯 서 있었어요. 교회 종소리가 울리면서 동시에 비가 내리기 시작했어요. 나는 가만히 서서 도로에 시선을 고정한 채 빗물이 고이는 모습을, 고인 빗물 위로 건물과 나무와 사람들이 거꾸로 반사된 모습을 바라보았지요. 종소리가 울리고 또 울렸어요. 분명 무슨 특별한 행사가 있었을 거예요. 그전에는 종소리가 그렇게 오랫동안 울리는 걸 들어본 적 없었거든요. 영영 멈추지 않을 것 같았어요. 소리가 점점 더 거세졌고 점점 더 기묘해졌지요. 하지만 종소리가 계속되는 동안에는 꼼짝도 할 수 없었어요. 그래서 한자리에 멍하니 선 채 빗물이 머리카락과 얼굴과 옷을 적시고 흘러내리는 동안 발밑에 생겨난 거울을, 온 세상이 거꾸로 뒤집힌 모습을 바라보았어요."

그녀는 이야기를 멈추었다. 입꼬리가 쭉 당겨져 일그러진 표정이 기이했고, 커다란 눈은 깜빡이지 않았으며, 가파른 콧대 위에는 정원의 빛이 변화하며 드리운 그림자가 어른거렸다.

"정의라는 것이 단순히 한 사람의 환상이라고 생각하는지 아까 물어보셨죠. 난 잘 모르겠어요. 하지만 정의를 두려워해야 한다는 것은 알아요. 인간은 온몸으로 정의를 두려워해야 하지요. 정의가 당신의 적에게 패배를, 당신에게 승리를 안겨줄 때조차도."

그녀는 이야기를 멈추고는 가볍고 잽싼 움직임으로 소지품을 챙기더니 내 쪽을 바라보며 손을 쭉 뻗었다. 나는 손을 잡았고, 놀라울 만큼 부드럽고 따뜻한 그녀의 피부를 느꼈다.

"필요한 건 다 여쭤본 것 같아요. 사실 여기 오기 전에 세세한 것까지 다 검색해봤어요. 요즘 우리 기자들은 이런 식으로 일을 하죠. 언젠가 우리를 컴퓨터 프로그램으로 대체할지도 모르겠어요. 다시 결혼하셨다는 기사를 읽었어요. 솔직히 말하면 놀랐어요. 하지만 걱정하지 마세요. 사생활에 집중하지는 않을 거니까요. 중요한 것은 작가님 이야기가 길고 유의미하게 다뤄질 거라는 점이에요. 내일 아침까지 완성하면, 오후에 실릴지도 몰라요."

그녀는 시계를 확인하며 말했다.

파티는 시내 중심가에 있는 장소에서 열릴 예정이라, 호텔에서 그곳까지 걸어갈 사람들은 가이드의 안내를 받게 되었다. 가이드는 키가 훌쩍하고 마른 남자아이로, 윤기가 흐르는 풍성한 검은 곱슬머리를 어깨까지 기른 모습이었다. 끊임없이 환한 웃음을 보여주었고, 기습 공격에 대비해야 한다는 듯 눈을 빠르게 양옆으로 움직이며 주변을 살폈다.

가이드는 자신이 종종 행사 참가자들을 인솔해 도시 이곳저곳으로 안내하게 된 것은 어머니가 이 행사의 주최자이기 때문이라고 했다. 그는 비범하다는 이야기를 들을 정도로 길을 잘 찾았고, 그의 어머니는 그런 아들의 능력을 활용하기로 했던 것이다. 가이드는 살면서 방문했던 거의 모든 장소를 구석구석 또렷하게 기억하고 있었으며 가보지 않은 장소도 잘 알았는데, 시간이 날 때마다 지도를 공부한다거나 자신에게 길 찾기 과제를 내주고 그 답을 찾는 취미가 있기 때문이었다. 무척 재미있는 취미였다.

예를 들어, 그는 베를린에 한 번도 가본 적 없었지만, 만약 그 도시의 한복판에 놓이는 일이 생겨도 길을 잘 찾아낼 수 있을 거라고 굳게 확신했다. 그뿐만 아니라, 가령 플뢰첸제에 있는 수영장에서 베를린 공립 도서관까지 최단 경로를 찾아야 하는 상황이라면, 현지인보다도 잘 해낼 수 있을지 몰랐다. 지하철을 타고 하우프트반호프 역에서 내려 티르가르텐 공원을 가로지르면, 여러 번의 복잡한 환승을 피할 수 있을뿐더러 10분에서 15분 정도 절약할 수 있었다. 그가 알기로 베를린의 겨울은 몹시 가혹해서 추운 계절에도 그 길이 지름길이 되어줄지 의아하기는 했으나, 출발지가 야외 수영장이라는 점을 고려하면 이런 여정이 필요한 시기는 여름일 확률이 높다는 생각에 안도했다.

이야기가 여기까지 흘렀을 때쯤 우리는 호텔 주변을 벗어나 양옆에 높은 콘크리트 벽이 솟은 터널 같은 길을 걷고 있었다. 고가도로에서 시끄러운 자동차 소리가 끊임없이 넘어오자 헤르만은—가이드의 이름이었다—손으로 귀를 막은 채 돌연 왼쪽의 좁은 골목길로 뛰어갔다. 다른 사람들이 도착할 때까지 기다리던 중 그는, 여러 사람을 데리고 이동할 때 생기는 문제점은, 사람마다 다른 스타일과 진행 속도에 맞춰주면서도 다 함께 똑같은 시간에 목적지에 도착해야 한다는 것이라고 말했다. 걸음이 빠른 사람들은 자주 멈춰 서서 느린 사람들을 기다려야 했다. 이것은 가장 건강한 사람들에게 가장 많은 휴식 시간이 제공되며, 힘겹게 따라오고 있는 사람들에게는 숨 돌릴 틈도 주어지지 않는다는 뜻이었다. 그렇지만 걸음이 느린 사람들도 빠른 사람만큼 쉴 수 있게 해준다면 시간이 두 배쯤 더 걸릴 것이었다. 게다가 빠른 사람들도 쉬는 시간이 두 배나 더 길어질 테니 지루함과 답답함, 추위와 배고픔을 느끼는 등 새로운 문제가 생길 수 있었다. 그의 어머니는 이런 문제가 생긴다 한들 그가 합당한 해결책을 찾을 수 있을 거라고 확신했으나, 그는 자신에게는 지극히 명쾌해 보이는 문제들이 타인에게는 복잡다단해 보일 때가 많다는 사실을 잘 알고 있기에 항상 오해가 생길까봐 전전긍긍했다.

평생 그의 어머니는 아들에게 책을 읽으라고 권유했는데, 흔히들 그러듯 책을 읽으면 더 나은 인간이 될 수 있다고 믿어서 그런 것이 아니었다. 상상력에 기반한 글을 파고들다 보면 대화 속에서 주고받는 말과 현실은 다르다는 것만큼은 깨우칠 수 있고, 어머니는 그 사실을 간파했던 사람이라 권한 것이었다. 어렸을 때 그는 이야기라는 것을 불편해했고 누군가가 거짓말하는 것을 싫어했다. 그러나 곧 이해하게 되었다, 사람들은 과장과 허구를 섞어가면서 말하는 것을 어찌나 즐기는지 그것들을 진실과 헷갈릴 정도라는 사실을. 그는 그런 상황이 닥치면 정신을 딴 데로 돌리는 법을 익혔다고 덧붙였다. 외워두었던 철학 텍스트 구절들을 되새기거나 공부했던 수학 문제를 되짚어보거나 유독 헷갈리는 버스 시간표를 암기하면서 그런 상황이 지나가기를 기다리는 것이었다.

그때 다른 사람들이 모퉁이를 돌아 모습을 드러냈고, 헤르만은 다시 빠르게 걷기 시작했다. 공원이 나오자 그는 다시금 길 위에 멈춰 서서 일행을 기다렸다. 그 공원은 아주 좋은 공간이라고, 하지만 도시의 다른 공원보다 범죄율이 높아서 평판이 좋지 않다고 그는 말했다. 또한 자전거를 타고 공원을 가로지르는 경로는 강 반대편에 있는 집에서 학교를 잇는 훌륭한 지름길이라 큰길을 따라갈 때보다 자그마치 10분을 아낄 수 있었다. 같은 학교에 다니는 학생 중 상당수는 똑같거나 비슷한 경로로 통학했는데, 간단한 계산만으로도 공원을 가로지르는 것보다 큰길을 따라가는 것이 더 위험하다는 사실을 알 수 있는데도 계속 더 위험한 큰길을 고집했고, 그로서는 그런 친구들의 선택이 놀라웠다. 친구들은 부모님 때문에 큰길로 다닌다고 말했는데, 그 이상한 현상에 대해 헤르만의 어머니가 내놓은 설명은, 생물학적으로 부모라는 존재는 그 근본부터 이성에 반한다는 것, 부모가 되는 경험을 보편적인 논리 체계가 뒤집히는 일로 볼 수도 있다는 것이었다. 헤르만은 어머니는 대체로 논리적인 사람이라면서, 어머니가 감상주의에 빠지지 않고 아이를 키우는 일은 거의 불가능하다고 인정한 바 있으나 자신이 보기에는 그 목표를 달성하기 위해 최선을 다해온 것 같다고, 그래서 지름길 건에 관해서는 학교에서 그의 안전을 염려해 어머니에게 주의를 권했음에도 그가 다니고 싶은 길로 다닐 수 있도록 지지해주었다고 했다.

공원에 펼쳐진 길고 경사진 풀밭은 아래쪽 강둑으로 이어졌고, 여기저기 널찍한 모랫길이 나 있어 저물녘이면 사람들은 그곳을 걷거나 벤치에 앉아 있었다. 풀밭 저 멀리 형광 재킷을 입은 남자들이 둥그렇게 서 있는 모습이 보였는데, 헤르만의 설명에 의하면 그 남자들은 사람들이 공원의 특정 구역에 들어가지 못하도록 저지하기 위해 고용된 것이었다. 얼마 전에 이 지역을 활성화하려는 목적으로 콘서트홀이 새로 지어졌다고, 그가 말했다. 콘서트홀은 발전을 향한 도시 계획가들의 야망과 공원을 원래 모습대로 보존하려는 환경 운동가들의 결단을 모두 만족시키는 성공적인 타협의 예시였다. 건축가는 공원을 철거하고 새로 건물을 짓는 대신 지하에 콘서트홀을 짓자는 기발한 아이디어를 냈다. 공사가 끝나고 공원의 일상이 회복 가능해진 후에야—겉으로 보기에는 달라진 것이 하나도 없었다—콘서트홀의 음향 시스템이 그 위를 지나는 사람들 때문에 의도한 것과 정반대로 작동하고 있음이 드러났다. 콘서트홀 안에서는 음악 소리가 극대화되는 대신 단 한 명의 행인이 풀밭을 걸어가고 있을 때조차 그 발소리가 증폭되어 음악이 들리지 않을 지경이었다.

콘서트홀 설계의 핵심은 눈에 띄지 않는다는 것, 공원의 외양에 영향을 주지 않는다는 것이었기에 보기에는 아무것도 없는 풀밭 위에 저지선이나 울타리를 두르자니 선뜻 내키지 않았다. 그리고 같은 이유로—보기에는 아무 변화도 없었기 때문에—사람들은 항상 그랬던 것처럼 풀밭을 가로질러 다녔다. 도시 계획가들이 이 문제를 해결하기 위해 내놓은 방안은 사람들을 고용해서 콘서트가 진행 중일 때 인간 울타리처럼 쓰는 것이라고, 헤르만이 말했다. 그들이 생각하지 못한 점은—이야기를 이어가는 그의 얼굴에 떠오른 밝은 미소가 더욱 강렬해졌다—울타리나 표지판은 모두에게 명확한 메시지를 전달하는 반면, 인간의 경우에는 아무리 형광 재킷을 입고 있다고 해도 자기 의도를 설명해야 한다는 것이었다. 평소 자유롭게 지나다니던 곳에 접근하던 행인들은 난데없이 지금은 지나갈 수 없다는 통보와 그 이유에 대해 장황한 설명을 듣게 되었고, 이 복잡한 절차는 매일 반복되고 또 반복되었다고, 그는 말했다. 게다가 실제로 들판을 통행하지 못하게 막는 법 조

항이 없었고 어떤 사람들은 밑에서 콘서트가 열리고 있다고
해서 자신이 경로를 바꿀 필요는 없다고 생각했으니 지시 이
행에 있어 필연적으로 마찰이 생길 수밖에 없었다.

그 와중에 콘서트 관람객들은 소음에 분개하며 돈을 돌려
달라고 성화였다. "내가 알기로 어떤 사건은 법정까지 갔어
요"라고 헤르만은 말했다. "법의 목적은 객관적 타당성을 결
정하는 것이니 그 판례를 확인하는 일은 재미있을 거예요"라
고 그가 덧붙였다. 그는 시간이 날 때면 얽히고설킨 법적 쟁점
들을 즐겨 공부한다고, 그중에는 꽤 재미있는 것도 있다고 덧
붙였다. 그가 특히 좋아하는 사건은 어떤 여자가 동네에서 자
동차를 타고 가다가 창문으로 벌 떼가 날아든 것이었다. 유
독 더운 날이라 창문을 몇 센티미터쯤 열어둔 참이었다. 공황
에 빠진 여자는 결국 근처에 있는 제과점에 차를 박고 말았고
그 결과 엄청난 손해를 입혔는데―다행스럽게도 인명 피해
는 없었다―여자와 보험사는 그것이 운전자 책임은 아니라
고 믿었으나 판사는 그 믿음이 처음부터 끝까지 틀렸음을 증
명해 보였다.

나는 헤르만에게 어떤 학교에 다니느냐고 물었다. 그는 수
학과 과학 교육에 집중하는 학교에 다닌다고, 전국 곳곳에서
학생들이 온다고 말했다. 그전에는 동네에 있는 학교에 다녔

는데 딱히 즐거운 경험은 아니었다고 했다. 하지만 그곳을 떠날 때쯤에는 그가 다른 학생들의 시험공부를 도와줄 수 있다고 소문나는 바람에 꽤 인기를 끌 수 있었다. 반면 교사들과는 사이가 그다지 좋지 않았고, 종종 어머니가 자신 때문에 싫은 소리를 듣는 것도 목격했다. 그는 너무나도 미안했으나 어머니가 그런 사건을 이유로 그를 나무라지는 않았기에 마음 쓰지 않아도 된다고 결론짓게 되었다.

그의 어머니에 따르면 자신이 잔인함에 아파해봤다는 이유만으로 타인도 똑같이 당하기를 바라는 것은 인간의 본성이라고, 그가 말했다. 사람들은 특정한 행동 때문에 고통을 겪으면 바로 그 행동을 반복함으로써 고통을 달래려고 했다. 참 기이한 치료제였다. 그는 이런 모순을 수학적으로 표현하려고 시도했는데, 근본부터 비논리적인 현상이었기에 여태껏 성공하지 못했다. 그가 알기로 문제는 무한히 반복한다고 해서 해결할 수 있는 것이 아니었다, 무한대 그 자체가 문제를 해결해줄 실마리가 아니라면.

그때 길을 따라 우리 쪽으로 접근하는 일행들이 보이기 시작했고, 헤르만은 언덕 내리막길의 들판을 가로질러 강 쪽으로 걷기 시작했다. 머리 위로 팔을 들어 올리고 과장된 손짓으로 일행에게 방향을 안내했다. 그는 자기가 너무 말이 많지 않냐고, 미안하다고 했다. 원래 이야기하는 것을 좋아하는 데다가 어머니가 항상 열심히 질문하라고 북돋아주었던 탓에, 그로서는 다른 사람들이 서로를 궁금해하지 않는 것이 오히려 놀랍다고 했다. 그가 내린 결론은, 사람들이 하는 질문은 대부분 그저 동조를 구하려는 시도에 지나지 않아 마치 기초적인 수학 문제 같다는 것이었다. 2와 2를 더하면 보통 답은 4이고 그것과 다른 대답을 내놓으면 사람들이 기분 나빠 한다는 것을 그는 알게 되었다.

그의 어머니가 해준 이야기에 의하면, 그는 세 살이 될 때까지 아무 말도 하지 않았다고 했다. 그의 어머니는 대답을 기대하지 않으며 혼잣말을 하는 습관이 생겼고, 그래서 어느 날 열쇠를 찾으면서 혼잣말로 열쇠를 어디에 두었는지 물었을 때 아기 의자에 앉은 아들이 열쇠는 코트 주머니에 있고 코트는 복도에 걸려 있다고 답하자 아주 놀랄 수밖에 없었다. 그 후로 그는 늘 쉴 새 없이 떠들었고, 어머니는 속으로 짜증이 났을지 모르겠으나 겉으로는 줄곧 상냥하게 대꾸했다. 흥미롭게도, 최근에 친해진 학교 친구는 쓰는 낱말마다 발음이 틀렸다. 어휘력이 굉장했으나 대화보다는 독서를 더 많이 하던 친구라, 지금까지는 머릿속에만 존재하던 단어, 유의미한 글자의 연속에 지나지 않던 단어를 처음으로 헤르만과 하는 복잡한 대화 속에서 발화하게 되어 실수하는 것이었다. 헤르만이 그가 하는 말을 대부분 이해해주는 어머니와 풍부한 대화를 즐길 수 있었던 것은 엄청난 행운이었다. 그는 많은 부모와 자식이 이런 행운을 누리지는 못한다는 것을 알았다.

학교가 만족스러운 이유 중 하나는 자신과 비슷한 경험을 해온 사람들, 자신과 세상에 대한 관점이 비슷한 사람들과 교류하고 있기 때문이라고, 헤르만은 말했다. 그런 경험은 태어나서 처음이었다. 여태껏 그가 집에 앉아서 그의 방 창문 밖을 내다보는 동안 친구들도 서로 다른 도시에 있는 그들의 방 창문 밖을 내다보며 모두가 비슷한 생각을, 그들 외에 다른 사람들은 하지 않는 것 같은 생각을 하고 있었다니, 참 우스웠다. 달리 말하면 이제 그는 비주류가 아니었다. 학교 친구 중 몇몇은 특정 영역에서 그 누구보다 뛰어났는데, 예를 들어 그와 자주 어울리는 친구 옌카가 그랬다. 그와 옌카는 사이가 굉장히 좋았고, 그 덕에 그들의 어머니들도 친해졌다. 어머니들은 최근에 휴가를 맞아 피레네산맥으로 하이킹을 다녀왔는데, 헤르만의 어머니가 아들 없이 다녀온 최초의 여행이라서 그는 어머니가 자신의 빈자리를 절감하지 않기를 바라는 마음이었다. 그와 옌카는 성격이 꽤 달랐는데, 흥미롭게도 바로 그런 차이 때문에 친구가 된 것 같다고 그는 덧붙였다. 예를 들어

엔카는 말수가 적었으나 헤르만은 입을 가만히 두지 못했다. 이것은 두 극단적인 성질이 한데 공존하며 균형을 이루는 사례라고 할 수 있었다. 학교 사람들은 엔카가 전국에 있는 같은 나이의 학생들을 통틀어 가장 똑똑하다고 말하기도 했다. 엔카는 꼭 해야 할 말이 아니라면 절대 하지 않는 여자아이였고, 그래서 엔카가 하는 말을 들으면 다른 사람들이 흔히 하는 이야기 중 상당수가—헤르만은 자신도 여기에 해당한다고 했다—변변찮다는 사실을 깨닫게 되었다.

한 학년이 끝날 때마다 학교에서는 가장 뛰어난 남학생과 여학생에게 우등상을 준다고, 헤르만은 말했다. 우등상을 수여할 때 출중한 성취뿐만 아니라 성별까지 고려한다는 점은 흥미로웠다. 처음에 헤르만은 이것이 합당하지 않다고 생각했지만, 살면서 성별이 중요한 요소라고 생각해본 적 없었던 것을 고려하면 자신이 성별의 중요성을 이해하기에 적합한 입장인 것 같지 않다고 결론 내렸다. 그는 이 주제에 관해 내게 의견이 있다면 듣고 싶다고 했다. 예를 들어 그의 어머니는 남성과 여성은 서로 다르지만 평등한 정체성을 지닌다고, 성별을 나눠 각각 상을 주는 것은 성취를 기리는 나름대로 현명한 방식이라고 생각했다. 하지만 많은 사람이 상은 최고의 학생 한 명에게만 줘야 한다는 의견이었다. 그들은 성별을 명시하면 수상의 영예가 흐려진다고 생각했다.

헤르만의 어머니는 이런 의견에 대해 흥미로운 답변을 내놓았다. 성별을 구분해 상을 주지 않는다면, 수상자 선정이 악한 편견을 강화하지 않는 도덕적인 방식으로 이루어졌다는 것을 보장할 방법이 없다는 것이었다. 헤르만은 어머니의 주장이 다소 구식이라고 생각했는데, 평소 어머니의 꽤나 진보적인 사고방식을 고려하면 놀라운 일이었다. '악'이라는 단어를 사용했다는 점이 특히 놀라웠다. 때때로 그는 자신이 내년에 대학에 입학하면 어머니의 삶이 어떻게 변할지 궁금해졌지만, 그에게 이런저런 재능이 있기는 해도 상상력이 좋지는 않았다.

이제 우리는 강 바로 옆의 더 넓은 포장도로를 따라 걷고 있었다. 사람들이 카페의 야외석에 앉아서 커다랗고 빛나는 맥주잔을 앞에 둔 채 이야기를 나누거나 핸드폰을 들여다보거나 멍한 얼굴로 잿빛 섞인 강물을 바라보고 있었다. 이제 목적지가 얼마 남지 않았지만 지금부터 갈 길은 사람이 붐비기 때문에 가장 위험하다고 헤르만이 말했다. 인간의 개입이 늘어날수록 문제가 생길 확률도 높아지는 경향이 있다는 것이었다. 게다가 우리가 나누던 대화가 아주 흥미로워서, 길을 잘못 들 위험도 추가되었다고 했다. 그러나 앞서 말했던 주제에 대한 내 의견을 듣고 싶다고, 특히 어머니가 했던 말에 대한 의견을 듣고 싶다고 했다. 자신이 어머니의 말을 제대로 전했는지 모르겠지만 말이다.

나는 성별을 악에 대항하는 방어벽 같은 것으로 인식하다니, 놀랍다고 했다. 성경의 관점에서 보면 그 정반대가 사실인 듯했기 때문이었다. 성경에 의하면 남성과 여성의 서로 다름은 악을 막아주기는커녕 특유의 취약함을 초래하고 말았다. 이브는 뱀에게 현혹되었고, 아담은 이브에게 현혹되었다. 나는 수학은 잘 모르지만 이것을 공식으로 나타낼 수 있을지 궁금하다고, 나타낼 수 있다면 뱀이 공식의 논리에 어떤 기여를 할 수 있을지 궁금하다고 했다. 달리 말하면 뱀에게 어떤 값을 부여해야 할지 딱히 생각나지 않는다는 뜻이었다. 뱀은 무엇으로든 대체될 수 있었다. 그 이야기가 증명하는 사실은 아담과 이브 모두 현혹될 수 있었으나 각자 다른 것에 현혹되었다는 것이었다.

헤르만은 미간을 찌푸리더니 기하학적으로 접근하는 쪽이 더 쉽겠다고 말했다. 아담과 이브와 뱀의 관계는, 예를 들어 삼각형으로 나타냈을 때 더 이해가 쉬웠다. 삼각형의 기능은 기존의 두 점에 추가로 세 번째 점을 찍어 객관성을 확보하는 것이기 때문이었다. 은유적으로 표현해보자면 뱀의 역할은 아담과 이브의 약점을 관찰할 수 있는 지점을 만들어내는 것뿐이라서, 두 사람의 관계를 삼각형으로 만들어줄 만한 것이라면 무엇이든 뱀이 될 수 있다고 그가 말했다. 마치 아이가 새로 태어나 부모와 삼각형을 이루는 것과 비슷했다.

그는 마지막 예시에 관해 말해보자면 자신의 경우는 더 복잡했다고, 가족이 처한 상황 때문에 흡사 자신이 아담이고 어머니가 이브인 것 같았다고 했다. 그의 아버지는 그가 태어나기 몇 주 전에 세상을 떠났기에 얼굴도 보지 못했던 것이다. 그는 지금껏 대화하면서 이 이야기를 하지 못해 마음에 걸렸다고, 내가 말할 기회를 줘서 다행이라고 했다. 사실은 가끔 그와 어머니의 관계가 삼각형으로 변할 기회가 생길지, 그렇다면 과연 누가 세 번째 점이 될지 궁금해진다고 했다. 불행하게도 남은 역할은 뱀밖에 없는 만큼 심란한 마음으로 그 존재를 기다려왔다고, 그는 고백했다. 하지만 어머니는 아주 아름다웠음에도—참고로 이것은 그저 의견에 지나지 않았다—여태껏 재혼하지 않았고, 그가 앞으로 결혼할 생각이 있냐고 질문했을 때는 결혼하려면 두 명의 자아가 필요할 텐데 자신은 그냥 하나의 자아로서 살고 싶다고 답했다. 그의 어머니는 헤르만이 은유적인 말하기를 불편해한다는 사실을 알았기에 그런 화법을 삼갔지만, 이번에는 그것이 두 가지의 악—이 단어를 다시 사용해도 무방하다면—중에서 그나마 낫겠다고* 판단한 것이었고 헤르만 역시 그 결정을 받아들였다.

그가 생각하기에 어머니의 대답은 생물학적 어머니로서 맡은 역할, 그리고 아들과 생물학적으로 무관한 남자의 아내라는 역할은 화합할 수 없다는 뜻이었는데, 그는 이런 생각 때문에 죄책감을 느껴 자신이 할 수 있는 최선은 즉시 집을 떠나 어떻게든 자살하는 것밖에 없다고 생각하게 되었다. 하지만 다행스럽게도 어머니는 현재의 삶에 만족한다고 분명히 밝혀 주었다.

다시 학교의 우등상으로 화제를 돌리자면, 그는 학교에서 정한 상의 이름이 '쿠도스'Kudos라고 했다. 알고 있겠지만, 그리스 단어인 '쿠도스'는 원래 단수였으나 역성 변화**를 거치며 복수가 되었다고 했다. 즉, 현대 영어에서 '쿠도'kudo라는 단수의 단어는 존재하지 않는데, 의아하게도 뒤에 복수 어미가 붙은 '쿠도스'는 우수한 자에게 수여하는 '상', 우수한 자가 누리는 '영광'이라는 의미로 쓰였다. 게다가 독자적인 의

---

* the lesser of two evils. 두 가지 선택지가 있으나 모두 만족스럽지 않을 때, 그중 그나마 나은 것을 가리킨다.

**어떤 언어 요소를 그 어원적인 구조와는 다르게 분석한 결과 원래와 다른 의미로 통용되는 현상.

미장이 형성되어 타인의 인정이나 찬사라는 뜻도 포함하고 있었으며, 누군가가 타인의 공을 가로채는 상황까지도 암시했다. 예를 들면, 그는 언제인가 어머니가 통화하는 것을 들었는데, 어머니가 힘든 일은 다 했는데도 이사회에서는 행사가 성공적인 모습을 보며 '쿠도스'를 꿰차려 한다는 내용이었다.

어머니가 남자와 여자를 두고 했던 말을 생각해보면, '쿠도스'라는 변형된 복수형 단어가 선택되었다는 사실이 꽤 흥미로웠다. 단수 없이 복수만 존재하는 것처럼, 집단이 한 사람을 지워버린 상황이었으니까. 하지만 그가 보기에 악의 문제는 여전히 해결되지 않은 상태였다. 헤르만은 철저하게 조사했으나 어머니가 사용한 것처럼 공을 가로챘다는 맥락에서 그 단어를 쓸 수 있다는 확증은 찾지 못했다고 인정했다. 악한 의도 없이도 엉뚱한 사람에게 상이 수여될 수 있을까?

그는 자신이 받은 상이—아마 그는 자신이 친구 엔카와 함께 그 상을 받았다고 말하는 것을 깜빡했던 것 같았다—'쿠도'인지 '쿠도스'인지 묻지 않았지만, 애초에 학교는 그런 문법적인 관점에 별로 관심이 없었을 것 같았다. 어쨌든 상을 받아서 즐거웠다. 어머니가 굉장히 기뻐했다. 어머니에게 지나치게 들뜨지 말라고 말했지만 소용없었다.

일행들이 느릿느릿 강가를 따라 걸어오고 있었고, 우리는 걸음을 멈추고 그들이 따라올 때까지 기다렸다. 전화벨이 울려서 봤더니 화면에 큰아들의 번호가 있었다.

"지금 나 뭐 하는지 맞혀봐요."

아들이 말했다.

"뭐 하니?"

내가 물었다.

"마지막으로 학교 정문을 지나가는 중이야."

아들이 말했다.

"축하해."

내가 말했다.

나는 기말시험은 어땠는지 물어보았다.

"예상외로 괜찮았어요. 사실은 꽤 재미있었지."

아들이 대답했다.

아들은 지금까지 한 번도 시험에 출제되지 않았던 주제를—그 주제는 성모마리아 재현의 역사였다—복습하느라 시간을 많이 썼다고, 나도 잘 알 거라고 했다. 그간 아들은 그 주제를 공부하고 또 하면서도 왜 이렇게 이 주제에 매달리는지 의아했지만 멈출 수가 없었다. 그런데 시험지를 펴봤더니 바로 1번이 그것과 관련된 문제였다.

"할 말이 너무 많아서 시험 보는 중이라는 것도 잊어버렸어요. 진짜 재미있었다니까. 믿을 수가 없더라고요."

아들이 말했다.

나는 그래도 믿으라고, 공부를 열심히 했다는 구체적인 이유가 있지 않냐고 대꾸했다.

"그렇긴 해요."

아들이 답했다. 잠시 침묵이 흘렀다.

"집에 언제 와요?"

전화를 끊자 헤르만이 내 아이, 아니면 아이들이 수학을 잘하는지 물었다. 나는 두 아이 모두 다른 전공을 선택했다고, 가끔은 내 관심사가 수학과는 반대 방향에 있다 보니 나도 모르게 이 세상의 특정 부분이 다른 것보다 더 현실적이고 중요한 것처럼 강조해서 그렇게 된 건 아닐지 걱정될 때도 있다고 말했다. 헤르만은 유쾌한 미소를 띠고 내 말이 사실일 리 없다고 했다. 그런 걱정으로 마음 끓일 필요 없다고, 연구 결과를 보면 부모가 자식의 성격에 영향을 줄 가능성은 사실상 없는 것과 마찬가지라고 했다. 부모가 영향을 줄 수 있다면 그것은 전적으로 양육의 질과 환경 조성을 통해서 가능하다는 것이었다. 식물을 어디다 심고 어떻게 돌봐주느냐에 따라 시들기도 하고 잘 자라기도 하지만 그 유기체적 구조는 바뀌지 않는 것과 같았다. 예를 들어, 그의 어머니는 헤르만이 네 살에서 다섯 살쯤 됐을 때부터 아들의 질문에 답하려면 교과서를 찾아볼 수밖에 없었다고 했다. 달리 말해서 그의 수학을 향한 관심은 그를 북돋우거나 저지하려는 시도 이전부터 존재했던 것이다. 내가 나서서 아이들이 수학에 관심을 두지 못하도록 종용했다면 모를까, 그러지 않았다면 내가 악영향을 끼쳤을 가능성은 적다고, 그가 말했다.

나는 헤르만의 주장과는 반대로 부모의 영향을 받아 진로를 선택한 사람을 많이 안다고, 부모 때문에 자신이 원하는 삶을 살 수 없었던 사람도 많이 안다고 했다. 예술가의 자식들은—내 경험에 비춰보면—특히 부모의 가치관에 영향을 많이 받아서, 마치 한 사람의 자유가 다음 사람에게는 멍에가 되는 듯했다. 나는 이런 것이 이상하게 거북했다고, 단순히 방치나 이기심 이상의 무언가가 연관된 것 같아서 싫다고 했다. 그런 예술가 부모에게는 자식을 자기 예술의 노예로 삼아 예술에 수반되는 위험을 제거하는 것이 목적인 특이한 자기중심주의가 있는 것 같았다. 게다가 세상에는 우리가 신이 준 능력이라고 여기는 것을 그저 의지로 얻어낸 사람들이 있었다. 즉, 나는 모든 것이 미리 정해졌고 이는 바꿀 수 없다는 생각에는 동의할 수 없었다. 그가 이 문제를 식물에 비유할 때 간과했던 것은 인간에게는 자신을 창조할 능력이 있다는 사실이었다.

헤르만은 잠시 침묵을 지켰고, 우리는 강가에 서서 물 위에 비친 가교의 그림자가 흔들리고 부서지는 광경을 바라보았다. 곧 그는 다시 입을 열었다. 핀다로스가 했던 말 중에 니체가 좌우명으로 삼았던 것이 있다고 했다. '너 자신이 될 것.' 어쩌면 우리는, 이 문장을 같은 뜻으로 받아들이는 한에서만, 서로에게 동의하지 않기로 하고 논의를 마무리할 수 있을 거라고 했다. 그가 내 이야기를 정확히 이해했다면, 나는 외부 요인이 자아를 바꿀 수 있다고 생각하는 동시에 인간이 자신의 천성을 결정하고 심지어 바꾸는 것도 가능하다고 생각하는 입장이었다. 그는 적어도 지금까지는 아무도 그의 천성을 바꾸려고 하지 않았다는 점에서 자신이 아주 운이 좋다는 것을 알고 있었다. 어쩌면 나는 그렇게 운이 좋지 못했을 가능성도 있었다.

하지만 니체의 좌우명이 흥미로운 이유는, 그 문장이 '나는 생각한다, 고로 존재한다'라는 명제조차 시시해 보일 정도로 자아를 완전한 진실로 상정하고 있기 때문이었다. '너 자신이 될 것'이라는 문장을 읽고 가장 먼저 할 수 있는 반응은 나는 이미 나인데 어떻게 내가 될 수 있냐고 질문하는 것이었다. 헤르만은 우리가 이 주제를 두고 꽤 흥미로운 대화를 나눌 수 있을 거라고, 그 대화에 필요한 기반을 닦아놨다고 믿고 있었다.

내게 여유가 있다면 앞으로 며칠 동안 이 주제로 대화를 계속해봐도 좋을 것 같았다.

나머지 일행이 가까이 모였고, 헤르만은 이야기를 멈추고 인원수를 세기 시작했다. 그러고는 출발할 때와 똑같은 숫자라고 말했다. 그가 주의 깊게 지켜보지 않은 만큼 한두 명이 사라지고 다른 사람으로 대체되었을 가능성을 고려해야겠지만, 그럴 확률은 적었다. 헤르만은 내게 다리만 건너면 목적지가 나올 거라고, 여기서도 볼 수 있다고 말했다. 그리고 자신이 거슬리지 않았기를 바란다고 덧붙였다. 그는 자기가 옆에 있는 것을 사람들이 좋아하는지 싫어하는지, 항상 제대로 구별해내지는 못한다는 것을 알았다. 하지만 그로서는 나와 걸을 수 있어 좋았다고 했다.

바에는 음식을 먹으려는 사람들이 길게 줄을 서 있었다. 종업원들은 식사권을 어떻게 관리해야 할지 갈피를 못 잡는 상황이었다. 파티 장소는 동굴 같은 분위기가 감도는 현대적인 공간으로, 켄틸레버가 높은 유리 천장을 지탱하고 있었다. 높은 천장은 음악과 대화 소리를 증폭시키는 동시에 공간에 있는 사람들을 기형적으로 작아 보이게 해서 몹시 혼란스러웠고, 유리 천장에 어지럽게 이미지가 반사되어 혼란이 배가되었다. 그때는 이미 날이 저문 후라 외부 건물의 조명이 유리 천장을 통과해 내부에 길게 철창 같은 그림자를 드리웠고, 창밖에서는 넘실거리는 검은 강물 위로 안에 있는 사람들의 형상이 어른어른 반사되었다.

내 옆에 있던 여자가 관찰한 바에 의하면, 식사권에 적힌 금액과 음식 값이 맞아떨어지지 않아서 종업원들이 거스름돈을 어떻게 줘야 할지 고민하고 있다는 것이었다. 또, 다른 사람들보다 더 많이 먹고 마시고 싶은 사람도 있는데 다 똑같은 금액의 식사권을 받았다는 것도 문제였다. 자신은 몸집이 작고 나이도 많아서 조금밖에 안 먹지만, 먹성이 좋은 성인 남자라면 세 배는 더 먹어야 할 거라고 했다. 하지만 주최 측에서는 식사권을 원하는 만큼 무한정 나눠주자니 계산이 맞지 않고 욕구를 근거로 차별해서 나눠주는 것도 불공평하다고 판단했을 터였다. 다른 사람의 욕구가 어떠한지 어떻게 안단 말인가. "어쨌든 지금 상황을 보면 아무것도 못 먹을 것 같네요"라고 그녀가 체념한 듯한 표정으로 길게 늘어선 줄을 바라보며 말했다. 맨 앞에는 종업원 여러 명이 혼란스러운 얼굴로 식사권을 살펴보며 긴 논쟁을 벌이고 있었고, 줄 선 사람들은 불안이 점점 더 가중되고 있는 기색이었다.

"우리가 이런 시스템을 생각해내는 건 공정함을 위해서지만, 사람들이 하는 일이 워낙 복잡하다 보니 공정함을 확보하려는 시도가 어김없이 빗나가고 말아요."

그녀가 이야기를 시작했다.

"이쪽에서 전쟁을 치르고 있으면 저쪽에서 혼돈이 발생하지요. 얼마나 많은 정권이 모든 문제의 원인은 인간의 개성이라는 결론에 도달했나요. 만약 사람들이 전부 똑같아서 단 한 가지 관점만 공유한다면 당연히 사회는 운영하기 훨씬 수월하겠죠. 그리고 바로 여기서 진짜 문제가 시작되는 거예요."

여자는 몸이 단단하고 작아서 꼭 아이 같았으며, 커다랗고 뼈가 도드라진 얼굴에서 지혜가 엿보였다. 둥그렇고 반쯤 감은 듯한 눈은 거의 파충류처럼 느긋한 움직임으로 이따금 깜빡이고는 했다. 그녀는 오늘 오후에 열렸던 나의 행사에 참석했다고, 이런 책 관련 행사는 주제로 삼은 작품에 비해 졸렬할 때가 많아서 목적도 없이 변죽만 울리고 그 핵심을 관통하지 못해 종종 어이없을 지경인데, 이번에도 그랬다고 했다. "안뜰에서 산책은 할 수 있어도 건물 안으로 들어가지는 못하는 격이지요"라고 그녀가 덧붙였다. 무슨 목적으로 이런 행사를 여는 건지, 자신이 이사회의 일원인데도 날이 가면 갈수록 모르겠다고 했다. 책이 개인에게 제공하는 가치는—적어도 그녀의 경우에는—증가한 것이 사실이지만 말이다. 그녀는 개인의 취미를―읽기와 쓰기―대중의 문제로 확장하려는 시도가 그 자체로 새로운 문학 장르가 되고 있다고 느꼈는데, 여기 초대된 작가 중 상당수가 행사에서는 멋진 모습을 보여줄지언정 막상 작품을 읽어보면 기껏해야 평균 수준이라는 것만 봐도 알 수 있다고 했다.

"이런 작가들의 경우 안뜰은 있어도 건물은 없는 격이고 건물이 있다면 가건물 수준이라 비바람이 불면 바로 휩쓸려갈 거예요."

그녀가 말했다.

하지만 그녀는 이런 환멸 섞인 관점이 자신의 나이 때문일 수도 있다는 것을 안다고 했다. 그녀는 시간이 지날수록 동시대의 유행에서 멀어져 문학사의 기념비적인 작품들로 회귀하게 되었다. 최근에는 모파상을 다시 읽고 있었는데, 막 완성되어 발표된 작품을 읽듯 신선하고 매력적이었다. 문학이 불도저로 변해 상업적 성공을 향해 돌진하는 것을 멈출 수는 없었으나, 그녀의 직감에 의하면 두 분야의―상업과 문학―결합이 아주 건강하지만은 않았다. 대중의 취향이 조금이라도 바뀌는 순간, 혹은 그들이 깊은 고민 없이 다른 데에다 돈을 쓰자고 결정하는 순간, 이 모든 것은―전 세계의 문학 출판사와 그 부속 산업체들까지―다 날아가 버릴 수도 있었고, 그러면 그곳에는 항상 제자리를 지키던 진정한 문학이라는 자그마한 돌만 덩그러니 남을 것이었다.

그녀가 걸치고 있던 티슈 같은 검은색 숄을 젖히고 뼈가 도드라진 작은 손을 내밀자, 예스러운 반지들이 손가락 여기저기서 빛났다. 그녀가 자기소개를 했는데, 이름이 너무 길고 복잡해서 한 번 더 말해달라고 할 수밖에 없었다. "그냥 게르타라고 불러요"라고 그녀가 얇은 입술로 미소를 지으면서 질문을 물렸다. 나머지는 불러봤자 입만 아프지 쓸모도 없다는 것이었다. "그런 이름이 신성한 의무를 상징했던 건 과거의 이야기일 뿐이고, 몇 십 년 안으로 귀족의 이름 따위는 아무도 신경 쓰지 않는 시대가 올 거예요"라고 그녀가 덧붙였다.

그녀는 자식이 넷인데, 그들은 자신에게 어떤 권리가 있는지, 누가 무엇을 물려받게 될지 조금도 신경 쓰지 않는다고 했다. 최근에는 "우리가 싸우게 될 상황만 만들지 말아요"라고 말했다고 했다. 게르타의 세대가 유산 상속 문제를 놓고 정말 고통스러운 갈등과 분쟁을 벌여왔던 것도 사실이었다. 하지만 자식들은 돈이나 땅에 개의치 않았는데, 어쩌면 돈이나 땅은 영원히 그들 것이고 사실 갖고 있어도 좋지만은 않다는 것을 알아서 그러는지도 몰랐다. 아니면 이제 자식들도 세상을 많이 겪어본 만큼 그들과 부모 세대는 종이 한 장 차이라는 사실, 어머니가 손가락 하나만 까딱해도 그들은 같은 운명을 물려받고 말 거라는 사실을 알아서 체념했는지도 몰랐다. 자식들은 자신에게 가족의 자산을 팔아서 남은 생을 즐겁게 살라고 한다고, 한 푼도 남기지 말고 다 쓰라고 한다고, 그녀는 웃으며 말했다. "이 성치 않은 몸을 가지고 어떻게 순간의 향락에 가산을 탕진할 수 있겠어요"라고 그녀가 덧붙였다.

그녀의 아버지는 특히나 검소해서 노년에는 퍼석한 크래커와 자그마한 치즈 조각 따위로 연명했다고 했다. 근사한 저녁 식사 자리가 있을 때면 몇 주 전에 따서 한 잔 마신 듯한 슈퍼마켓 포도주를 들고 오는 것으로 유명했다. 초대한 사람은 그녀의 아버지가 자기 소유의 거대한 포도 농장에서 만든 술을 들고 오리라 기대하고 있었겠지만 그런 일은 일어나지 않았다. 그녀는 아버지의 이런 금욕적인 생활을 가족의 재산을 깎아 먹지 않으려는 결심으로 해석했다고, 그래서 자신도 아버지에게 물려받은 것을 팔거나 나눠줄 수 없었던 거라고 했다. "하지만 지금 생각해보면 그건 일종의 악행이거나 아버지만의 분노 표출 방식이었는지도 모르겠어요"라고 그녀가 말했다. 그녀의 아버지는 세계대전을 두 차례 겪으면서 훼손된 재산을 회복하느라 고생했던 것이다. 하지만 그녀가 보기에는 역사의 트라우마보다는 어린 시절의 트라우마가 더 큰 상처를 준 것 같았다. 아버지가 어렸을 때, 집안이 전성기를 누렸을 때는 하인들이 아버지 앞에서 무릎을 꿇고 그날 사냥하거나 수확한 것을 바쳤다고, 그녀가 말했다. 아버지에게는 유모가 있었는데, 유모는 아버지가 잘못을 저지르자 벌을 주겠다며 기르던 흰 토끼를 잡아서 다음 날 죽은 토끼 가죽으로 만든 토시를 끼고 왔다고 했다. "그런 거창함과 잔인함을, 그 둘의 치명적인 결합을 극복하기는 불가능하지요"라고 그녀가 말했다.

"역사는 증기 롤러처럼 굴러가며 가는 길에 있는 모든 것을 깔고 뭉개는 반면, 어린 시절의 상처는 인간을 그 뿌리부터 말려버려요. 어린 시절의 상처는 땅에 스며드는 독극물이에요."

하지만 그녀는 역사 없이는 개인의 정체성도 없다고 믿었고, 그래서 자식들이 과거에 무관심한 것, 행복이라는 사이비 종교를 추종하는 것이 도무지 이해되지 않았다.

"그 아이들의 세상은 전쟁이 없는 세상이자 기억이 없는 세상이에요. 무슨 잘못이든 너무나도 쉽게 용서해서 꼭 중요한 건 아무것도 없는 것만 같지요. 자기 자식들에게는 지극히, 우리 세대보다 훨씬 다정하지만, 삶에 아름다움이 없는 것 같아요."

그녀는 이야기를 멈추고 천천히 눈을 깜빡였다.

"아마 15년쯤 전 막내가 독립했을 때 남편과 이혼 이야기를 했어요."

그녀는 이야기를 이어갔다.

"우리 둘 다 자유를 얻고 싶기는 했지만, 자식들은 우리가 부부인 세상에 익숙할 텐데 그 익숙한 세상을 무너뜨려서 고통을 주는 일이 선뜻 내키지 않더라고요. 서로에게 속마음을 인정하는 것만으로도 충분한 듯해서, 인정했던 진심은 유념하되 그때까지 살던 방식대로 계속 살게 되었죠. 남편은 토지를 관리하며 자신의 필요와 쓸모를 확인하던 사람이라 지금도 토지를 전담하고, 나는 유산을 관리하면서 내 관심사인 예술과 관련된 일을 챙겨요. 대화는 거의 안 하고, 집이 아주 크기 때문에 며칠 동안 얼굴 한 번 마주치지 않을 때가 많지요. 집은 경치 좋은 시골에 있는 데다가 작가 친구들에게는 글쓰기에 이상적인 곳이라 항상 손님들로 붐벼요. 어쩌면 남편과 둘이서만 있는 상황을 피하려고 기어코 다른 사람들을 데려오는 것인지도 모르겠네요.

자식들과 손주들도 항상 플라스틱 기기와 특이한 음식과 컴퓨터 게임을 바리바리 짊어지고 놀러 오는데, 그들이 마주하는 우리는 과거와 똑같은 모습이겠지만 한때 우리 사이에 있던 것은 이제 사라지고 없지요. 가끔은 궁금해져요. 부모의 이혼이라는 고통으로부터 자식들을 지켜준 것이 사실은 큰 잘못 아니었을까, 혹시 자식들이 그런 고통을 통해 삶에 눈을 뜰 수 있지 않았을까. 마음 한 켠에서는 그럴 리가 없다는 사실을, 내가 고통에 가치가 있다고 믿는 사람이기 때문에 그런 생각을 하는 것뿐이라는 사실을 잘 알지요. 나는 고통 없이는 예술도 없다고 믿는 부류이고, 내가 특히 문학을 사랑하는 것은 바로 이 믿음을 확인받고 싶은 욕망 때문이라고 확신해요.

때때로 아침 일찍 눈이 떠지면 저택의 영지를 거닐어요. 그러면 내가 지금껏 했던 결정이 다 옳았다는 확신이 생겨요. 특히 초여름 아침에 안개를 뚫고 태양이 떠오르는 풍경은 말로 표현할 수 없이 아름답지요. 지금까지도 그 풍경은 내 삶의 가장 큰 기쁨이지만, 그 나름대로 잔인함이 있어요. 내게 지극한 아름다움을 보여주면서도, 그것이 나의 운명으로 주어지지 않았다면 다른 더 커다란 기쁨을 누릴 수 있었을지도 모른다고 생각하게 만드니까요."

그녀는 얇은 입술에 미소를 머금었다.

"우리는 도망치기에 너무 늦어버렸을 때 비로소 지금껏 자유로웠다는 사실을 깨닫나 봐요."

그녀는 여태껏 줄이 하나도 줄어들지 않았으니 음식은 먹지 않고 그냥 가야겠다고 했다. 내일 아침에 일찍 일어나서 손주를 돌봐줘야 한다고, 그런 일정이 없더라도 늦은 밤까지 파티에 남아 있을 체력은 이제 없다고 했다.

"또 만났으면 좋겠네요."

그녀가 숄의 주머니에서 작은 흰색 명함을 꺼내 내 손에 쥐여주면서 말했다.

"내가 말했다시피 우리 집이 글쓰기에 좋다는 작가들이 많거든요. 공간이 넉넉해서 방해받을 일도 없을 거예요. 한번 오셨으면 좋겠어요."

그녀는 천천히 식당 안을 둘러보았다. 커다란 눈이 전혀 깜빡이지 않았다. 몇 미터 떨어진 곳에 쇠약해 보이는 남자가 지팡이에 몸을 의지하고 있었다. 게르타가 그를 뚫어질 듯이 바라보고 있기에 잠시 그의 남편이려니 생각했으나, 다시 보니 남자는 수척한 외모에 노인 같은 거동이기는 해도 기껏해야 마흔네 살 정도인 듯했다. 그는 지팡이를 짚으며 절뚝절뚝 우리 쪽으로 다가와 게르타에게 인사했고, 게르타는 그의 양 뺨에 다정하게 입을 맞추었다.

"도망가는 중이었는데 잡혔네. 난 늙어서 이렇게 사람 많고 시끄러운 건 못 견뎌요."

게르타가 말했다.

"아, 말도 안 되는 소리."

남자가 말했다. 그는 아일랜드 억양을 썼는데, 희미하게 대서양 연안의 억양도 느껴졌다.

"게르타가 좋아하는 음악이 안 나오니까 그런 거죠. 안녕하세요."

그가 나를 보며 인사했다.

"둘이 만난 적 있죠? 당연히 만났을 거예요."

게르타가 말했다.

꽤 오래전이기는 해도 그렇다고, 몇 번 만난 적 있다고 라이언이 말했다.

그는 이마를 찌푸렸다. 보아하니 우리가 마지막으로 만났던 때를 떠올리느라 그런 것 같았다. 얼굴의 피부가 탄력 없이 늘어져서 마치 광대처럼 쭈글쭈글하게 표정 변화가 도드라졌고, 식당의 거친 조명 때문에 섬뜩한, 거의 유령 같은 빛이 드리웠다. 그가 입고 있던 엷은 색 리넨 정장도 얼굴 피부처럼 헐렁하게 늘어져 주름이 진 데다가 옷감의 주름 역시 조명 때문에 강조되어 그는 꼭 붕대로 돌돌 감긴 듯한 모습이었다. 삶의 곤경이, 어쩌면 인과응보 같은 것이 그를 후려치고 지나가, 황폐해진 몸으로 절뚝거리며 속죄하듯 살게 된 것 같았다. 그의 지팡이는 그런 분위기를 완성해주는 화룡점정이었다. 나는 그가 무슨 짓을 저질렀기에 이런 꼴이 된 것인지, 혹시 내게 책임이 있지는 않은지 궁금해졌다. 한때는 라이언 같은 사람들은 아무런 벌도 받지 않고 산다고 믿었기 때문이다.

"저녁에 시청에서 라이언의 강연이 있었어요. 굉장한 성황이었지요."

게르타가 말했다. 주위의 소음 때문에 높아진 목소리가 떨리고 있었다.

"관중들이 반응을 정말 잘해줬어요."

라이언이 말했다.

"주제는 자기중심주의 시대의 화합이었지요. 패널들도 흥미로웠어요. 라이언 때문에 술렁술렁했다니까요."

게르타가 내게 말했다.

"나는 그저, 자기중심주의와 화합이 공존할 수 없다고는 생각하지 않는다고 했을 뿐이에요."

라이언이 말했다.

"뜨거운 이슈지요. 영국 사람들이, 작가님들을 포함해서, 이혼을 요구할까 말까 고민 중이잖아요."

게르타가 말했다.

"나랑은 상관없습니다. 난 아일랜드 사람이고 결혼 생활에 만족하거든요."

라이언이 밝은 목소리로 말했다.

"유럽연합에서 탈퇴한다니, 엄청난 실수예요. 어쩌면 이혼은 전부 실수일지도 모르죠."

게르타가 말했다.

라이언은 한 손으로 지팡이를 잡고 다른 손을 내저으며 게르타의 말을 일축했다.

"그럴 일 없어요. 내 아내가 금요일 밤마다 술 몇 잔 걸치고 이혼하겠다고 협박하는 거랑 똑같아요. 매는 매부리의 소리를 듣지 못해요.*"

그가 의미심장하게 덧붙였다.

"손에 담아주는 모이를 먹을 줄만 알지요."

게르타가 웃음을 터뜨렸다.

"재미있네요."

게르타가 말했다.

"인간에 관한 확실한 사실 한 가지는, 계산이 맞아떨어질 때만 자신에게 자유를 허락한다는 거예요."

라이언이 말했다.

"라이언, 꼭 한번 시골에 있는 우리 집에 와요."

* 예이츠의 시 「재림」(The Second Coming)의 "The falcon cannot hear the falconer"를 두고 한 농담. 매는 인류, 매부리는 인류에게 지침을 제공하는 존재, 대표적으로 예수를 뜻한다.

게르타가 숄 안으로 손을 넣어 내게도 줬던 흰 명함을 한 장 꺼내 라이언에게 건네며 말했다.

"우리 집에 왔더니 새로운 영감이 샘솟아서 또 다른 흥행작을 쓰게 될지도 모르잖아요. 그 마법 같은 과정에 우리가 공헌했다고 생각하면 기쁠 거예요."

"당연히 가야죠."

라이언이 대답했다. 그는 눈을 가늘게 뜨고 식당 안을 둘러보고 있었다.

"만나서 반가웠어요."

그가 게르타의 손을 꼭 감싸 쥐며 덧붙였다.

"처음에는 나를 못 알아본 것 같던데요."

그가 내게 말했다. 우리는 게르타가 느릿한 걸음으로 멀어지는 모습을 보았다.

"허구한 날 있는 일이니까 걱정하지 마세요. 이제는 익숙해졌어요."

그는 손으로 머리를 훑으며 말했다. 내가 기억하는 것보다 긴 머리카락을 느슨하게 뒤로 넘긴 모습이었다.

"나도 알아요, 오랜만에 만나는 사람들에게는 충격적일 거예요. 얼마 전에 옛날에 찍었던 사진을 봤는데, 내 모습인데도 알아보기가 힘들더라고요. 그러니 어떤 느낌일지 압니다. 솔직히 말하면 나도 가끔은 어리둥절해요. 몸무게가 반으로 줄어드는 게 늘상 있는 일은 아니잖아요. 이상하게도, 없어진 살이 그대로 있는 것처럼 느껴질 때가 있어요. 그냥 눈에만 보이지 않을 뿐인 거죠."

종업원이 음료가 담긴 쟁반을 들고 왔고, 라이언은 손을 들어 거부하는 손짓을 했다.

"일단 저것부터 끊었어요. 술 말이에요. 마시면 잠은 잘 와요, 그건 사실이죠. 요즘 나는 밤이든 낮이든 잠을 못 자요. 알고 보니 이런 사람이 많더라고요. SNS가 있어서 정말 다행이죠. 세상에 이렇게 많은 사건이 벌어지고 있다는 걸 옛날에는 몰랐어요. 꼭 미래로 순간 이동하는 것 같다니까요. 이제는 새벽 세 시에도 숙취 때문에 잠이나 자는 대신 LA, 도쿄에 사는 사람들과 이야기를 나눌 수 있지요. 아내는 아주 좋아해요, 아이들이 일찍 잠에서 깨도 엄마에게만 달려가지 않으니까요."

그가 말했다.

그가 몸을 돌리자 그를 비추던 조명의 각도가 살짝 틀어졌다. 이제야 나는 불운의 징후라고 해석했던 것들이 사실은 성공의 징후라는 사실을 깨달았고, 어떻게 불운과 성공처럼 판이한 것을 헷갈릴 수 있었는지 궁금해졌다. 그의 헐렁한 정장은 유행에 맞게 흐르듯이 디자인한 옷으로, 멋들어지게 헝클어진 머리 스타일처럼 분명 값나가는 것이었다. 수척한 외모에 관해 말하자면, 그는 그것이 칼과 포크를 멀리한 결과라고 말했다. 사실 식단을 바꾸라고 부추긴 것은 그의 아내였지만, 아내는 그가 이 정도로 밀어붙이리라고는 예상하지 못했다고 했다.

"생각해보면, 우리, 작가들은 집착이 심하잖아요, 아닌가요? 무슨 생각이 떠오르면 끝장을 보고야 말아요. 끝까지 물고 늘어져서 뿌리까지 낱낱이 분석해야 하죠. 하지만 건강은 많이들 내팽개쳐요. 내가 보기에는 잘난 척하느라 그런 면도 있는 것 같아요. 운동하거나 음식을 가려 먹으면, 사람들이 그런 모습을 보고 지식인에 걸맞지 않다고 생각할까봐 걱정하는 거예요.

나는 헤밍웨이 같은 스타일이 좋습니다. 나를 학대하거나 총으로 자살하겠다는 말은 아니고요. 신체에 완벽주의를 고집하는 것도, 뭐, 안 될 것 있습니까? 몸을 뇌를 운반하는 짐가방 정도로 다룰 이유가 뭔가요? 게다가 요즘 우리는 대중 앞에 나설 때가 많잖아요. 그런데도 작가 중에는 무명인처럼 하고 다니는 사람들이 있어요. 자기들이 천재라서 그렇다는 식이지만, 아까 말했듯 잘난 척하느라 그러는 거예요. 개인적으로 나는 비렁뱅이 같은 외모의 작가는 꺼려집니다. 이런 생각

이 들죠. '내가 왜 자기 관리도 못 하는 사람의 세계관을 신뢰
해야 하지? 만약 비행기 조종사가 그런 차림이었다면 그 사람
비행기는 타지 않았을 텐데.' 그런 사람에게 목숨을 맡길 수는
없잖아요."

그가 말했다.

그의 변화는 몇 년 전, 아내가 크리스마스 선물로 스마트워
치를 사줬을 때 시작되었다고 했다. 심장박동과 맥박과 걸어
다닌 거리를 측정해주는 기기였다.

"깊은 생각 없이 사준, 그냥 되는대로 고른 선물이라는 증
거가 역력했어요. 하지만 일상에 매몰된 인간을 구해주는 것
은 항상 뜬금없는 물건이에요. 그렇지 않나요?

그래도, 솔직하게 말할게요. 처음에는 섭섭했어요. 내가 맨
날 소파에만 누워 있는 사람은 아니었다고요. 운동도 다니고,
과일과 채소도 하루에 다섯 번씩 잘 챙겨 먹는 편이었지요. 그
래서 고민했죠, 내가 착각하고 있나? 우리 사이는 상대가 진
짜 원하는 선물이 뭔지 알아내는 것도 귀찮아서 아무 의미 없
는 선물이나 주고받는, 그런 관계가 되어버린 건가? 물론, 지
금은 그때 받았던 것보다 훨씬 기능이 많은 제품을 쓰고 있어
요. 이건 말이죠."

그는 소매를 젖히고 손목을 내보이며 말했다.

"과거의 기록만 알려주는 게 아니에요. 목표 달성까지 얼마나 남았는지도 알려줘요. 하루 중 언제라도, 특정한 행동이 미래에 어떤 영향을 미치는지 보여줄 수 있지요. 그전에 쓰던 것은 기록하는 기능밖에 없었거든요. 직접 데이터를 분석해야 했는데, 그러면 너무 주관적인 분석이 나올 수도 있잖아요."

하지만 그가 앞서 말했다시피 시계 선물은 좋은 계기가 되어주었고, 아내가 기대한 것 이상의 상황이 벌어진 이유는 그에게 무슨 일이든 제대로 밀어붙이는 경향이 있기 때문이었다. 사람들이 자기 몸보다 자동차를 더 애지중지한다는 것을 생각하면 놀랍지만 인체든 엔진이든 뻔하기는 매한가지라고, 그가 말했다. 그저 계산 몇 번이면 다 파악할 수 있었다. 그는 시계가 알려주는 숫자들을 가지고 계산기를 두드려본 결과 충격적인 사실을 깨닫게 되었다고 했다. 지금까지 그는 자신을 움직이는 동력이 욕망이라고 생각했는데—그래서 지난 몇 년간 욕망을 관리하려 애쓰며 크고 작은 성공을 거두기도 했으나 완전히 통제할 수는 없었다—사실 그의 동력은 필요라는 사실을 깨달았던 것이다. 필요가 관건이라면, 단순히 통제하는 것을 넘어 영예로운 정복자가 될 수도 있었다. 인간이 욕망할 수 있는 것은 하고많지만, 정말 필요한 것은 몇이나 되나? 생각보다 적다, 훨씬. 정확한 지식이 있다면 엔진은 아주 깔끔하고 경제적으로 가동되어 흔적도 거의 남기지 않을 수 있었다.

타인의 우위에 서고자 하는 사람에게는 정말이지 귀중한 정보였다. 인간은 자신에게 무엇이 필요한지 질문함으로써 새로운 차원의 통제를 시작할 수 있었고, 그럼으로써 그 모습이 보이지 않는, 그래서 공격당할 위험이 없는 존재가 될 수 있었다. 반면 자신이 무엇을 욕망하는지 질문하는 것은 자신을 모든 사람이 볼 수 있는 진창으로 밀어 넣는 행위였다.

"이건 말이죠. 하루에 몇 칼로리를 먹어야 하는지 알려줄 뿐만 아니라, 지금까지 활동량으로 몇 칼로리를 소비했는지, 마음만 먹었다면 얼마나 더 소비할 수 있었는지도 알려줘요."

그가 손목을 톡톡 두드렸다.

그는 시계에 나오는 소비 칼로리의 절반만 섭취하기 시작했고, 그렇게 반을 비워두는 행위를 통해 자신이 매우 강인해졌음을 느꼈다. 소비 칼로리를 나타내는 숫자가 마치 예금 잔액이라도 되는 것 같았다. 그런 식으로 그는 정신적인 자산을 축적하고 있었고, 일주일에 서너 번씩 달리고 나머지 날에는 수영도 다니며 더 많은 자산을 축적했다. 자전거도 시작할까 싶었으나 고민할 당시에는 비싼 장비를 살 돈이 없었다. 나중에는 비싼 장비가 있으면 운동이 더 쉬워져 자산 획득에 불리하다는 것, 차라리 원래 갖고 있던 녹슨 자전거를 타고 오르막 길을 달리는 편이 낫다는 것을 깨닫게 되었다. 혹시 달리기를 해봤는지 모르겠으나 달리기에는 명상과 똑같은 효과가 있다고, 그가 말했다. 요즘에는 달리기에 관해 글을 쓰는 게 유행이니 시간이 나면 자기도 한번 시도해볼 계획이라고 했다.

음식에 관해서 말하자면, 요즘 그는 식사를 하든 말든 상관없었다. 가끔 사람들이 음식을 먹는 모습을 보면 그들이 얼마나 취약한지 느끼게 되었다. 과거의 자신이 우적우적 음식을 씹던 것이 떠올랐는데, 그때는 스스로 안전해지기 위해 음식을 먹는다고 생각했으나 사실은 자신을 위험에 노출시키고 있었다. 그때 그는 먹는 행위를 통해 자신을 세계에 동여매고 내부와 외부의 경계를 지울 수 있다고 생각했던 것 같았다. 그동안 입에 넣었던 쓰레기 같은 음식들을 돌이켜보면, 어떻게 그런 식으로 자신을 학대하고 있었는지 의아해졌다.

당연한 말이지만 그의 체중은 단기간에 대폭 줄어들었다. 무엇보다 중요한 변화는 강해진 정신력이었다. 게다가 그의 커리어도 승승장구하고 있었기에 드디어 빛이 보인다며 하나님에게 감사할 수 있었다. 그의 책은 6개월 동안 『뉴욕타임스』 베스트셀러 목록 최상위권에 있었다. 나도 분명 들어보았을 작품이지만, 필명으로 쓴 책이니만큼 내가 출판계 뒷담화에 동참하는 사람이 아니라면 그와의 상관관계를 추측하기 힘들었을 것이었다. 그는 한때 자신의 학생이었던 여자를 동업자로 고용해 책을 냈다고 했다. 두 사람의 이름 철자를 섞어 필명을 만들었는데, 물론 그가 일종의 간판격이니 가상의 저자도 남성으로 설정하는 편이 더 그럴듯하게 느껴졌다고 했다. 그는 책이 성공을 거두고 얼마 지나지 않았을 때는 가명을 쓴 것이 언짢았다고 고백했다. 마음 한쪽에서는 그를 의심하는 고향 트랄리 사람들에게 본때를 보여주고 싶었던 것이다. 하지만 필명은, 그의 손목에 있는 니체적인 기기와 똑같은 장점을 갖고 있었다. 그의 자아 중 일부를—이 일부는 영원히 특정한 패턴을 반복할 운명인 듯했다—보이지 않게 만들었던 것이다. 영화 판권을 사겠다는 사람들을 만나러 LA행 비행기 일등석에 올라 밀싹 주스를 마시는 그는 전과는 완전히 다른 사람이었다. 지금까지 라이언의 인생을 살아온 사람은—과거의 라이언—점차 어린 시절의 친구처럼 느껴졌다. 옛날에는 좋아했으나 이제는 만나지 않는 친구, 먼 훗날에는 자기가 만든 감옥에 살았던 사람이라고 표현할지도 모를 친구.

세라는—그의 동업자—골웨이에서 아이들과 함께 살았기 때문에 그가 출장을 전담하는 것에 기뻐했다. 그런데 자신을 놓아버리는 작가들에 대해 이야기하자면 세라야말로 그 전형적인 예시였다. 세라는 에이전트와의 미팅 자리에 낡은 슬리퍼를 신고 나타난 적도 있었다. 그렇지만 15세기 베네치아에―책의 배경이었다―대해 알아야 할 것은 전부 아는 사람이기도 했다. 책은 원래 세라의 박사학위 논문이었는데, 그는 세라의 지도교수로서 과거의 자신은 얻지 못했던 귀한 상업적 조언을 잔뜩 제공했고, 그 결과 그 프로젝트의 공동 저자가 되는 것은 마침내 도래한 정의처럼 느껴졌다. 그는 두 사람의 관계가 마치 결혼 같다고, 자식 대신 책을―둘은 또 다른 책을 작업 중이었다―만들며 사는 결혼 같다고 했다.

"요즘 시대에도 결혼은 최선의 생활 방식이에요."

그가 말했다.

"아무도 그보다 나은 방식을 찾지 못했으니, 결혼이 글쓰기에서도 효과적이지 않을 이유가 없잖아요?"

그가 물었다. 그리고 책을 만드는 일은 육아처럼 힘들기는 하지만 적어도 돈벌이가 되었다. 아내도 전혀 개의치 않았고―사실 애초에 두 사람의 동업을 제안한 사람이 그의 아내였다―최근에는 그렇게 번 돈으로 새 레인지로버를 샀으니 아내에게도 수지가 맞는 일이었다.

내가 요즘에도 강의를 하는지 물어보자 그의 얼굴이 찡그려지며 탄력 없는 피부에 으스스한 주름이 잡혔는데, 곧 긴장이 풀어지며 가벼운 후회의 표정만이 남았다.

"그러고 싶기는 한데, 요즘에는 도통 시간이 안 나요. 학생들과 함께하는 건 당연히 그립죠. 강의하면 사회에 환원한다는 기분이 들잖아요? 하지만 솔직히 말하면 학생들에게 가짜를 판다는 생각이 들었어요. 왜냐하면 강의실에서는 그들도 베스트셀러를 쓸 수 있고 그렇게 인생의 문제를 전부 해결할 수 있다는 듯이 말하지만, 사실 그들 대부분은 재능이 없잖아요. 그리고 학생들은 아주 진을 쏙 빼놓죠. 솔직히 말하면 그만두고 싶은 마음이 컸어요. 그렇지만요."

그는 비밀을 털어놓듯 덧붙였다.

"사실은 강의료 덕에 먹고살았죠. 일이 잘되기 전에요. 아내와 자식 셋까지 먹여 살리느라 한동안 정말 바닥을 쳤거든요. 물론 동네방네 떠벌릴 일은 아니에요. 그래도 아시죠, 학생들이 나를 크게 도와준 거예요. 그런 허허벌판에 서 있는 듯한 경험이 없었다면 내가 이룬 것을 이룰 수 있었을지 확신이 서지 않거든요. 어떤지 아시잖아요, 하루 벌어 하루 먹고살다 보면 일과 끝에는 내면의 에너지가 한 방울도 남지 않아요. 그래서 일에 더욱 매달리게 되지요. 물론 이번 책 덕분에 그런 삶은 바뀌었어요. 미국에 있는 대학에서도 연락이 많이 왔어요. 그중에는 꽤 괜찮은 제안도 있지만, 고민해봐야 할 것 같아요."

인생은 어떤 식으로든 장밋빛이지만은 않았다. 절대로. 작년에 그의 아이는 자폐증 진단을 받았다. 사실 아이의 문제를 명확히 정의할 수 있어서 차라리 다행이었다. 아내는 자폐 아동을 기르는 가정을 돕기 위해 자선 단체를 설립하겠다는 기발한 아이디어를 냈고, 심지어 아일랜드 국회는 아내를 초청해서 자폐 아동이 학교에서 특별히 필요로 하는 것이 있는지 의견을 구했다. 그는 작가들에게 공짜로 글을 받아 얇은 선집을 펴내 아내의 단체에 기금을 댔다. 반응이 아주 좋았다. 선집에 참여한 작가 중에는 굉장한 유명 인사도 몇몇 있는 데다가 전부 최초 공개된 작품이었기 때문에, 연재권 경매는 놀라울 정도로 치열했다.

"안타깝게도, 돈이 얽혀 있는 문제라 작가님 같은 분에게는 글을 부탁할 수가 없었어요. 애초에 목적이 돈을 버는 거였고, 그러려면 이미 말한 것처럼 유명한 작가들이 필요했거든요."

그는 광대처럼 익살스러운 표정을 지으며 나를 바라보았다. 안타깝다는 듯 거의 동정에 가까운 표정이었다. 내가 잘 버티고 있어 다행이라고 했다. 행사에서 얼굴을 보게 되어 기쁘다고도 했다. 적어도 이 판에 계속 살아남아 있다는 뜻이니까. 그는 오늘 저녁에 자신은 특별 손님 같은 존재이니 이제

가서 다른 사람들과 어울려야겠다고 했다. 그를 기다리고 있는 사람들이 여럿이라고.

그는 눈을 가늘게 뜨고 식당 안을 쓱 훑어본 다음, 내게 등을 돌리며 작별의 의미로 지팡이를 들어 보였다. 나는 다리는 어쩌다 다쳤냐고 물어보았다. 그는 멈춰 서서 아래쪽을 내려다보더니 다시 고개를 들고 믿을 수 없다는 듯한 얼굴로 나를 바라보았다.

"믿어지나요, 지난 일 년 동안 수백 킬로미터는 족히 달렸을 텐데 택시에서 내리다가 발목을 접질렸지 뭡니까."

그가 말했다.

콘퍼런스가 열린 곳은 교외의 바닷가였다. 드넓게 펼쳐진 부두에는 창고와 사일로*와 거대한 화물 컨테이너가 잔뜩 쌓여 새파란 바다의 풍경을 가로막고 있었다. 부두 옆 널찍한 콘크리트 대지 한가운데, 황량한 갑판 위에는 대형 선박들이 늘어서서 자기 차례를 기다렸고, 거대한 기중기가 색색의 네모난 컨테이너를 싣고 또 내려놓았다.

회색 직육면체 형태의 호텔 건물은 더 높은 회색 직육면체 형태의 고층 아파트들에 둘러싸여 있었는데, 전부 낮이든 밤이든 철제 블라인드로 창문이 가려져 있었다. 호텔 바로 앞에는 주차장이 있었다. 아스팔트 바닥 위로 깃대 몇 개가 꼿꼿하게 줄지어 있었고, 깃발이 바람에 흔들리며 배를 정박하는 밧줄처럼 노래하는 듯한 소리를 냈다. 오른편에는 바스락거리

* 큰 탑 모양의 곡식 저장고.

153

는 잔디와 잎이 무성한 나무들이—삼나무와 유칼립투스였다—어우러진 풍경이 보였다. 나무들은 먼지가 날리는 낡은 백토 진입로 옆의 한적한 길을 따라 늘어서 있었는데, 길은 곡선을 그리다가 장식이 돋보이는 녹슨 철문을 지나 그 너머로, 언덕 주변의 나무들과 저 멀리 반짝이는 바닷물이 빼꼼히 보이는 풍경 속으로 사라졌다. 닫힌 철문 주변의 흙이 가만한 것을 보아 오랫동안 열린 적이 없는 듯했다.

콘퍼런스에 참여한 다른 작가가 호텔은 보기에도 흉하고 시내 중심가에서 멀리 떨어진데다가 교통편도 여의치 않아 불편한데도 매년 행사 장소로 선정된다고 말했다. 그는 주최 측과 호텔 매니저가 모종의 계약 관계라고 추측하고 있었다. 식사 시간이면 행사 참가자들은 전부 한 버스를 타고 20분을 달려 아무런 특색도 없는 쇠락한 교외 지역의 식당으로 가는데, 이 식당과도 모종의 계약이 있는 것 같다고 했다. 이 나라에서 먹는 일은 전 국민이 즐기는 스포츠이기 때문에 그 식당의 음식도 괜찮은 편인데, 문제는 계약상—실제로 모종의 계약이 존재하든 안 하든—한 가지 세트 메뉴밖에 주문할 수가 없어서 다른 손님들은 다양한 별미를 즐기는데도 주는 대로 먹을 수밖에 없다는 말도 덧붙였다. 행사 스태프들이 참가자들을 밖으로 데려가서—밖에서는 요리사들이 거대한 화로에 신선한 생선, 오징어와 새우 꼬치를 굽고 있었다—요리하는 모습을 사진 찍으라고 한 다음, 다시 안으로 데려와 그 전날처럼 수프와 차가운 햄밖에 없는 초라한 테이블에 앉히는 광경을 그는 몇 번이나 봤다고 했다.

호텔에서는 차와 커피만 제공했는데, 그 콘크리트 신발 상자 같은 건물 어딘가, 혹은 그 주변에 굉장히 희귀한 재능을 지닌 파티시에가 있다고 그가 말했다. 그러고는 콘퍼런스 중간중간에 따뜻한 음료와 함께 제공되는 작은 타르트를 꼭 먹어보라고 당부했다. 이 타르트는 전국 어디에서든 행사가 열리면 흔히 볼 수 있는 음식인데, 이 호텔에서 주는 것은, 물론 마트에서 대용량으로 산 것일 수도 있겠지만, 어린 시절 이후로는 한 번도 먹어본 적 없는 훌륭한 맛이라고 했다. 맛을 흉내만 낸 것들이 너무 많다 보니 제대로 만들면 어떤 맛인지 잊어버릴 뻔했다고, 그래서 그 잃어버린 진품의 색과 질감과 풍미를 다시 경험하는 것은 거의 고통스러울 지경이었다고 했다. 그는 그것이 여러 명이 합동해서 탄생한 결과가 아닌 단독자의 작품이라고 거의 확신할 수 있었다. 그렇지만 몇 년이나 이 행사에 왔으면서도 그 타르트를 만든 사람이 누군지 멀리서라도 확인한 적 없었고, 심지어 그에 관해 물어본 적도 없었다. 갓 만든 맛있는 타르트를 베어 물 때마다 그것이 틀림없이 같은 사람의 작품이라는 사실만 알았을 뿐이었다.

언젠가는 영국에서 온 참가자가 영국 디저트로—그는 그 디저트의 이름이 에클스 케이크*였을 거라고 했다—똑같은 강렬한 경험을 했다고 주장했다. 다만 그 영국인은 디저트의 원형적인 맛보다는 잃어버린 모성애 같은 것을 그리워하는 듯했고, 그는 그저 훌륭한 제과 기술에 감탄하는 것이었다. 알려진 바에 의하면 그 타르트는 수녀들이 개발한 것으로, 수녀복에 풀을 먹이느라 달걀흰자를 잔뜩 쓰다 보니 남은 노른자를 처치할 방법을 고민한 결과라고 했다. 분명 수녀원은 모성을 탐구하기에 가장 좋은 장소는 아니었다. 그런데 수녀들이 개발한 타르트, 사실상 온 국민에게—특히 남자들에게—중독의 대상인 이 타르트가 이 나라의 여성을 향한 태도를 상징하는 것은 아닐지, 그는 궁금해졌다. 빳빳하고 정결한 흰 수녀복을 떠올리자 그것이 무성적인 의복, 남자 없는 삶에 걸맞은 의복이라는 생각이 들었다. 남성의 굶주린 입을 채워 막는 그 작고 달콤한 타르트는 어쩌면 수녀들의 박탈당한 여성성, 그들이 자기 삶에서 떼어낸 다음 접시에 담아 남성에 내어준 여성성을 상징하는 것인지도 몰랐다. 수녀들의 타르트는 속세

* 동그란 페이스트리에 잼을 채워 구운 과자.

의 접근을 막으려는 방법이자 그 상태가 얼마나 행복한지에 대한 암시라고 그는 생각했다. 그렇게 맛있는 음식이 고통과 희생에서 탄생했다고 생각하기는 힘들었다.

호텔은 층마다 긴 복도가 중앙을 관통하는 가운데 양쪽으로 방이 늘어서 있었다. 갈색 카펫과 베이지색 벽, 정확히 같은 간격으로 방이 늘어선 구조가 층마다 반복되었다. 로비에는 육중한 철제 엘리베이터 두 대가 느릿느릿 오르내리며 계속해서 문을 열고 닫았다. 한쪽 문이 사람을 한가득 품고 닫히는 사이 다른 쪽 문은 사람을 한가득 방출하는 광경이 끊임없이 반복되었고, 사람들은 무늬 없는 빨간색 소파에 앉아 매료된 듯 그것을 바라보았다. 로비 위, 객실이 있는 층 복도에서는 가끔 청소하느라 문을 열어놓은 틈 안으로 판에 박힌 방의 내부가 보였다. 똑같은 갈색 카펫과 광택을 입힌 합판 목제 가구가 있었고, 똑같은 블라인드 사이로 똑같은 직육면체 아파트들이 호텔을 둘러싸고 있었다.

하지만 이따금 플라스틱 카드키를 든 투숙객이 방 안으로 들어가는 모습을 포착할 때가 있었는데, 그럴 때면 그들의 몸짓에는 자신들의 방만은 어딘가 식별 가능한, 고유한 특성이 있을 거라는 무의식적인 믿음이 배어났다. 청소부들은 흰 앞치마 차림으로 부지런히 층층의 복도를 오르내리고 빙빙 돌며 종일 일했다. 그들이 방 안을 청소하는 사이, 풀 먹인 하얀 침구가 든 커다란 비닐 꾸러미가 복도에 덩그러니 남겨졌고, 그래서 가끔 복도는 조금 전까지 눈이 내린 황량한 벌판 같은 모습이었다.

아래층 로비에는 커다란 TV 주변으로 소파가 있었다. 남자들은 종종 소파에 앉거나 주변에 서서 몇 분씩 축구나 포뮬러 원 경기를 봤다. 뉴스가 나오면 다들 흩어졌기 때문에 아나운서가 진지한 얼굴로 뉴스를 전하는 화면 앞에는 아무도 없기 마련이었다. 커다란 판유리 창문 너머 바깥에는 흡연 공간이 있어 남자들이 바글바글한 가운데 가끔 여자가 섞이는 군중이 형성되었고, 거울로 비춘 듯 호텔 내부의 TV 앞에 모인 군중과 완벽한 대칭을 이루었다. 이 두 공간은 행사 참가자들이 행사 전이나 식당으로 가는 버스를 타기 전에 모이는 곳이기도 해서, 그럴 때마다 커다란 판유리를 사이에 두고 참가자가 두 무리로 나뉜 모습은—서로를 볼 수는 있어도 듣지는 못했다—우리가 처한 인위적인 상황을 상징하는 것 같았다.

거기서 조금 떨어진 곳에는 호텔에 등을 진 채 주차장 쪽을 바라보는 벤치가 있었다. 벤치에는 고독을 위한 공간 같은 분위기가 감돌았지만 사실 창문 바로 앞에 있었기에 호텔 안에서 그 모습이 훤히 보였다. TV 주변의 소파에 앉은 사람들은 벤치에 앉은 사람과 기껏해야 몇 발자국 정도 떨어져 있어서 그의 뒤통수 머리카락 한 올까지도 관찰할 수 있었다. 어쨌든 그 벤치에 누군가가 앉아 있다면 그는 혼자 있기를 원하는 것이며 그에게 다가가더라도 홀로 조심스럽게 다가가야 한다는 뜻이었다. 그런 경우에는 사람들이 무리 지어서 하는 것보다 훨씬 조용하고 긴 대화가 이어질 것이었다. 벤치는 사람들이 통화하러 가는 곳이기도 했는데, 통화는 콘퍼런스의 통용어인 영어가 아닌 다른 언어로 이루어지고는 했다.

콘퍼런스 스태프들은 로고가 프린트된 티셔츠를 입고 있었으며 대부분 아주 어렸다. 모든 작가가 계획대로 행사에 참석하고 버스에 타도록 챙기는 것이 그들의 일이라 항상 불안에 떨며 상황을 주시하는 듯한 얼굴이었고, 종종 심상치 않은 대화를 나누며 잽싸게 호텔 로비를 훑어보기도 했다. 참석해야 할 사람이 등장하지 않으면 소란스러운 수색이 이어졌고, 그를 마지막으로 보았던 것이 언제인지 긴 논의가 벌어졌다. 종종 스태프 중 한 명이 수색을 위해 위층으로 올라가려고 엘리베이터를 타면 반대쪽 엘리베이터의 문이 열리면서 찾던 사람이 등장할 때도 있었다.

행사에 초대된 작가 중에는 웨일스 출신 남성 소설가도 있었는데, 스태프들에게 그는 끊임없는 걱정거리였다. 자꾸만 호텔 주변의 미로 같은 교외로 모험을 다녀와서는, 여정에서 마주친 교회나 먼 곳의 지형지물에 관한 이야기를 늘어놓았던 것이다. 워킹화를 신고 항상 작은 배낭을 메고 다니는 그의 모습은 스태프들이 그를 붙잡아두려 애써도 소용없다고 일러주는 것 같았고, 실제로 식당 가는 버스를 놓친 적이 한두 번이 아니었지만 식사 시간이 되면 어김없이 식당에 나타나고는 했다. 어딘가에서 열심히 걸어온 탓에 얼굴이 살짝 상기되어 있었고 호흡이 받았다.

  그는 다른 참가자들과—스태프와 작가를 아울렀다—친해지려고 큰 수고를 들이는 사람이었다. 작고 꼬깃꼬깃한 가죽 노트에 그들이 하는 이야기와 그들이 언급하는 장소를 세세한 것까지 다 받아 적었고, 시시때때로 필기한 것을 확인하며 동네나 책, 식당의 이름을 제대로 받아 적은 것인지 확인했다. 여행을 갈 때마다 항상 그런 식으로 메모를 한 다음 집에 오면 타이핑해서 이름과 날짜에 따라 저장해두기 때문에, 가령 3년 전에 다녀온 프랑크푸르트 도서전의 파일만 열면 여행의 세세한 것까지 전부 확인할 수 있다고, 그는 내게 말했다. 메모하는 습관 덕에 아무것도 기억할 필요가 없었는데, 이런 습관을 들인 것은 원래 깜빡깜빡하던 사람이라서가 아니고 아무리 쓸모없고 사소한 정보라도 굳이 기억하려고 애쓰는 성격이라서, 그렇게 살다 보면 계속 오만 것에 정신이 팔리기 때문이라서 그런 것이었다.

그가 쓰는 질문 위주의 대화법은—직접 설명하지는 않았으나 그가 질문을 많이 하는 이유는 수줍음 때문인 듯했다—그에게 많은 정보를 안겨주었지만, 막상 타인에게서 질문을 받으면 그는 대답을 회피하거나 애매하게 대꾸하거나 그의 상황에 관한 대략적인 정보만 제공하고는 했다. 그는 이번 행사에 기획된 프로그램을 전부 다 관람했다고, 알아듣지 못하는 언어로 된 것까지 다 봤다고 했다. 그러지 않으면 스태프들이 실망할 것 같다는 것이었다.

웨일스 소설가는 자신과 관련이 적은 사람이라면 누구든—여기에는 버스 운전사와 호텔 직원까지 포함되었다—붙잡고 긴 대화를 나누었으나, 자신과 동등한 위치에 있는 듯한 사람들, 즉 유명한 작가라면 출신국과 상관없이 누구든 피하는 경향이 있었다. 그런 작가가 여러 명 동석 중이었다. 나와 안면이 있는 이들도 있었는데, 그중 한 명은 행사 두 번째 날에 내게 다가와서 우리가 암스테르담에서 열린 여성들만의 좌담에 함께 참여했었다고 인사하기도 했다. 그 작가는 그때 좌담에 동석했던 여자들이—전부 저명한 사상가고 지식인이었다—잠들면 어떤 꿈을 꾸곤 하는지 질문받았던 것을 상기했다. 내 기억 속의 그녀는 소심한 듯, 긴장한 듯, 화난 듯한 분위기를 풍기는 사람이었는데, 호텔 로비에 서 있는 그녀는 침착하고 활기찬 모습이었고 마치 우리가 마지막으로 만난 이후로 나이를 먹은 것이 아니라 오히려 젊어진 것 같았다. 내게 자신의 이름을—소피아였다—상기하는 그녀의 태도는 누군가가 자신의 이름을 잊어버린다 해도 괜찮다는 듯, 그런 가능성쯤은 포용할 수 있다는 듯 실용적이고 군더더기 없었다.

"아무리 생각해도, 남자 지식인들을 데려다 놓고 무슨 꿈을 꾸냐고 물어볼 일은 없을 것 같아요. 아마 진행자는 흔히들 솔직함이라고 하는 그런 걸 끌어내고 싶었나 봐요. 꼭 여자들은 기껏해야 진실과 무의식적인 관계를 형성할 수 있을 뿐이라는 듯한 태도잖아요. 사실 여자들의 진실은—그런 게 존재한다고 말할 수나 있다면—그저 내면 깊숙한 곳에 복잡하게 뒤얽혀 있어, 모두가 동의하는 한 가지 진실에 도달할 수 없는 거겠지요. 여자들이 모여서 여성의 대의를 진전시키기는커녕 여성성을 병적인 것으로 취급하고 있다고 생각하면 슬퍼요."

그녀가 우아하게 웃으며 말했다.

소피아는 우리가 암스테르담에서 만난 이래로 소설 몇 권과 서구 문학사의 정전에 관한 책을 출간했다고 말했다. 그 책에서 수많은 남성 작가를 삭제하고 여성 작가를 추가해야 한다고 주장했는데, 다른 나라에서는 평이 꽤 좋았으나 이곳, 자국에서는 사실상 무시당했다고 했다. 그녀가 이 행사에 참석한 것은 페미니스트 작가로서 자격을 인정받았기 때문이 아니라 번역가로서 해온 작업 덕분이었다. 그녀는 번역 작업을 통해 자국 작가 여러 명에게—대부분 남성 작가였다—자기가 누리는 것보다 더 큰 국제적 명성을 선사했다.

"아니면 내가 이 지역에 살아서 초대한 것일지도 모르겠네요."

그녀가 말하며 종소리처럼 높은 웃음을 터뜨렸다.

"다른 작가들을 초대하려면 비행기표를 마련해줘야 하지만, 나는 그냥 걸어오면 되니까 초대해도 돈이 안 들잖아요."

그녀의 외모가 달라 보이는 이유는 혹시 집에서 가까운 곳에 있어서일까, 익숙한 환경에 있어서 전보다 밝아 보이는 걸까, 나는 궁금해졌다. 그녀는 몸에 딱 붙고 가슴이 깊이 파인 밝은 청록색 원피스를 입고 있었고, 두꺼운 벨트를 해서 가느다란 허리가 강조되었으며, 옷과 어울리는 굽 높은 부츠를 신고 있었다. 몸이 아주 자그맣고 가냘팠다. 약간 누런 피부, 얇고 부드러운 갈색 머리칼, 커다랗고 인상적인 입이 돋보였다. 고개를 높이 치켜든 모습이 꼭 까치발을 들고 어른들의 어깨너머를 내다보려는 아이 같았다. 목걸이와 팔찌를 여러 개 했고 공들여 화장한 얼굴이었는데, 특히 눈 주변에 그린 진한 아이라인 때문에 자꾸만 놀란 듯한 인상이 되었다. 그녀의 눈에만 보이는 어떤 충격적이고 극적인 장면이 있는 것 같았다. 시간이 지나자 이런 외양 뒤에 숨겨진 여자, 내 기억 속의 소심한 여자를 알아볼 수 있었고, 그녀의 치장은 잊히거나 무시당하지 않기 위해 고안한 결과라는 것도 이해할 수 있었지만, 그런 외모에는 그녀의 여성성을 질문이나 문제 같은 것으로 만드는 효과가 있어서 그녀를 마주하고 있으면 정답이나 해결책을 내놓아야 할 것 같은 기분에 사로잡히고 말았다.

소피아는 판유리로 된 출입문 너머로 손짓하며, 솔직히 이도시는 아주 흥미진진하다고 할 수는 없지만 이혼이 마무리된 후 아들을 데리고 자신의 부모님 곁에서 사는 게 좋겠다고 판단한 끝에 수도를 떠났다고 말했다. 하지만 언젠가 어수선한 상태가 어느 정도 수습되고 나면 돌아가고 싶다고 했다.

"어머니는 우리에게 친절하게 대해주세요. 우리 가족 중에이혼한 사람은 내가 처음이라 어머니 평판에 큰 흠이 생겼지만요. 어머니는 항상 나한테 그 사실을 상기하지요. 내가 지켜보고 있으면, 어머니는 내 아들을 바라보며 입을 막아요. 꼭 귀중한 보물이 바닥에 떨어져 산산이 조각난 듯이. 어머니는 아들이 끔찍한 병에 걸린 것처럼 대해요. 어쩌면 아들은 정말 병에 걸렸을지도 모르겠네요. 하지만 그렇다고 해도 그 병을 이겨내는 건 그 아이 몫이에요. 다른 사람들이 동정하든 안 하든."

소피아가 말했다.

실제로 소피아의 아들은 최근에 축구를 하다가 다리를 다쳤다고, 그녀는 계속 이야기를 이어갔다. 상처에 영문을 모를 심각한 염증이 생겼지만 의사들은 그 원인이나 치료법을 찾을 수가 없었다. 아이는 한 달 동안 입원했고 퇴원 후에도 두 달간 침대에 누워 있어야 했는데, 이런 경험이 아이의 성격에 근본적인 변화를 일으켰다고, 소피아가 말했다. 그전에 아이는 항상 신체 활동을 좋아했고 스포츠에 열광했으며, 스포츠 세계의 규칙과 보상 체계는 삶의 핵심 정신 같은 것이었다. 예를 들어, 아들은 부모의 이혼을 지켜보면서 누구를 편들어야 할지, 자기 눈앞에서 펼쳐진 각각의 전투에서 누가 이겼고 누가 졌는지 결정하느라 항상 머리를 굴렸다. 물론 자연스럽게 아버지의 편을 들게 될 때가 많았다. 아버지의 남성적 가치에 더욱 공감이 갔고, 아버지와는 재미있는 것들을 같이할 때가 많았기 때문이다. 게다가 아이 아버지는 기회가 보일 때마다 자제하지 않고 그런 충성심을 악용하면서 아이에게 더 거대한 정체성을, 남성 연대라는 정체성을 심어주었는데, 소피아는 그런 식으로 아들의 성격과 인생이 완전히 바뀌리라는 것을 알 수 있었다. 이 땅에 발 딛고 사는 거의 모든 남자가 속한 그 남성 연대라는 것은, 여성을 두려워하면서도 여성에게 전적으로 의존하는 것이 특징이었다. 그녀가 열심히 애쓴다 한들, 아들이 옳고 그름의 문제에 대한 해답을 저급한 편견에서 구하기 시작하는 것은 시간문제였다. 그를 둘러싼 세상이 그런 저급한 편견으로 가득했고, 모든 것이 그에게 그런 편견에 굴복하도록 종용했으니까.

어쨌든, 아들이 아버지는 이렇게 말하고 어머니는 저렇게 말한다며 불평하고 누가 옳은지 해명을 요구할 때마다 그녀는 그 요구를 거부했다. "네가 알아서 판단해, 머리를 써봐"라고 말하고는 했다. 때때로 아들은 이런 반응에 화를 냈는데, 이런 분노야말로 전남편이 그들의 상황에 관해 매우 편파적으로 설명하고 있다는 증거였다. 아이는 둘 중 하나를 편들지 못하는 상황이면, 즉 취할 수 있는 관점이 없으면 어떻게 해야 할지 갈피를 못 잡았기 때문이다. 그렇지만 머리를 쓰기는 힘들었고 아버지의 이야기를 맹신하기는 쉬웠으니, 후자가 훨씬 구미가 당겼다. 물론 이것은 석 달 동안 꼼짝 못 하고 누워있기 전의 이야기였다.

몸져눕고 얼마 지나지 않아 아이는 말수가 적어지고 힘이 없어지고 그 어느 것에도 흥미를 보이지 않는 등 우울증처럼 보이는 상태에 진입했다. 그 후에는 분노와 좌절의 시기로 들어섰는데, 이는 우울증과 다르기는 했으나 심각한 건 매한가지였다. 몸을 움직일 수 없어 활동의 영역에서 제외되자, 아이에게 자신의 삶을 구성하는 사실들이 더 명확하게 다가왔다. 그런 사실 중 하나는 아버지가 전화를 걸거나 병문안 오는 일이 드물다는 것이었고, 또 다른 사실은 어머니는 자신의 침대 맡을 떠나는 법이 없다는 것이었다.

"어느 아침에는 쟁반에 아침거리를 차려서 아이 방으로 갔어요."

소피아가 말했다.

"그날 마감할 원고가 있었던 탓에 새벽 6시부터 일어나서 일하느라 샤워도 못 하고 머리도 못 빗은 참이었어요. 안경도 끼고 옷도 낡디낡은 데다가 화장도 안 한 모습이었죠. 아들이 침대에 누워 나를 올려다보더니 이러더라고요. '엄마, 엄마 너무 못생겼어.' 그래서 대답했어요. '그래, 가끔 엄마는 이렇게 못생겼어. 화장하고 멋진 옷을 입어서 예뻐 보이는 날도 있지만, 이런 못생긴 모습도 나야. 엄마가 언제나 네 눈에 보기 좋을 수는 없겠지만, 못생긴 모습도 예쁜 모습만큼 현실의 일부야.'"

그녀는 이야기를 멈추고 시선을 돌려 창문 너머를, 콘퍼런스 참가자들이 버스를 타려고 모여 있는 주차장을 응시했다. 거센 바람이 불어 그들의 머리카락이 한쪽으로 넘어갔고, 옷이 몸에 달라붙어 몸피가 드러났다.

그녀는 곧 다시 이야기를 이어갔다.

"아들이 침대에서 벗어났을 때는 더 조용하고 생각이 깊어진 상태였고, 최소 1년 동안 운동을 못 할 거라는 소식도 선선히 받아들였지요. 어떤 면에서는 아들이 아팠던 것에 감사하기도 해요. 당시에는 정말 더 이상은 못 견디겠다고, 어떻게 내 삶은 이렇게까지 불운의 연속이냐고 묻고 싶었지만요. 너무 불공평하다고 생각했어요. 전남편은 스포츠카를 몰고 해변에 있는 여자친구 집으로 놀러 다니는데 나는 고향에 있는 작은 아파트에 아픈 아이랑 갇혀 있고, 어머니는 하루에 다섯 번씩 전화해서 다 내 잘못이라고, 내가 의견이 많고 결혼 후에도 일을 그만두지 않아서 이 사달이 났다고 난리였으니까요. 이 나라 여자들이 인정하는 권력이란 노예의 권력뿐이고, 그들이 이해하는 정의는 노예의 운명론적 정의뿐이에요. 어머니는 적어도 내 아들은 예뻐해주지만, 아이들을 가장 예뻐하는 사람들이 아이들을 가장 멸시하기도 한다는 걸 나는 알지요."

키가 훤칠하고 덩치가 큰 음울한 인상의 남자가 로비에 들어오더니 우리와 멀지 않은 곳에 서서 핸드폰 화면에 집중하고 있었다. 두껍고 곱슬곱슬한 검은색 머리카락과 수염, 커다랗고 무표정하고 처진 얼굴은 고대 로마의 울퉁불퉁하고 거대한 조각상을 떠올리게 했다. 그를 발견한 소피아는 환한 얼굴로 그쪽으로 달려가 남자의 팔을 건드렸는데, 남자는 귀찮다는 티가 역력한 태도로 천천히 화면에서 눈을 떼 고개를 들었고, 남자의 희미한 슬픔이 깃든 커다란 눈동자가 방해의 주체를 인식했다. 모국어로 이야기하는 소피아의 목소리는 빠르고 떨리는 반면 대답하는 남자의 목소리는 느릿느릿하고 굵직했다. 남자는 가만히 서 있었으나 소피아는 굉장히 들떠서는 계속 자세를 바꾸었고, 손을 흔들고 움직이며 떠들었다. 남자는 소피아보다 키가 훨씬 큰 데다가 고개를 꼿꼿이 들고 있었기 때문에 내려다보는 눈이 반쯤 감겨 있었고, 그래서 대화가 지겹거나 대화에 푹 빠진 듯한 인상을 주었다. 잠시 후 소피아는 내 쪽으로 몸을 돌리더니 다시금 남자의 팔 위에 손을 올린 채 그를 루이스라고 소개했다.

　"루이스는 지금 우리나라에서 가장 중요한 소설가예요."

　소피아가 덧붙였고, 루이스의 고개는 더욱 뻣뻣해져 눈이 거의 감기다시피 했다.

"올해 신작이 나왔는데, 국내 주요 문학상 다섯 개를 싹쓸이했어요. 정말 선풍적이었죠. 루이스가 다루는 주제는 다른 남성 작가들이 감히 손대지 못할 것들이거든요."

나는 루이스에 관한 소피아의 평가를 듣고 놀랐던 것이, 조금 전에 소피아는 남성 작가들이 자신의 존재를 가려버린다고 불평했기 때문이었다. 나는 루이스가 어떤 주제를 다루는지 물어보았다.

"가족이라는 것."

소피아가 매우 진지하게 말했다.

"그리고 교외의 평범한 삶, 그곳에 사는 평범한 남자들과 여자들과 아이들."

그녀는 대부분의 작가들이 이런 주제를 하찮게 여기며 거창하고 주목할 만한 주제만 추구한다고 힘주어 말했다. 그러면 자신의 영향력이 커질 것이라 기대하는 것이 틀림없다고 했다. 하지만 루이스는 그만의 담백함으로, 진솔함으로, 진실을 향한 경건한 태도로 그 작가들을 완파했다는 것이었다.

"나는 내가 아는 것에 대해 쓸 뿐입니다."

루이스는 어깨를 으쓱하며 말했다. 우리 어깨 너머, 저 멀리에 있는 무언가를 바라보고 있었다.

"겸손 떠는 거예요."

170

소피아는 종소리 같은 웃음을 터뜨렸다.

"거만하게 굴었다가는 자신이 주제로 삼는 세상을 배신하게 될까봐 걱정하는 거죠. 하지만 루이스는 그 세상에 새로운 존엄성을 선사했어요. 빈부 격차와 세대 갈등과 젠더 갈등이 극복할 수 없을 듯 거대해 보이는 우리 사회에만 존재할 수 있는 존엄성이지요. 우리는 자신이 남들과 다르다는 거의 미신적인 믿음을 갖고 살지만, 루이스는 증명했어요. 우리가 지각하는 개성이란 신이 창조한 어떤 신비로운 것이 아니고 그저 공감의 부족이 야기한 결과라는 것, 우리에게 공감력이 있었다면 인간이란 결국 다 똑같다는 사실을 깨달았으리라는 것을요. 루이스가 이토록 호평받는 이유는 바로 그의 공감력 때문이에요. 그래서 난 루이스가 이런 호평을 부끄러워하지 않고 기쁘게 받아들였으면 좋겠어요."

소피아가 이런 이야기를 하는 동안 루이스는 몹시 불편해 보였고, 무거운 침묵으로 일관했다. 곧 스태프들이 우리를 부르고는 밖에 주차된 버스에 타라고 했다. 버스는 넓고 텅 빈 도로를 달렸다. 창백한 콘크리트 표면이 갈라지고 벌어져 그 틈으로 잡초가 빽빽이 자라고 있었다. 우리는 인적 없는 광대한 부두를, 견고한 상자 같은 것들이 시야가 닿지 않는 곳까지 끝없이 이어지는 풍경을 지나쳤고, 곧 그 반대편에 펼쳐진 낡

171

고 산만하게 얽힌 교외의 거리로 진입했다. 날이 흐리고 바람이 많이 불어, 낮게 뜬 구름 아래 펼쳐진 인간의 영역은 짓눌린 듯 보였다. 식당과 상점 앞 차양이 펄럭거리고 도로에 쓰레기가 굴러다녔으며, 바람이 불 때마다 야외 화구에서 나온 연기가 공중으로 길게 뻗어나갔다. 여기저기서 행인들이 가방과 코트를 꼭 여민 채 머리를 앞으로 숙이고 지나갔다. 식당 근처에 도착해보니 차도가 막혀 있었다. 전날부터 도로를 전부 파헤쳐놓아 이제는 도랑이 흐르는 중이었고, 그 주변에 둘러놓은 테이프가 바람에 날리며 퍼덕거렸다.

버스가 힘겹게 골목길로 접어들어 몇 번이나 길고 느린 회전을 반복하는 사이, 버스에 탄 사람들은 이 새로운 전개에 관해 이야기를 나누다가 결국에는 체념한 듯 어깨를 으쓱하고 고개를 저으며 입을 다물어버렸다. 마침내 식당에서 조금 떨어진 곳에 주차할 자리가 생겨 우리는 버스에서 내렸고, 혼자서 혹은 여럿이서 다시 식당 쪽으로 걸어갔다. 콘크리트로 포장된 부지를 통과했는데, 주변에는 그라피티가 그려진 낡은 건물과 빨갛고 뾰족뾰족한 꽃을 틔운 월계수가 보였다. 가까운 곳에서 기이한 음악이 바람에 실려왔다. 누군가가 피리나 플루트를 부는 소리였는데, 곧 폐허가 된 얼룩덜룩한 벽과 관목 사이로 언뜻언뜻 입술에 악기를 맞댄 남자아이의 모습이

드러났다.

우리는 원래 있던 길 위에 설치된 가파른 임시 통행로 위로 힘겹게 올라갔고, 내 옆에 있던 남자는 이런 공사판이 아무런 경고도 없이 마법처럼 나타나다니 정말 뻔하다고, 하루에 세 번씩 와야 할 곳인만큼 주최 측에서 주변의 하고많은 식당 중 하나를 골랐을 수도 있지 않았냐고 말했다. 그들이 공사가 진행 중이라는 것을 몰라서 우리를 불편하게 했다고 판단하는 것은 멍청한 짓이라고, 이런 상황을 전부 알고도 계획을 바꾸지 않았을 가능성이 상당하다고도 했다. 이 나라 사람들이 무력감에 고통스러워하고 있다고 생각할 수도 있겠지만, 사실 변할 수 있었을 때 변하기를 거부했으니 결국에는 다 고집 때문이라고 할 수도 있다고 그가 말했다. 그는 이 나라에서 가장 유력한 중앙지 기자로, 이런 현상을 눈앞에서 볼 기회가 많은 사람이었다. 어느 날은 중요한 정치적 위기나 참사를 취재하라는 임무를 맡았다가도 그다음 날에는 웬 바위에 성모마리아가 현현했다는 기사를 써야 했는데, 이 두 가지 사건에 똑같이 진지한 태도로 임할 것을 요구받았다.

"갑자기 도로가 공사판이 된 것에 합당한 설명이 있다면 바위 표면에 푸른 옷을 입은 마리아가 나타난 것에도 합당한 설명이 있다는 뜻이니까요. 둘 중 하나만 취사선택할 수는 없잖

173

아요. 사람들이 도로 공사의 수수께끼를 받아들이는 것은, 자신에게 더 심각한 질문을 던지지 않으려는 방편이에요."

그가 말했다.

이때쯤 우리는 식당에 들어가 공간 한쪽에 행사 참석자들을 위해 차려놓은 긴 테이블에 앉았다. 반대편은 항상 손님으로 북적였는데, 그쪽에서 터져 나오는 웃음과 대화 소리는 이쪽 테이블의 어색한 분위기와 경직된 자리 배열과 대비를 이루었다. 사람들은 일단 자리에 앉고 나면 식사가 끝날 때까지 주변 분위기를 견뎌야 한다는 것을 알았기에 정해진 자리에 앉는 것에 거부감을 느꼈고, 식당에 들어서기 전부터 누가 어디에 앉을지 미리 계약을 맺기 시작하던 참이었다. 겨우 몇 발자국 떨어진 곳에서는 테이블마다 시끌벅적하고 활기찬 사람들이 모여앉아 시작도 끝도 없이 이어지는 식사의 서사 속에서 새로운 전개를 추가하고 또 추가하고 있었으며, 종업원들은 음식이 담긴 은색 쟁반을 머리 위로 들어 올린 채 그들 사이로 이리저리 움직이고 있었다.

내 옆에 앉은 남자는 과장된 몸짓으로 도톰한 흰색 냅킨을 펼치더니 한쪽 귀퉁이를 셔츠 옷깃 밑에 넣었다. 60대쯤 된 듯한 외모에 밤색 머리가 휑했으며 작고 둥그런 눈에는 냉소적인 유머 감각이 엿보였다. 그는 내 책을 읽어보았다고 했다.

나를 인터뷰해 기사를 쓸 예정인데, 무슨 질문을 해야 할지 고민하는 과정에서 아이디어가 하나 떠올랐다고 했다. 나를 내 소설의 등장인물로 설정하고 자신에게 화자의 권력을 부여하는 것이었다. 작가를 인터뷰할 때 흔히 쓰는 접근법은 아니었는데, 사실 그는 이상할 만큼 작가 인터뷰를 많이 했다고 할 수 있었다. 신문에서 배정해주는 취재 임무는 실로 각양각색이었던 것이다. 예를 들어 내일은 축구 결승전을 보러 가야 했고, 그는 축구 경기장의 관중과 그들이 매년 어김없이 벌어지는 일을 두고 광적으로 열광하는 광경이 몹시도 피곤한 사람이라 그런 일이 짜증스러웠다. 하지만 앞서 이야기했던 것처럼 하루는 성모마리아의 현현에 관해, 다음 날은 정부의 부패에 관해 기사를 쓰는 것이 그의 일상이었다.

작가들과의 인터뷰는 보통 즐거웠으나, 그들의 삶을 조사하고, 전작을 읽고, 그들이 매진하는 주제에 대비하는 등 그들의 세계를 익히는 작업이 필요했다. 하지만 이번에는 달랐다. 바빴던 데다가 행사에 참석한 작가들이 너무 많아 여유가 없었기 때문에 내 책은 구체적인 배경지식 없이 읽을 수밖에 없었다. 사실은 어제 식사를 끝내고 방으로 돌아간 깊은 밤에야 비로소 끝까지 읽을 수 있었고, 잠자리에 누웠을 때 자신이 저자가 되어 인터뷰를 진행하면 좋겠다는 아이디어가 떠오른 것이었다. 그는 자신이 그런 권력을 누릴 수 있다고 믿게 되었다는 점이 흥미로웠다. 보통 소설은 그에게 정반대의 효과를 발휘했기 때문이었다. 작가가 쓴 방식대로 글을 쓰는 것, 어떤 경우에는 그런 글쓰기를 원하는 것조차 상상하기 힘들었다. 생각만으로도 진이 빠져서 이 뛰어난 작가라는 자들의 기력이 동나기를 바라게 되었다. 그들이 신작을 발표할 때마다 그에게는 신작에 반응해야 한다는 의무가 생기기 때문이었다. 무에서 유를 창조하는 일, 백지에 거대한 언어의 구조물을 건축하는 일에 드는 막대한 노력은 그로서는 도저히 감당할 수 없는 것이었다. 그런 것을 떠올릴 때면 힘이 쭉 빠져버렸고, 독서 후에는 그의 소소한 일상으로 돌아갈 수 있어 다행이라고 생각했다.

그런데 내 소설에 나오는 인물들이 간단한 질문 하나만 받고도 연이어 깨달음을 얻는 것을 보면서, 질문하는 행위가 주요 특성인 자신의 직업에 대해 생각할 수밖에 없었다. 하지만 그가 던지는 질문은 내 소설처럼 유려한 답변을 끌어낸 적이 없었다. 솔직히 말하면, 그는 인터뷰 상대가 무엇이든 재미있는 말을 하게 해달라고 간절히 바랄 때가 많았는데, 그렇지 않으면 읽을 가치 있는 기사를 쓰는 일은 온전히 그의 몫이기 때문이었다.

아까 말했듯, 내 책을 읽고 잠자리에 든 그는 갑자기 설명할 수 없는 힘이 샘솟는 것을 느꼈다. 그가 보통 던지는 질문보다 훨씬 간단한 질문으로—어쩌면 단 하나의 질문으로—문제를 해결할 수 있다는 것을 깨달았던 것이다. 제일 마음에 들었던 질문은—이것은 화자의 역할을 맡은 그가 던질 질문이기도 했다—여기에 오기까지 무슨 일이 있었냐는 것이었다. 만약 그의—사실은 나의—이론이 옳다면 그 질문, 여기에 오기까지 무슨 일이 있었냐는 질문을 던짐으로써 내가 그 대신 인터뷰 기사를 써줄 수도 있는 것이었다. 말하자면 그랬다.

테이블 맞은편에 앉아 있던 두 남자 중 한 명이 우리 이야기에 끼어들어 자기가 제대로 들었냐고, 정말 내 옆자리 남자가 내일 축구 결승전을 취재할 예정이냐고 물었다. 그렇다면 어떤 결과를 예상하냐고 했다. 옆자리 남자는 옷깃의 냅킨을 느릿느릿 공들여 조정하고는, 인내심이 깃든 어두운 표정으로 희망적이지는 않은 듯한 긴 답변을 내놓았다. 답변의 요지는 두 남자가 원하는 결과는 발생하지 않으리라는 것이었다. 열띤 대화가 이어지는 가운데 소피아가 식당으로 들어왔고, 내 옆의 빈자리를 보더니 와서 앉았다. 바로 그때 루이스가—소피아를 따라온 참이었다—등장해 테이블 반대쪽을 향해 성큼성큼 걷더니 우리를 지나쳐 식당 맨 끝 구석에 놓인 작은 테이블에 혼자 앉았다. 소피아는 불만스러운 듯 작게 숨을 몰아쉬며 자리에서 일어나 왜 루이스가 굳이 혼자 앉으려 하는지 알아보겠다고 했다. 그러고는 몇 분 뒤에 돌아와 내키지 않는다는 듯 가방을 챙기기 시작했다. 루이스가 자리를 옮기려 하지 않으니 가서 옆에 있어야겠다고, 혼자 두면 마음에 걸릴 것 같다고 했다. 내 옆자리 남자는 하던 대화를 중단하고는 소피아에게 말도 안 된다고 했다.

"뭐 하는 거예요, 왜 식당 여기저기로 그 사람을 쫓아다녀요?"

그가 물었다.

또다시 셔츠 옷깃에 꽂은 흰색 냅킨을 매만지며 호기심 어린 작고 동그란 눈으로 소피아를 바라보고 있었다. 루이스가 혼자 있기를 원한다면 그렇게 두어야 하고 그렇지 않다면 와서 우리와 함께하면 된다고, 그가 덧붙였다. 소피아는 섬세하게 그린 눈썹을 찌푸린 채 그의 이야기를 곱씹다가 굽 높은 부츠를 가볍게 또각거리며 사라졌고, 몇 분 후, 이번에는 뒤에 반항적인 얼굴의 루이스를 데리고 돌아왔다.

"이런 우울한 행동은 허락할 수 없어요. 우리가 루이스를 살아 숨 쉬는 사람들의 세계에 붙잡아둘 거예요."

소피아의 목소리에 떨리는 웃음기가 느껴졌다.

루이스는 짜증이 드러나는 얼굴로 자리에 앉아 금방 남자들의 축구 이야기에 동참했고, 소피아는 내 쪽을 바라보며 기어드는 목소리로 말했다. 루이스가 거만해 보일 수도 있겠으나 사실은 최근의 성공 때문에 괴로워하고 있는데, 극심한 죄책감뿐만 아니라 자신이 지나치게 노출되고 있다는 느낌에 고통받는다는 것이었다.

"우리나라에 이런 남자는 흔하지 않지요. 사실 어딜 가든 흔하지 않아요, 루이스처럼 자기 삶에 솔직한 남자는. 소설에 자신의 가족과 부모님과 어린 시절의 집을 그대로 재현했는데, 우리나라가 워낙 작다 보니 가족의 평판에 누가 되지는 않을지, 자신이 가족을 이용한 건 아닌지 걱정하는 거예요. 물론 외국 독자들에게는 그의 진솔함만 전달되겠지요. 하지만 루이스가 여자였다면."

소피아는 비밀을 속삭이듯 내 귀에 대고 말했다.

"솔직함 때문에 조롱당했겠지요. 최소한 호평은 못 받았을 거예요."

소피아가 뒤로 몸을 피했고, 종업원들이 테이블에 접시를 내려놓았다. 냄새가 강렬한 갈색 퓌레가 담겨 있었는데, 소피아가 코를 찡그리더니 이 음식의 이름을 대충 번역하면 "다른 방식으로는 먹을 수 없는 부위"라고 했다. 그러고는 작게 한 숟가락 떠서 접시 가장자리에 덜었다. 그때 웨일스 출신 소설가가 등장했다. 바람에 머리가 눌려 있었고, 풀어진 단추 사이로 붉어진 목이 보였다. 잠시 머뭇거리더니 유일하게 비어 있던 소피아 옆자리에 앉았다. 경계하는 듯한 미소 사이로 그의 좁고 누런 치아가 드러났다. 그가 접시에 든 것이 무엇이냐고 묻자, 소피아는 음식 이름을 알려주는 대신 상냥하게 웃으며 다진 고기로 만든 지역 특산 요리라고 대답했다. 그는 손을 뻗어 자신의 접시에 음식을 덜었고, 빵도 몇 조각 집었다. 실례한다고, 해변을 따라 걸어오려고 했는데 산업단지와 공사장과 상점가의 미로 속에서 길을 잃는 바람에 너무 배가 고프다고 했다. 전부 반쯤은 폐허가 되어 인적이 드물었는데도 길이란 길은 전부 그쪽으로 향하고 있었고, 결국 물가로 가기 위해 벽과 도로변의 풀밭을 뛰어넘어야 했다는 것이었다. 그러나 그가 다다른 곳은 저지선으로 막혀 있는 콘크리트 영역으로, 주변은 철조망과 수많은 감시탑으로 빽빽했고 군복을 입은 세 남자가 그에게 총구를 겨누고 있었다. 군사 기지였던 것이다.

그는 빈약한 외국어 실력을 총동원해 자신은 테러리스트가 아니라 문학 행사에 참석한 작가라고 설명해야 했다. 군인들은 행사에 관해—어쩌면 놀랍게도—들어본 적이 있었다. 그들은 꽤 상냥해서 그를 돌려보내기 전에 커피와 타르트를 대접하려 했지만 그는 거절했는데, 그곳에서 식당까지 얼마나 먼지 깨닫고 난 후에는 그 결정을 후회했다. 돌아오는 길에는 거의 뛰어야 했다고, 그의 워킹화로는 쉬운 일이 아니었다고 했다.

루이스는 이 이야기에 완전히 집중했다. 그러고는 이 나라의 사회경제적 쇠퇴에 관해 말하기 시작했는데, 거의 10년 전에 발생한 금융 위기 이후로 지금 우리가 있는 지역 같은 곳에서는 아직도 그 영향을 느낄 수 있다고 했다. 웨일스 소설가는 이런 대화의 흐름을 이용해 음식을 먹었고, 줄곧 고개를 끄덕이면서 첫 번째 코스를 해치운 뒤 만족해서는 의자에 등을 기댔다. 루이스가 이야기를 마치자, 그가 살고 있는 웨일스 역시 비슷한 길을 걷고 있기는 한데 사실 그곳은 애초에 근대화조차 제대로 이뤄낸 적이 없다고 말했다. 어떤 가족은 한 세대만 거슬러 올라가도 노인들이 영어조차 할 줄 모른다는 것이었다. 그리고 토박이들의 이야기를 들어보면, 한때 그 지역민은 자기들만의 보금자리에서 사람뿐만 아니라 들짐승, 날짐승, 산, 나무와 어우러져 풍요롭고 녹진한 생활을 즐겼고, 선조로부터 이어져 내려오는 노래와 이야기와 신앙을, 정서적 역사를, 깊은 원한과 허물어뜨릴 수 없는 갈등을 향유했으며, 부족들은 서로서로 또 자기들끼리 결혼했다고 했다. 그들의 땅에서 그들만의 현실을 산 것이었다. 일요일이면 마을 사람들이 모두 모여 산을 오르던 것이 불과 40년도 안 된 일이라고, 그가 말했다. 늙은 여자들과 포대기에 싸인 아기들, 건장한 농부들과 마을의 여자아이들과 시끌벅적한 꼬마들, 강아지와 망아지, 햄샌드위치와 차가 담긴 커다란 보온병 등 음식 바구니가 함께였고, 남자들은 언덕을 오르면서 노래를 불렀다고 했다.

그가 지금 쓰고 있는 소설은 그 사라진 세계를 되살리려는 시도였다. 그는 그 시절의 생활양식과 규범, 농사 관습, 전통 음식과 가족 형태, 신앙과 사회화 습관, 민속 문학, 토착어 노래와 시에 관해 상당한 연구 자료를 모았다. 수많은 토박이와—당연하게도 대부분 노인이었다—이야기를 나눈 결과 흥미로운 밑그림을 그릴 수 있었고, 탄탄한 사전 조사가 이루어졌다. 그를 놀라게 했던 현상 하나는, 그들이 과거를 그리워하면서도 옛날처럼 살지 않아 다행이라고 말할 때가 잦다는 것이었다. 가끔은 그 사라진 세계를 향한 상실감에 슬퍼하는 사람은 그들보다는 자기 자신이라고 느끼기도 했다. 왜냐하면, 그토록 아름다운 것들을 전부 기억하면서도 어떻게 노인들 특유의 우중충한 집에서 TV와 중앙난방이라는 무기력한 편리함에 젖어 살 수 있는지, 그들을 이해할 수 없었기 때문이다. 아무것도 남지 않았다고, 어떤 노부인이 자기가 알던 세상을 두고 그에게 그렇게 말했다고 했다. 풀 한 포기도 과거와 똑같은 것이 없다고. 그는 무슨 뜻인지 설명해달라고, 분명 풀은 전과 똑같은 풀 아니겠냐고 물었으나, 부인은 살면서 경험한 모든 것이 다 바뀌어버려 이제는 아무것도 알아볼 수 없다는 이야기를 반복할 뿐이었다. 부인은 그와 대화한 후 얼마 지나지 않아 평화롭게 죽었는데, 그는 노부인과 대화할 수 있었던 것, 대화를 나누지 않았다면 고인과 함께 사라졌을 생전의 기억을 기록할 수 있었던 것에 다행스러운 마음이었다고 했다. 하지만 노부인의 기억을 공들여 재조립한 결과 그의 소설 속에서 과거가 새것처럼 빛나는 모습을 목격할 수 있었음에도, 모든 것이 바뀌어버렸다는 이야기는 이해가 되지 않았다. 그는 한 시절의 본질이 휘발되어 사라졌다는 사실을 끝끝내 받아들일 수 없었던 것이다.

소설을 쓰는 동안 그는 세상을 떠난 부인에게 거의 분노에 가까운 감정을 느꼈다. 꼭 고인이 그 본질이라는 것을 훔쳐 들고 영원히 사라지기라도 한 듯이. 그가 사는 곳을 예로 들자면—그는 스노도니아 국립공원에 있는 농가에 살았다—그 지역의 풍경은 그럭저럭 과거의 향취를 지니고 있었다. 지역

공동체도 그 개성과 아름다움을 조금씩 파괴할지도 모르는 과도한 도로 표지판과 새로운 주차장 같은 작은 변화들을 제한하기 위해, 또 옛날식 오두막을 되살리고 전통적인 방식으로 대지를 관리하기 위해 적극적으로 대응하고 있었다. 그곳의 언덕을 오를 때면 과거에 노인들이 경험했던 현실이 그대로 남아 있는 것을 느낄 수 있다고, 그가 말했다. 그러고는 경계하듯 다른 사람들을 훑어보면서 덧붙이기를, 물론 이런 말이 유효한 곳에 살고 있다는 것이 행운이라는 사실은 자신도 안다고 했다.

이야기를 듣는 루이스의 크고 음울한 얼굴은 무덤덤한 표정이었다. 손가락으로 빵조각을 조금씩 뜯어내 작고 단단하고 동그랗게 뭉친 후 자기 접시 주변에 늘어놓고 있었다.

"언젠가 우리 어머니가 그랬는데, 어렸을 때는 수확기가 오면 마을에서 하루 날을 잡아 잔치를 벌였대요. 농부들은 밭 한 뙈기를 남겨두고 잔칫날에 마지막 작업을 했다지요. 전통에 따라, 마을 사람들은 밭에 모여 농부들이 낫을 들고 곡식 베는 모습을 지켜보았고, 농부들은 평소처럼 들판 가장자리부터 위아래 직선 방향으로 작업하는 대신 한가운데에 동그랗게 마지막 작업 분량을 남겨놓았대요. 평소라면 도망갈 길이 있었을 야생동물들은 겁에 질린 채 들판 한가운데에 갇히고

마는 거죠. 농부들이 곡식을 베어낼수록 남은 동그라미가 작아졌고, 결국에는 그 안에 동물들이 꽤 많이 숨어 있게 되었어요. 마을 아이들은 미리 챙겨온 삽과 곡괭이, 심지어는 부엌칼로 무장한 상태였는데, 어느 시점이 되면 군중들이 환호하는 가운데 곡식이 남은 밭뙈기로 가서 그 동물들을 죽일 수 있었어요. 대단히 기쁘게 또 열정적으로 자신의 몸에, 서로의 몸에 피를 튀기며 동물들을 죽였죠.

어머니는 이런 과거를 떠올릴 때마다 몸서리쳐요, 당시에는 꽤 즐기면서 참여했을지라도. 실제로 친척 중에는 그런 야만스러운 전통이 존재했다는 것을 부정하는 사람들이 꽤 있죠. 하지만 어머니는 부정하지 않고 아파해요. 다른 사람과는 달리 정직함을 잃지 않았고, 과거를 떠올릴 때 잔인했던 일화만 쏙 빼놓고 추억하는 법이 없어요. 가끔은 어머니가 이런 생각도 할지 궁금해져요, 자신이 어린 시절에 저질렀던 무심한 행실 때문에 비극적인 운명을 살게 되었다는 생각. 삶은 어머니에게 가혹했지만, 그런 가혹함에 원인이 있다면 어머니의 예민함인 것 같기도 해요. 이미 말했듯이 친척들의 기억은 어머니와 다르잖아요.

내가 글을 쓰기 시작했던 것은 어머니의 예민함에 짓눌렸기 때문이에요. 어머니의 예민함은 고통의 원인 같기도 했고,

내가 어머니에게서 이어받아야 하는 끝나지 않은 숙제, 물려받아 완수해야 하는 과업 같기도 했어요. 하지만 나는 다른 사람과 마찬가지로 줄곧 같은 것을 반복할 운명이었어요. 내가 무엇을 반복하는 건지 모를 때조차도요."

루이스가 말했다.

"그건 절대 사실이 아니에요."

소피아가 목소리를 높였다.

"루이스의 인생은 재능을 통해, 그 재능으로 이뤄낸 것을 통해 완전히 바뀌었잖아요. 루이스는 어디든 갈 수 있고, 누구든 만날 수 있고, 전 세계 곳곳에서 찬사의 대상인데요. 도시에 멋진 아파트도 있고, 아내도 있잖아요."

소피아는 나긋한 미소를 머금고 말했다.

"항상 옆에 있어 달라고 요구하지도 않으면서 헌신적으로 루이스의 아이들을 기르는 아내 말이에요. 루이스가 여자였다면 분명 어머니의 인생이 머리 위에 칼날처럼 도사리는 기분이었을 거예요. 어머니의 삶에 비해 의무는 두 배로 늘어났고 원망은 세 배로 듣게 된 것 말고, 자신이 과연 무슨 진보를 이뤘는지 자문하고 있겠지요."

이때쯤 종업원이 퓌레 접시를 치우고 다음 코스를 가져왔는데, 소피아는 그 작게 다져 빚은 요리가 생선으로 만든 거라는 불길한 말을 흘리고는 이번에도 아주 조금만 먹었다. 구부정한 자세로 앉아 있던 루이스는 접시가 자기 앞으로 오자 손을 내저어 거부한 뒤 무료하게 우리 머리 위 벽 쪽을 바라보았다. 배와 관련된 다양한 물건들이―낚시 그물, 거대한 놋쇠 갈고리, 목재 조타기―장식품으로 걸려 있었다.

소피아는 웨일스 소설가에게 흥미롭다고, 그가 전해준 노부인의 이야기는 자신이 최근에 들었던 말과 거의 똑같은데 다만 맥락이 판이하다고 말했다. 얼마 전 소피아의 아들은 며칠 동안 아버지의 집에 다녀왔는데, 거기서 전에는 본 적 없는 사진첩이 숨겨져 있는 것을 발견했다. 소피아의 남편은 두 사람이 갈라설 때 사진첩을 전부 가져갔는데, 아마도 자신에게 둘의 역사를 소유할 권리가 있다고 생각해서, 혹은 사진첩에 그가 주장하는 진실을 반증하는 것이 있어서 그랬던 것 같다고, 소피아가 설명했다. 그게 아니라면 왜 숨겼겠는가.

"이유가 뭐든, 남편은 우리가 함께했던 시절에 찍은 사진을 단 한 장도 남기지 않았어요. 그래서 아들이 찬장에서 그 사진첩을 발견했을 때, 그 애는 처음으로 그 시절을 목격하는 것과 다름없었지요. 이혼 전에는 너무 어려서 아무것도 기억하지 못했거든요. 집에 돌아온 아이 얼굴을 보니까 분명 무슨 일이 있었던 것 같았어요. 몇 시간 동안 아무 말도 하지 않더라고요. 내가 다른 곳을 보고 있으면 몰래 나를 빤히 바라보고, 또 바라보고, 그래서 결국 물어봤어요. '내 얼굴에 뭐 묻었니? 그래서 그렇게 이상한 눈빛으로 날 보는 거야?' 그때서야 사진첩을 발견했다고 말하더군요. 아버지가 친구들이랑 테니스 치러 가느라 자기를 혼자 둬서 오전 내내 사진첩만 봤다는 거예요. 그 애가 말했어요. '사진에 엄마가 있었는데 그 사람이 엄마라고 할 수는 없었어. 그러니까, 사진 속의 그 사람이 엄마라는 건 알았지만 알아볼 수가 없었다는 말이야.' 나는 그 사진들을 못 본 지도 몇 년이나 됐다고, 내가 생각보다 많이 늙은 게 분명하다고 대꾸했죠. 아들이 말했어요. '아니, 나이 든 게 문제가 아니야. 엄마의 모든 것이 변했어. 사진에 있는 것 중 아무것도 그대로 남아 있지 않아. 엄마의 머리카락도, 옷도, 표정도, 심지어 눈동자도.'"

소피아가 말했다.

이야기하는 소피아의 눈이 커다랗고 촉촉하게 변해 눈물이 차오르는 것 같기도 했으나, 얼굴에는 줄곧 미소가 떠올라 있었다. 그 미소는 소피아가 평정을 유지하는 일에 능숙하다는 것을 확증했다. 웨일스 소설가는 조심스럽고 걱정스러운 눈빛으로 소피아를 바라보았다. 희미한 불안이 느껴지는 표정이었다.

"아이가 불쌍한데요. 그 자식은 애초에 왜 그 시간에 테니스를 치러 가기로 한 거예요?"

루이스가 침울한 목소리로 말했다.

"그렇게 하면 내가 혼자만의 시간을 즐길 때조차 나의 자유와 평화를 빼앗을 수 있으니까요. 아이와 같이 있는 주말 동안 그 애를 잘 돌봐주면 어떤 면에서는 내게 좋은 일을 하는 셈이 되고, 전남편은 그런 일이 일어나지 않도록 막기 위해 자기 인생을 바친 사람이거든요. 심지어 아이를 제물 삼더라도 말이지요. 만약 전남편 혼자 아이를 키우게 된다면 분명 최선을 다할 거라고 믿어 의심치 않아요. 그 어느 남자아이보다 운동을 잘할 수 있도록, 대회에 나갈 때마다 1등을 거머쥘 수 있도록 단단히 가르쳤겠지요. 아이가 내 존재를 깜빡할 때마다 모든 게 내 잘못이라고 탓하면서요.

전남편이 양육권 소송을 걸었을 때, 내가 맞서 싸우는 바람에 놀란 친구들이 많아요. 다들 내가 페미니스트니까 남성과 여성 모두의 평등을 추구해야 한다고 생각했고, 또 남자아이에게는 아버지가 있어야 한다는, 그래야 남자로 사는 법을 배울 수 있다는 믿음이 있잖아요. 하지만 나는 아들이 남자로 사는 법을 배우는 게 싫어요. 자기가 직접 겪어가면서 남자가 되었으면 좋겠어요. 어떤 행동을 할지, 어떤 생각을 할지, 어떻게 여자를 대해야 할지 스스로 깨우치기를 원해요. 벗은 속옷을 바닥에 던져두는 짓 같은 건 따라 하지 않았으면 좋겠어요. 남자는 원래 이렇다면서 변명하는 짓도."

소피아는 그 어느 때보다 우아한 미소를 머금고 말했다.

웨일스 소설가는 머뭇거리며 손가락을 들었고, 반대하기는 싫지만 모든 남자가 소피아의 전남편처럼 행동하는 것은 아니라는 점을 말해야 할 것 같다고, 남성적 가치가 거창하게 포장한 이기심의 산물이기만 한 것은 아니라 명예나 책임감이나 기사도 같은 가치를 포함할 수도 있다고 했다. 자신도 딸하나에 더해 아들이 둘 있는데, 아들들이 균형 잡힌 사람이라고 믿는다고 했다. 물론 딸과 두 아들 사이에 존재하는 차이는 부인할 수 없고, 남자와 여자의 차이를 부인하는 것은 어쩌면 양쪽의 좋은 특성을 지워내는 행위일지도 모른다고 덧붙였다. 그는 그가 아내와 좋은 결혼 생활을 꾸려갈 수 있어 무척 행운이라는 사실을 알고 있었고, 두 사람의 차이점은 대개 갈등의 원인이라기보다는 상호보완적이었다.

"부인도 작가입니까?"

루이스가 무심하게 냅킨을 만지작거리며 말했다.

웨일스 소설가는 아내가 전업주부라고, 두 사람 다 그런 상황에 만족한다고 했다. 그가 책을 써서 벌어들이는 수입이 다행스럽게도 넉넉해서 아내는 돈을 벌 필요가 없었고, 그 대신 남편이 여유롭게 작업할 수 있도록 도와줄 수 있었다. 사실 아내 역시 남는 시간에 글을 쓴다고, 그가 말했다. 그런데 최근에 아내가 쓴 어린이책이 놀랍게도 꽤 좋은 반응을 거뒀다고 했다. 아이들이 어렸을 때 아내는 궨덜린이라는 웨일스 망아지가 등장하는 이야기를 지어 들려주었는데, 밤마다 아이들의 집중을 붙들어두기 위해 어제의 이야기는 오늘의 이야기로 이어졌고, 그렇게 분량이 늘어나 책이 완성되었다는 것이 아내의 설명이었다. 물론 그는 궨덜린의 모험 이야기를 평가하기에는 작가와 너무 가까운 사이였으나, 에이전트에게 보여줬더니 운 좋게도 세 권을 계약하겠다는 출판사를 찾아주었다. 꽤 인상적인 계약이었다.

"전부인과 나도 우리 아들에게 이야기를 들려주고는 했지요. 당연히 우리도 매일 밤 침대맡에서 책을 읽어줬는데, 그렇다고 달라진 건 아무것도 없어요. 아이는 절대 책을 집는 법이 없거든요. 가끔 학교 수업 때문에 책을 읽어야 할 때가 있는데, 꼭 고문이라도 당하는 것처럼 굴죠. 나는 그 나이 때 집에 책이 없어서 손에 잡히는 건 뭐든 읽었거든요. 세탁기 사용 설명서나 어머니의 가십성 잡지 같은 것도요. 그런데 아들은 책을 어찌나 싫어하는지, 읽어야 하는 책을 잃어버리고 다녀요.

책은 빗속에 버려져 있기도 하고, 코트 주머니에 들어 있거나 욕조 옆에 있기도 해서, 나는 발견할 때마다 깨끗하게 닦아서 찾기 쉬운 곳에 둬요. 책이 버려져 있는 모습을 볼 때마다 나 자신이, 아버지로서 내 권위가 거부당한 기분이거든요.

아들은 나를 사랑하고, 자신에게 일어난 일에 대해 의식적으로 내 탓을 하지는 않아요. 다만 책에 푹 빠졌다가 이야기 속에서 길을 잃어버리면 다시는 자신을 되찾을 수 없을 것 같아서, 자신이 붙잡으려 애쓰는 세상이 걷잡을 수 없이 멀어질 것 같아서 두려운가 봐요. 전부인과 나는 아이에게 정말 다정하게 대해요. 갈라선 후로도 잘 지내려고, 아이가 이별의 원인이 아니라는 것을 알려주려고 최선을 다하지만, 아이는 삶에 그어떤 호기심도 보이지 않고, 자기만의 위로와 쾌락에 의지해 살고 있어요. 매일 자기 방에 앉아서 아무것도 안 하고 TV만 보고 디저트와 단것을 먹어요. 우리가 아이를 망쳐놨다고, 악의로 그런 것은 아니지만 부주의와 이기심으로 그렇게 만들었다고 느끼지 않을 수가 없어요."

루이스가 침울한 목소리로 말했다.

소피아는 루이스가 이야기하는 동안 점점 더 불안해하더니 이때 끼어들었다.

"하지만 아이를 연약한 존재로 대하고 싸고돌면서 갈등을 숨기려고만 해서는 도움이 되지 않아요. 매일 아이 눈앞에 그 갈등의 결과가 있잖아요. 나는 아이를 보호할 수 없었고, 그 대신 아이는 마음을 다잡고 자기 운명이 자기 손안에 있다는 것을 자각해야 했어요. 아이가 책 읽기를 거부하면 난 이렇게 말해요. '마음대로 해, 네가 커서 고속도로 주유소에서 일하고 싶다면 책 읽지 마.' 아이들은 직접 고난을 이겨봐야 해요."

소피아가 말하는 동안 루이스는 어두운 얼굴로 고개를 저었다.

"아이들에게 그럴 기회를 주어야 하고요. 그러지 않으면 강해질 수 없어요."

소피아가 말했다.

이때 종업원들이 마지막 코스를 가져왔다. 기름진 생선 스튜였는데, 웨일스 소설가 외에는 그 누구도 많이 먹지 않았다. 루이스는 고민스러운 눈빛으로 소피아를 바라보았고, 슬픈 얼굴로 앞에 있던 접시를 밀었다. 꼭 소피아가 제안한 낙관주의와 결단력을 밀어내는 듯이.

"아이들은 상처를 받아요. 상처를 받는다고요. 왜 내 아들에게는 이 상처가 이토록 치명적인지 모르겠지만, 상처를 준 사람이 나인 만큼 그걸 돌봐주는 것도 내 일이지요. 내가 더는 아들에게도, 내게도 이야기를 들려주지 않는다는 것이 내가 아는 전부입니다."

루이스가 느릿느릿하게 말했다.

종업원들이 접시를 치우는 사이 침묵이 감돌았고, 지금까지 줄곧 조제 모리뉴의 지도력에 관해 대화를 나누던 반대편의 남자들도 더는 할 말이 없다는 듯 입을 다문 채 멍하니 앞쪽을 응시했다.

"난 살면서 남자를 많이도 만났어요."

소피아가 가녀린 팔을 테이블 위에 올리며 말했다. 흰 식탁보는 구겨진 냅킨과 포도주 자국과 반쯤 먹다 버린 빵조각으로 지저분했다.

"다들 출신 국가도 다양했어요. 그런데 이 나라 남자들은 말이죠."

소피아는 미소를 머금고 화장한 눈을 깜빡이며 말했다.

"제일 다정하지만 또 제일 어린애 같아요. 전부 어머니에게 집착하며 살아가지요. 어머니가 애지중지해준 기억에서 영영 벗어나지 못하고, 왜 다른 사람들은 어머니처럼 자신을 애지중지해줄 수 없는지 절대 이해하지 못해요. 특히 어머니의 대체품이 된 여자를 이해하지 못하지요. 그 여자를 믿지도, 용서하지도 못해요. 아이가 생기면 가장 행복해해요. 그러면 이 사이클이 반복되고, 그 반복에 갇혀 편안함을 느낄 테니까요. 다른 나라 남자들은 달라요. 하지만 결국에는 누가 낫다, 못하다 할 것도 없죠. 애인으로서는 훌륭해도 예의를 모르는 남자들이 있고, 여유는 있어도 사려 깊지 못한 남자들도 있죠. 영국 남자들은 말이지요."

소피아는 나를 보며 말했다.

"내 경험상 최악이에요. 애인으로서도 젬병이고 귀여운 아이 같은 면도 없거든요. 게다가 영국 남자들이 생각하는 여자란 살과 뼈로 된 인간이 아니라 플라스틱 인형일 뿐이죠. 영국 남자들에게 어머니와 분리되어 멀어져야 한다는 운명은 큰 상처로 남고, 그래서 어머니와 결혼하기를, 심지어 어머니가 되기를 원해요. 대개는 예의 바르고 합리적인 태도로 여자를 대하지만, 사실 그런 태도는 처음 보는 사이에나 어울리는 거예요. 그들은 여자가 어떤 존재인지 이해하지 못하죠."

소피아는 이야기를 이어갔다.

"아들이 전남편의 집에서 사진첩을 발견한 후, 그리고 내가 과거의 나와는 다른 사람이라고, 심지어 내 피부의 분자들까지 전부 달라졌다고 말한 후로 나는 한동안 혼란스럽고 우울했어요. 이혼 후에도 삶을 전과 똑같이 유지하려고 했던 나의 모든 노력이, 삶을 나와 아들에게 익숙한 모습으로 유지하려고 했던 모든 노력이 사실은 허구인 듯한 기분이 들었지요.

왜냐하면 나의 삶은 외피만 같을 뿐 전과 같은 것은 단 하나도 없었거든요. 하지만 아들의 이야기를 듣자 드디어 누군가가 그동안 있었던 일을 이해해줬다는 느낌이 들었죠. 나는 나 자신에게, 다른 사람들에게 나의 이혼에 관해 이야기할 때 그 본질이 전쟁인 것처럼 설명했지만, 사실 본질은 변화였어요. 아무도 이 변화를 검토하지도 언급하지도 않았는데, 결국 아들이 사진에서 발견하고 포착해낸 거예요.

아이가 전남편 집에 있는 동안, 주말을 맞아 남자친구를 집으로 초대했어요. 나는 아들에게 다른 남자와 있는 모습을 보이지 않도록 조심해요. 전남편은 아이가 아무 생각 없이 흘린 말을 가지고 틀림없이 무지막지한 독설과 공격으로 반응할 테니까요. 조심해야 한다는 것, 비밀로 해야 한다는 것이 이 막간의 낭만적인 만남을 더 즐겁게 해줘요. 나 자신에게 주는 상이랄까. 종종 그런 만남에 대해 생각하고 계획하면서 시간을 보내요. 심지어 아들과 같이 있는데 무슨 이유로든 지루해질 때도 그런 생각과 계획을 하지요.

하지만 그때는 달랐어요. 아들이 아버지를 보러 가고 혼자 집에서 남자친구를 기다리고 있는데, 계단에서 발소리와 자물쇠에 열쇠를 넣고 돌리는 소리가 들렸고, 갑자기 저 문을 열고 들어올 남자가 내 삶 속의 남자들 중 누구인지 헷갈리는 거예요. 그때 떠오른 생각은, 내가 그들을 너무 명확하게 구분해 놓은 탓에 그중 누구와 있는지에 따라 나의 세계가 완전히 변한다는 거였어요. 내가 그들을, 그들이 안겨준 황홀과 고통의 존재를 굳게 믿어왔다는 것을 깨달았는데, 왜 그랬는지도 모르겠고 이제 그들은 내 머릿속에서 한데 뭉쳐져 버렸지요."

소피아의 이야기를 듣는 사람들은 눈에 띄게 불편해했다. 의자에 고정된 몸을 비비 꼬았고 당황스러운 듯 식당 안을 두리번거렸다. 하지만 루이스만은 가만히 앉아서 무감한 표정으로 계속 소피아를 응시했다.

"마음 깊은 곳에서는, 그들과의 관계가 전남편과의 관계만큼 고유하지 못하다고 느꼈던 것 같아요. 그리고 그런 느낌은 그 남자들이 부족해서 생긴 거라고 생각했지요. 이 남자는 남편처럼 외국어를 잘하지 못해, 이 남자는 요리를 못 해, 이 남자는 운동을 못 해, 이런 식으로요. 꼭 대회라도 열린 것 같았고, 그들이 남편에 비해 조금이라도 모자라면 남편이 우승자가 되었어요. 나는 이런 가혹한 태도가 전남편을 두려워해서 생긴 결과라고만 생각했지요. 전남편은 손가락 하나 까딱하지 않고도 나를 죽일 수 있었어요. 그리고 그것은 내게 죽임당할 마음이 있었기 때문이지요. 마찬가지로, 남자들이 내게 기쁨이나 아픔을 줄 수 있었던 것은 내가 그들에게 그런 능력이 있다고 믿었기 때문이고요. 하지만 아파트에서 열쇠가 돌아가는 소리를 듣고 있으니 지금 들어올 사람이 전남편일 수도 있다는 생각이 들었는데, 그렇다고 해도 큰 차이는 없었을 거예요. 그가 알던 여자는—그의 페르소나를 믿어주었던 여자는—이제 사라지고 없었으니까요."

"루이스가 그랬죠."

소피아는 루이스를 향해 말했다.

"이제는 아들에게 이야기를 들려주지 않는다고요. 어쩌면 나와 비슷한 이유일지도 모르겠어요. 그건 루이스가 등장인물이라는 개념을, 혹은 등장인물로서의 자신을 믿지 않기 때문일 수도 있고, 이야기가 작동하려면 잔인함이 있어야만 하는데 그런 식의 극적인 삶은 싫기 때문일 수도 있죠, 나처럼. 그런데 아들이 사진에 관해 이야기했을 때, 나도 모르는 사이 아이가 관점이라는 무거운 짐을 짊어졌다는 사실을 깨달았어요. 내게 관점이라는 짐은 인생이나 이야기의 짐과 떨어뜨릴 수 없었는데, 그 순간 아이는 사실 관점이 인생이나 이야기와는 별개라는 것을 보여주었고, 그 효과로 나는 엄청난 자유를 맛볼 수 있었어요. 그와 동시에 그 짐을 내려놓으면 내게는 이제 살아갈 이유가 없을 거라는 생각을 했죠. 루이스는 살아야 해요."

소피아는 테이블 건너편의 루이스에게 애원하듯 손을 뻗으며 말했다. 루이스는 마지못해 손을 내밀어 소피아의 손을 꼭 잡고는 다시 손길을 거두었다.

"아무도 그 임무를 빼앗아갈 수 없어요."

스태프 한 명이 테이블로 와서 버스가 왔다고, 이제 호텔로 갈 수 있다고 말했다. 우리는 식당 밖으로 나와 그라피티가 있는 콘크리트 구역을 지났다. 플루트를 연주하는 남자아이는 사라지고 없었다. 웨일스 소설가는 아까 분위기가 꽤 심각했다고 말했다.

"소피아가 루이스를 위해 연극 같은 걸 하는 게 아닌가 싶었어요."

그는 낮은 목소리로 양쪽을 흘긋거리며 말했다. 건물 벽이 무너지고 바스러진 뒤로 어둡고 텅 빈 내부가 보였고, 길가에 자란 풀이 바람을 따라 앞뒤로 흔들렸다.

"솔직히 말하면, 둘이 꽤 잘 어울릴 것 같아요."

그가 덧붙였다.

나는 그에게 오후로 예정된 소피아의 낭독회에 올 거냐고 물어보았고, 그는 안타깝지만 그러지 못할 것 같다고 답했다. 웨일스 지역에서는 브렉시트에 어떤 반응을 보이고 있는지 글을 쓰기로 했는데 오늘이 마감이라고 했다. 극심한 가난과

추악함으로 점철된 지역에 사는 사람들이 압도적으로 유럽연합 탈퇴를 선호하는 현상이 광범위하게 퍼져 있었고, 이는 어느 곳보다도 그가 사는 마을에 해당하는 말이었다.

"마치 칠면조가 크리스마스에 표를 주는 격이지요. 물론 이런 이야기를 글에 쓰지는 못하지만요."

그가 말했다.

그는 마을에서 남쪽으로 가면 한때 공장 지대였던 황무지에 건설한 주택단지가 있다고, 남자들은 아직도 망아지를 타고 다니며 서로에게 총을 쏘아대고 여자들은 부엌에 가마솥을 놓고 마약 버섯을 달이는 곳이라고 했다. 그가 보기에 그런 곳에서는 유럽연합 탈퇴 문제 같은 것을 논의하느라 많은 시간을 들이지는 않을 것 같았다. 물론 유럽연합이 뭔지나 안다면 말이지만. 농담은 그만두더라도 이 나라가 결국 자해나 마찬가지인 행위를 하게 되었으니 슬프다고, 그는 덧붙였다.

하지만 다행스럽게도 그의 인세 수입은 대부분 외국에서 발생하기 때문에 타격을 입지 않을 것이다. 사실 유로에 비해 파운드 가치가 떨어질수록 그는 수입이 늘어날 테니 아이러니한 상황이었다. 하지만 브렉시트는 그가 사는 지역까지도 망쳐놓아서, 친근한 동네 분위기는 사라지고 다들 서로를 의심하고 있었다. 그는 허심탄회한 대화도 좋아했으나 어떤 말은 마음속에 묻어둘 수 있던 시절이 그리워졌다.

국민투표 다음 날, 그는 레스터셔에 있는 부모님 댁에 갔다가 차에 기름을 넣고 커피를 한 잔 마시려고 휴게소에 들렀다. 정말 암울한 곳이었는데, 그의 옆자리에 앉아 있던 남자는—얽은 피부에 문신이 가득한 덩치 큰 작자였다—어마어마한 접시에 담긴 튀김 요리를 입에 넣으며, 드디어 영국에서 영국인으로서 영국식 아침을 먹게 되었다고 휴게소가 쩌렁쩌렁 울리도록 외쳤다.

"민주주의가 딱히 좋은 생각은 아니었다고 생각하게 되지요."

그가 말했다.

나는 그의 가족이 웨일스 출신이라고 생각했다고 말했는데, 내 쪽을 흘긋 바라보는 그가 경계하는 듯한 이상한 미소를 짓자 줍고 누런 치아가 드러났다.

"난 코비 교외에서 자랐어요. 솔직히 말하면 볼 것 없는 동네지요. 그 동네에 관해 글을 써야겠다고 생각은 하는데, 딱히 할 말이 없네요."

그가 말했다.

다음 날 아침에는 바람이 잦아들었고 축 늘어진 회색 구름도 걷히기 시작했다. 작가들이 로비에 모일 때쯤에는 이제껏 구름 장막 뒤에서 기다리고 있었던 듯한 숨 막히는 열기가 차오르기 시작했다. 위협 같기도, 약속 같기도 한 열기였다. 몇몇이 바다에 가고 싶다고 했는데, 스태프들은 어두운 얼굴로 의논하며 시계를 바라보았다. 바다에 가려면 적어도 30분은 걸어야 한다고 했다. 바다에 갔다가 다음 행사 일정에 맞춰 제시간에 돌아오기는 안타깝게도 불가능했다. 누군가가 다음 일정인 현대 성경 해석에 관한 행사에 동시통역 서비스가 제공되는지 물어보았고, 스태프는 아쉽게도 이번에는 동시통역이 제공되지 않는다고 답했다. 이번 주말에는 다른 중요한 종교 행사가 있어서 스태프 상당수가 가족이 있는 집으로 돌아갔다는 것이었다. 게다가 축구 결승전도 있어서 관객이 더욱 줄어들 것 같아 걱정된다고 했다. 그때 에두아르도라는 남자가 내게 말을 걸었다.

"저 사람들은 꼭 우연히 악재가 겹친 것처럼 말하지만, 사실 저런 일정은 오래전부터 예정되어 피할 수 있었거든요. 아니, 어쩌면 우리는 자신의 계획에 집중하다가 다른 현실에 무지해지는 걸지도 모르겠네요."

에두아르도는 몇 년 전 이탈리아에 있는 집을 한 채 빌려 휴가를 떠났던 친구들의 이야기를 해주었다. 숙소까지 자동차를 타고 가자고 결심한 그들은 내비게이션에 주소를 입력한 다음 기계가 알려주는 대로만 운전했고, 네덜란드에서 출발해―친구들은 네덜란드에 살았다―무더운 유럽 남부에 있는 외딴 지역의 농가에 도착했다. 기적적이었다. 그들은 자신들이 얼마나 자유롭고 자주적인지, 얼마나 쉽게 이곳까지 왔는지 감탄하며 2주를 보냈다.

어느덧 집에 갈 시간이 되어 자동차에 짐을 싣고 나니 왜인지 내비게이션이 작동하지 않았다. 그들은 지금 있는 곳이 어디인지 전혀 몰랐고―가장 가까운 마을의 이름조차 몰랐다―이탈리아어를 한마디도 못 했으며 할 수 있다고 해도 인적이 드문 허허벌판에 있었으니 소용이 없었다. 기름과 음식이 동나기 전에 빠져나갈 길을 찾아야 한다는 불안이 점점 짙어졌지만, 그저 황량한 풍경을 가로지르는 흙먼지 길을 따라 질주할 수밖에 없었다. 휴가 기간 내내 그들은 자기들이 자유로운 줄 알았는데 사실 길을 잃었으면서 그것을 몰랐을 뿐이었다고 그는 미소를 머금고 말했다.

그는 내게 성경에 관한 강연에 참석할 거냐고, 통역이 없어 이해가 안 될 테니 신비로운 경험이 될 거라고 했다. 나는 오늘은 시내에 갈 거라고 대답했다. 편집자가 마침 여기까지 왔으니 인터뷰를 하면 좋겠다며 일정을 잡아놓았다고 설명했다. 그는 약간 섭섭한 듯 고개를 끄덕였는데, 내가 전한 정보가 실망스럽다는 듯한 태도였지만 누구에게 실망스러운 건지는 모호했다. 그는 내가 완벽한 계절에 왔다고 했다. 지금은 자카란다 나무가 꽃을 피우는 짧은 개화기라는 것이었다. 자카란다 나무는 도심 풍경의 핵심으로, 대로마다 우뚝 솟아 있었으며 수많은 이름난 광장을 장식했다. 기껏해야 2주 정도 피는 찬란한 보랏빛 꽃송이들은 구름처럼 가볍게 몽글거리며 산들바람이 불 때마다 물이 흐르듯 움직였다. 때로는 음악이 흐르는 것처럼, 예쁜 보라색 꽃들이 각각 음표를 구성해 다함께 물결치는 음악을 만들어내는 것처럼 느껴지기도 했다.

자카란다 나무는 다 자라기까지 아주 오랜 시간이 걸린다고, 도시에 있는 키가 훌쩍한 나무들은 몇 십 년이나—실로 몇 백 년이나—된 것들이라고 그가 말했다. 종종 정원에 자카란다 나무를 키우려고 하는 사람들도 있는데, 조상에게 물려받지 않은 이상 자기 마당에 이런 장관을 재현하는 것은 거의 불가능한 일이었다. 그의 친구 중에도 상당수가—세련된 취향을 가진 똑똑하고 야망 많은 이들이었다—자신에게는 이런 자연의 법칙이 적용되지 않는다는 듯, 의지의 힘으로 나무를 자라게 만들 수 있다는 듯 집 정원에 자카란다 나무를 심었다. 그리고 1, 2년만 지나도 좌절해서는 3센티미터도 안 자랐다며 불평하고는 했다. 하지만 자카란다 나무가 다 자라 아름다운 모습을 보여주려면 20, 30, 40년도 더 걸린다고, 그는 웃으며 말했다.

"친구들에게 이 사실을 말해주면 겁에 질리는데, 아마 그렇게 오랜 시간 동안 같은 집에서 같은 사람과 살아야 한다는 생각을 포용하지 못하는 것 같아요. 결국에는 자카란다 나무를 증오하기까지 해요. 심은 것을 파내고 다른 식물로 대체하는 친구들도 있는데, 자카란다 나무를 보면 궁극의 보상을 가져다주는 것이—야망과 욕망이 아니라—인내력과 참을성과 충심일 수도 있다는 생각이 들기 때문이에요. 비극적이라고 할 만하지요. 자카란다 나무를 원하는 사람들, 그 아름다움을 이해할 수 있는 사람들이 나무를 직접 기르지는 못한다는 사실이."

그가 말했다.

그는 나를 담당하는 편집자를 안다고 덧붙였다. 동네가 워낙 작다 보니 다들 서로를 조금이나마 알고 있다는 것이었다. 그들이 속한 세계는 정적인 곳이라, 타인의 삶을 좀처럼 끝나지 않는 드라마나 인생의 다양한 국면을 따라 이어지는 연극을 보듯 감상하게 되었다. 종종 새로운 인물이 등장하기는 해도 핵심 인물은 변함이 없었다. 파올라는 좋은 여자이지만, 항상 힘든 일을 겪고야 마는, 그 끝에는 더 강해지고야 마는 사람 중 하나라고 그가 말했다.

"이 나라 여자들은 자신을 짓누르는 수많은 공격에서 살아남으려면 영웅처럼 살아야 해요. 쓰러져도 어김없이 일어나고 또 일어나야 하며, 결국에는 항상 혼자일 수밖에 없지요."

텅 빈 소파 앞 TV 속에서는, 교회 주변에 엄청난 인파가 모여 꽃다발과 촛불을 든 가운데 사제복을 입은 남자가 마이크를 들고 이야기 중이었다. 어떤 여자아이가 가만히 서서 TV를 응시하고 있었다. 머리에 커다란 푸른색 새틴 리본을 달았고, 같은 소재의 화려한 프릴이 달린 원피스 차림이었다. 아이의 부모는 엘리베이터에서 문을 열어놓고 아이를 부르고 있었다.

"대놓고 말하기는 부끄러운데, 이 나라 국민 중 절반은 정신이 나갔어요. 그 정도는 괜찮다고 생각할 수도 있지만, 내일 축구 경기가 열리고 나면 나머지 반도 마찬가지라는 사실을 알게 될 테지요."

에두아르도가 TV 화면 속의 종교 행사를 향해 눈을 굴리며 말했다.

다른 작가들이 판유리 너머 아스팔트 길에 모여 다음 행사까지 데려다줄 버스를 기다리고 있었다. 우리는 문을 지나 주차장으로 갔고, 에두아르도는 의심스러운 눈초리로 하늘을 바라보았다.

"이곳의 이상한 날씨를 겪어보셨지요? 이제는 좀 좋아질 모양이네요."

그가 말했다.

그는 이맘때쯤 되면 태양이 맹렬해지는 것이 원래 이곳 기후라고 말했다. 이런 막간의 혼란스럽고 우울한 잿빛 하늘은 드물기는 해도 사람을 의기소침하게 만든다고, 꼭 불안정한 현 정치 상황 같다고 했다. 태양은 독재자일지언정 최소한 일관적이었다.

"영국 사람들은 우중충한 날씨에 익숙하지요. 하지만 이곳 사람들은 날씨가 안 좋으면 자기 잘못이라고 생각해요. 꼭 아이들이 엄마 아빠 기분이 안 좋은 것을 보고 자기 잘못이라고 생각하는 것처럼요. 어쩌면 날씨가 좋은 곳에 사는 사람들이 자신의 행복을 위해 애쓰지 않는 것도 어쩔 수 없는 일이겠네요."

그가 말했다. 에두아르도의 아들은 이례적인 날씨 때문에 서핑하기에는 오히려 좋아졌다며 궂은 날씨를 반겼다고 했다. 이 말은 아들이 짐을 싸서 친구들과 함께 며칠 바닷가에 다녀올 거라는 뜻이라고, 그 애들은 바다의 물결대로 둥둥 떠다니기만 하는 한 무리 물개보다도 야망이 없다고, 에두아르도는 말했다.

"우리 아이들은 2차원의 세계에 살아요" 하고 그가 말했다. "꼭 만화 캐릭터 땡땡* 같지요. 만화가의 펜이 재현하는 세상, 절대 변하지 않는 세상에 존재하기 때문에 영원히 모험을 계속할 수 있는 땡땡. 하지만 나에게 진정한 현실이란 사람들과 사람들의 생각이에요. 난 아이들에게 지극히 다정하게 대해주었고 그 결과 아이들은 내가 그 나이 때 느끼던 불안은 느끼지 못하지만, 그 애들의 세계에는 내 성장기를 풍요롭게 한 사상이나 상상이 전혀 없어요. 나는 위대한 사상이나 상상에 의해 세상이 바뀔 수 있다고, 아주 사소한 것조차 거대한 이야기의 씨앗이 될 수 있다고 생각했고, 그래서 내게 모든 것은 유동적이고 가변적인 상태였어요. 말했다시피 아이들에게 세상은 절대 변하지 않을 곳이라, 그 애들에게 자기 몫을 누릴 의향은 있을지라도 결국 그 몫은 내가 누렸던 것보다 훨씬 작아요. 나는 정신적인 세계에 삶을 바친, 물질적 풍요와는 거리가 있는 사람인데도요. 아마 지금 내가 누리고 있는 것들이 아이

* 벨기에 만화가 에르제(Hergé, 1907-83)가 그린 『땡땡의 모험』(*Les Aventures de Tintin*)의 주인공.

들이 평생 누릴 수 있는 것보다 많을 거예요."

그는 미소 지으며 말했다.

"하지만 아이들이 보기에 나는 고통받는 영혼이에요. 항상 내가 더 행복할 수 있도록, 더 느긋해질 수 있도록 조언해주는데, 실제로 다 유익한 이야기이기는 해요. 하지만 그 애들은 모르는 것 같아요. 내가 그 조언대로 산다면 나의 이야기는 끝나버릴 것이고 내게 세상은 덜 흥미로운 곳이 될 거라는 사실을. 지난번에는 아들과 정치 이야기를 했거든요. 아들이 그러는데, 지금 상황을 보면 정말 모든 게 끝장나버릴 것만 같아서 어떤 수를 써야 이 진창에서 빠져나갈 수 있을지 도저히 모르겠다는 거예요. 나는 다들 한때는 그런 감정을 겪는다고 했어요. 정치에 무심한 어린 시절을 지나 성인기에 진입하며, 세상사가 역사를 형성할 뿐만 아니라 우리 삶에 끼어들고 우리 삶을 바꿔놓을 수 있다는 사실을 깨우칠 때 느끼는 감정이라고 했지요. 그때 아들이 무척 놀라운 말을 했어요. 어찌 되었든 인류는 이쯤이면 끝장나도 싸다고, 자신의 세대가 제명에 죽지 못한다고 해도 그게 최선이라고 믿는다더군요."

에두아르도의 아들은 미래를 떠올릴 때마다 자기만의 이야기라는 것도 착각에 지나지 않는다는 것을 되새긴다고 했다. 이제 세상에는 또 다른 이야기가 탄생할 만큼 충분한 자원이 남아 있지 않기 때문이었다. 시간도, 제재도, 진정성도 충분하지 않았다. "전부 고갈되었어요"가 그의 아들이 하는 말이었다.

"아마 파도만은, 지금도 끊임없이 해안으로 밀려들고 인류가 사라진 뒤에도 계속 밀려들 파도만은 고갈되지 않겠지요."

에두아르도가 덧붙였다.

버스가 도착했고, 줄지어 선 사람들은 느릿느릿 열린 문을 통해 버스 안으로 들어가고 있었다. 에두아르도가 손을 내밀었다. 갑자기 구름을 뚫고 나타난 태양이 우리의 얼굴과 주차장 아스팔트와 번쩍거리는 버스의 표면 위로 뜨겁고 맹렬하게 빛났다.

"지금 도망치시려는 거죠?"

그가 눈을 찌푸리며 말했다. 마음이 산란해서, 혹은 강렬한 햇빛 때문에 그러는 것 같았다.

"자유를 즐기실 수 있기를 바랍니다."

파올라가 약속 장소로 정한 호텔은 내가 있던 호텔이 삭막했던 것만큼 화려했다. 거대한 로비의 벽은 짙은 빛깔의 나무와 가죽으로 되어 있었고, 기둥과 어두운 조명과 곳곳의 낮은 천장이 신비로운 분위기를 조성했다. 그래서 안에 있는 사람들은 서로를 볼 수 있었음에도 자신이 숨겨진 듯한 기분을 느꼈다. 움푹 들어간 구역에 놓인 커다랗고 어두운 석재 접수대에는 유니폼을 입은 직원들이 죽 늘어서서 거창한 목적을 위해 일한다는 분위기를 풍겼는데, 파올라에 의하면 그 접수대는 마치 중요한 것과 중요하지 않은 것을 구분하는 장소처럼 보였다.

파올라는 은색 튜닉과 금색 샌들 차림으로 가죽 발 받침대 위에 걸터앉아 핸드폰 화면을 빠르게 두드리며 의아한 표정으로 로비를 둘러보았고, 덩치가 크고 유들유들한 그의 비서는 온화하고 차분한 표정으로 주변 소파에 앉아 있었다. 호텔은 문학적인 분위기를 내기 위해 애쓰고 있으나 사실 이는 말도 안 되는 짓이라고, 파올라가 말했다. 왜냐하면 그 이유라고는 원래 호텔 자리에 서점이 있었다는 것뿐이기 때문이었다. 어쨌든 문학이라는 주제는 호텔의 휘장과—바란 듯한 색감의 잉크로 저명한 인물들의 서명을 재현한 것이었다—웅장하고 화려한 장식에 남아 있었는데, 성급하게 도서관 같은 분위기를 조성하려 그런 것인지 진짜 책을 가져다 놓는 일만은 깜빡한 것 같다고, 그저 엘리베이터 안쪽에 닳은 가죽 책등을 찍은 사진이 붙어 있을 뿐이라고, 파올라가 말했다. 그래도 우리는 호텔에서 문학에 나름대로 진지한 태도를 보여준 것에 감사한 마음을 가져야 한다고 했다. 왜냐하면 이곳이 작가나 작가의 삶과는 근본적으로는 무관할지라도 인터뷰를 하기에는 이만한 곳이 없는 데다가 여름에도 시원하고 조용하기로 이 동네에서 손꼽히기 때문이었다.

그러고는 첫 번째 인터뷰를 진행할 기자가 곧 올 거라고 덧붙였다. 그 후에는 전국적으로 방영되는 유일한 예술 프로그램에서 녹화 인터뷰를 할 것이었다. 파올라는 이 프로그램에 초청받는 작가는 소수인데 내가 그중 하나로 선정되어 기쁘다고, 책 홍보를 할 수 있는 기회가 점점 더 적어지고 있다고 했다. 인터뷰 형식은 매우 직관적이고, 작년부터 프로그램 방영 시간이 반 토막 나는 바람에 기껏해야 15분 정도밖에 걸리지 않을 것이었다. 방영 시간이 잘린 정확한 이유는 알 수 없었으나 어쨌든 문학과 관련된 것들은 전부 끊임없이 줄어들기만 하는 형국이라고, 다른 분야가 번영하고 확장하는 사이에 책의 세계는 엔트로피 법칙에 지배받고 있는 것 같다고, 파올라가 말했다. 이제 신문에서 서평에 할당된 공간은 10년 전에 비해 반으로 줄어들었고, 서점은 연달아 문을 닫았으며, 전자책이 도래함에 따라 물리적 실체로서의 책은 완전히 사라질 거라고 불길한 예측을 내놓는 사람들도 있었다.

"우리는 마치 시베리아 호랑이처럼 항상 멸종될 거라는 위

212

협 속에 살아요. 다들 소설이 호랑이와 마찬가지로 과거에는 굉장했지만 이제는 약하고 취약해졌다는 듯이 이야기하지요. 언제부터인가 우리는 우리가 파는 상품을 제대로 홍보하지 못했어요. 문학계에서 일하는 사람들은 자신의 문학을 향한 애정이 다른 사람들과 차별되는 결점이자 일종의 약점이라고, 내심 그렇게 믿어요. 어쩌면 이런 믿음이 문제일지도 모르겠네요. 출판계 사람들은 아무도 책에 관심이 없다고 가정하고 일을 하잖아요. 반면 콘플레이크를 만드는 사람들은, 아침이면 해가 떠야 잠자리에서 일어날 수 있듯 콘플레이크를 먹어야 살 수 있다고 온 세상을 설득하려 들고요."

파올라가 말했다.

바쁘게 로비를 훑던 파올라의 두 눈동자가 커다란 검은색 유리문으로 들어오는 남자를 포착하더니 환하게 밝아졌다. 자리에서 벌떡 일어나 그를 반겨주러 갔고, 비서는 내게 시작하기 전에 커피를 가져다줘야 할지 물어보았다. 막간에 자유 시간이 있기는 하겠으나 확신할 수는 없다고, 가끔 인터뷰는 계획된 것보다 훨씬 오랫동안 이어지기도 한다고 했다. 어떤 작가들은 해야 할 말이 더 많은 것 같다고, 그녀는 미심쩍다는 듯 말했다. 아니면 그저 말하는 걸 더 좋아하는지도 모르겠다고 덧붙였다.

나는 출판 쪽에서 일한 지 얼마나 되었냐고 물었고, 그녀는 몇 달밖에 안 됐다고 했다. 그전에는 국내 항공사에서 일했는데, 이 일의 조건이 더 좋다고, 근무 시간이 더 안정적이라 아이들과 더 많은 시간을 보낼 수 있다고 했다. 아이들은 아주 어렸지만, 그녀는 새로운 작가를 만날 때마다 책에 아이들을 위해 사인해달라고 부탁한다고 덧붙였다. 책꽂이에 특별히 한 칸을 정해두고 사인받은 책들을 꽂아두었는데, 지금 아이들은 책을 읽기에 너무 어리지만 언젠가 그 애들이 책꽂이에서 자기 이름이 적힌 책을 발견할 거라고 생각하면 기분이 좋다는 것이었다. 그러고는 혹시 나중에 시간이 나면 내 책에도 사인해줄 수 있겠냐고 물어보았다.

기자는 주변에 있는 소파에 앉아 메모한 것을 훑어보고 있었다. 곧 일어나서 나와 악수했는데, 굉장히 심각한 얼굴이었다. 키가 매우 크고 머리카락이 한 올도 없는 남자였다. 알이 두꺼운 안경은 어찌나 커다랬는지, 질문자라는 그의 역할을 더 거대해 보이게 하는 동시에 그의 눈빛을 감추려는 의도로 만들어진 듯했다. 피부가 굉장히 창백했고, 커다란 대머리가 어두운 공간 속에서 미묘하게 반짝이며 초자연적인 분위기를 풍겼다. 비서가 그에게 물을 건넸고, 그는 그것이 놀랍다는 듯 눈썹을 찌푸리며 받아들었다. 그의 옆쪽, 테이블 위에 쌓인 여러 권의 책은 책장마다 포스트잇이 잔뜩 붙어 바스락거렸다. 날씨가 너무 덥지 않냐고, 그가 내게 말했다. 자신은 이 계절을 견디기 힘들다고, 이곳 사람들 대부분과 달리 피부가 창백해서 햇빛에 몹시 약하다고 했다. 그에게는 영국의 기후가 더 잘 맞았다. 여름날에도 위로가 되는 선선함이 있으며 나무들은, 시인 테니슨을 인용하자면, 잔디밭 위로 새카만 팔을 드리웠다. 물론 영국인들은 무리 지어 이곳으로 몰려와—그는 도톰하고 창백한 입을 찡그렸다—해변에 누워 피부를 구웠지만. 그는 최근 영국이 유럽연합에서 탈퇴하려는 움직임을 보이는 만큼 영국인들도 눈치나 예의 때문에, 혹은 그저 부끄러워서 이런 여행을 그만둘지 궁금했다고, 하지만 그럴 기미는 보이지 않는다고 했다.

"어딜 가나 영국인이 있어요."

그는 연기하듯 팔을 굽히고 주변을 둘러보며 바보처럼 씩씩거렸다. 영국인 침입자들을 흉내 내는 것이었다.

"리조트나 술집에 처박혀서는, 모국어 외에는 할 줄 아는 언어도 없고, 자신들이 저지른 상스럽고 멍청한 짓이 어떤 결과를 가져올지 전혀 모르지요. 몸집만 큰 아기들이에요."

그는 자신이 몸집 큰 아기인 듯 연기했다.

"아무도 그 아기들을 제대로 돌봐주지 않아 결국 온 집안을 망쳐놓고야 말았어요. 한때는 영국을 얼마나 좋아했는데요."

그가 평소 모습으로 돌아와 말했다.

"영국의 시, 아이러니를 사랑했어요. 영국을 너무나 사랑해서 영국인으로 태어나지 못한 게 한이었지요. 하지만 지금은 영국인이 아니라 다행입니다."

정체성을 바라보는 관점이 달라지는 상황은 나 역시 고민해본 주제인 것 같다고 그는 덧붙였다. 약점이라고 생각했던 것이 나중에는 자산이 되기도 하고, 역으로—아마도 이런 경우가 더 흔했다—자신이 신의 총애를 받는 줄 알았다가 생각을 고쳐먹게 된 사람들도 있지 않던가? 예를 들어, 그는 어렸을 때 스포츠에 재능이 없는 학구적인 소년으로서 자신에게 심각한 문제가 있다고 생각했지만, 나중에는 날아오는 공을 잘 잡는 것보다는 머리가 좋은 쪽이 훨씬 가치 있다는 사실을 깨달았다.

그의 친구가 즐겨 하는 말이 있었는데 그는 그 말을 들을 때마다 웃음이 나왔다. 삶은 범생이들의 복수전, 이라는 말이었다. 이 깜찍한 생각은—책만 파고드는 우스꽝스러운 녀석들이 결국 권력을 쥐게 된다는 생각—작가라는 존재에 적용하면 새로운 뉘앙스가 생겨났다. 보통 작가에게는 권력의 문제가 해결되지 못한 채로 남아 있기 때문이었다. 작가는 누군가가 책을 읽어줄 때만 권력을 얻을 수 있었다. 어쩌면 수많은 작가가 자기 책을 영화화하는 데에 혈안이 된 것은 바로 이런 이유, 권력을 부여받는 과정에서 품이 드는 단계를 제거할 수 있기 때문일지도 몰랐다. 영국인의 경우 권력이란 과거의 전유물이었고, 그들이 권력을 휘두르려고 애쓰는 모습은 강아지가 꿈속에서 토끼를 쫓으며 발을 구르는 모습을 보는 것만큼 우스웠다.

그는 책더미를 흘끗거리는 나를 보더니, 원래 인터뷰할 작가를 만나기 전에 지금까지 발표한 작품을 전부 읽는다고 말했다. 동료들이 많이들 그러는 것처럼 최근작만 읽지 않는다는 것이었다. 그는 이런 독서를 과거 조사라고 여기는 작가가 한둘이 아니라는 사실에 종종 놀랐다. 작가들은 꼭 책이 공적인 영역에 존재하는 물건이 아니라는 듯, 그가 작가들의 삶을 들쑤시고 있다는 듯 행동했다. 한번은 어떤 작가가 자신이 몇년 전에 쓴 책을 전혀 기억하지 못했던 일도 있었다. 또, 어떤 여성 소설가는 자기가 썼던 수많은 책 중에서 딱 한 권만 좋아하며—아직도 사 읽는 독자들이 존재하는 책이었다—나머지는 아무런 쓸모도 없다고 생각했다. 다른 작가들은—이런 유형이 단연코 가장 흔했다—책이 받은 보상과 평가에 기반해 자기 작품의 가치를 따지고, 세상의 평가에 맞춰 자신의 중요성을 결정하는 듯했다. 다만 세상의 평가가 긍정적일 때만 그렇게 한다고, 그가 안경을 치켜올리며 말했다.

그를 놀라게 한 것은, 이 작가들은 글쓰기를 시작했을 때 아무런 계획도 세우지 않은 채로 다른 사람들이 아침에 일어나 출근하듯 책을 썼다는 점이었다. 달리 말하면, 글쓰기는 그저 그들의 일이었고, 다른 직업과 마찬가지로 일시적이며 권태와 세속적인 가치에 물들 수 있었다. 작가들은 미래에 무슨 일이 일어날지도 모르면서 다른 사람들처럼 시간이 갈수록 발전할 거라는 모호한 믿음에 동의했고, 성공은 본인의 능력 덕분이지만 실패는 타인이 무지한 탓이고 운이 나빴던 탓이라고 생각했다. 특히 또래 작가가 자기보다 잘나가면 무엇보다 운을 그 이유로 꼽고는 했다.

"인정할게요, 이런 것들이 눈에 보이니까 꽤 실망스러웠어요. 내가 문학을 숭상해서 그런 것이지요. 위대한 거장조차 초기작에서는 후기작의 깊이나 복잡성을 보여주지 못할 수 있다는 것은 이해해요. 그렇지만 한 작가의 작품을 읽으면서, 나의 독서 행위가 어찌어찌 살아가고 있는 직업인의 모습을 지켜보는 행위에 지나지 않는다고 느끼기는 싫거든요. 그 글을 쓴 작가가 다른 사람들보다 조금 덜 우매한 수준이라는 생각도 싫고요."

그가 말했다.

그는 항상 도발적이고 난해한 글쓰기에 끌렸다고 이야기를 이어갔다. 왜냐하면 그런 글쓰기는 적어도 작가에게 관습의 속박에서 벗어날 능력이 있음을 증명했기 때문이었다. 그렇지만 극심한 부정에 기반한 작품은—최근에 고민 중인 예시는 토마스 베른하르트였다—결국 난관에 부딪힐 수밖에 없었다. 근본적으로, 예술 작품은 부정적이어서는 안 됐다. 그 본질적 성질이, 사물로서의 상태가 긍정적일 수밖에 없었다. 예술은 기성의 세계에 추가된 것이자 더해진 것이었다.

자기 파괴적인 소설을 읽을 때는, 자기 파괴적인 사람을 상대할 때와 마찬가지로, 결국 거리를 유지한 채 연극의 한 장면을—인간이 자신의 영혼에게 배반당하는 장면이었다—보듯 구경할 수밖에 없었고, 이야기 안에 개입할 수 없었다. 지성과 감수성이 뛰어난 자들이 때때로 이런 끔찍한 세상에서는 살아갈 수 없다고 깨닫는 것처럼, 위대한 예술은 종종 자기 파괴를 강요했다. 그러나 광기에 사로잡힌 유령은 독자를 너무나도 혼란스럽게 해서 글에 완전히 몰입할 수 없게 만들었다. 그러면 독자는 작품을 경계할 수밖에 없고, 미쳐버린 부모를 경계하며 자신이 결국 혼자라는 것을 깨닫는 아이 같은 신세가 되었다.

그가 깨달은 바는 부정의 문학이란 거침없는 솔직함에서 동력을 얻는다는 것이었다. 삶에 흥미가 없는 사람, 즉 미래에의 의지가 없는 사람은 솔직해도 잃을 것이 없다고, 그런 께름칙한 특권이 부정의 작가에게 주어진다고 그가 말했다. 그러나, 앞에서 이미 설명했듯, 그들의 솔직함은 불쾌한 종류의 솔직함이었다. 어찌 보면 그런 솔직함은 낭비였는데, 모두가 꼼짝없이 한배에 갇혀 있는 상황에서 바다로 뛰어내리려는 자의 솔직한 마음에 신경 쓸 사람은 없을 것이기 때문이었다. 진정한 솔직함은 당연하게도 배에 남아 배의 진실을 밝히기 위해 노력하는 사람의 솔직함이었다. 적어도 우리가 믿는 바로는 그랬다. 만약 내가 문학은 사회적, 물질적 구조의 피를 빨아먹고 살아간다는 의견에 동의한다면, 작가는 그 구조 안에서 부르주아적인 삶에 파묻혀—최근에 어디선가 이런 식으로 표현한 것을 읽었다고 했다—짐승 털 속의 진드기 같은 것으로 전락할 수밖에 없었다.

그는 잠시 이야기를 멈추고 메모를 뒤적거렸고, 나는 그가 놀라울 정도로 창백하고 연한 민머리를 책 위로 숙인 모습을 바라보았다. 곧 그는 다시 머리를 들었고, 나를 커다랗고 둥근 안경알 속에 고정했다. 그가 나에게 하고 싶었던 질문은, 떠나는 사람과 남는 사람의 솔직함 너머에 또 다른 솔직함이 있다고 생각하냐는 것이었다. 그 어떤 도덕적 편견에도 물들지 않은 솔직함. 상대를 반박하거나 교화하는 일에는 관심 없고, 연민을 품는 법도 없고, 미덕과 악덕 중 그 어느 것도 편들지 않으면서 세상을 공정하게 묘사할 수 있는 솔직함. 물이나 유리처럼 순수하게 앞에 있는 것을 반사해낼 수 있는 솔직함.

프랑스 작가 중 이런 문제에 관심 두었던 이들이 있는데—그 예로 조르주 바타유가 떠오른다고 했다—다만 그들은 솔직함을 도덕과 무관한 것으로 상정하는 데에 그쳤다고, 그가 말했다. 달리 말하면, 그들은 선과 악을 구분하기를 거부했고 그 둘에 관한 어떤 판단도 내놓지 않았다. 그의 질문은 어떻게 보면 고루한 것이었다. 그러니까, 정신적인 가치를 거울 같은 것으로 간주해 악덕 앞에서도 냉정한 태도를 유지하게 함으로써, 그 가치의 선함을, 부패할 수 없는 고결함을 증명하는 일이 가능할까? 결국 나는 그것이 가능하다는 증거를 너무나도 갈구한 나머지 악을 주제로 삼으려고 하는 것은 아닐까?

그는 자신이 이 도시에서 작가의 명성을 쌓아올리고 또 부수는 일에 전문가로 알려져 있다고, 이 사실을 말해주는 것이 공평할 듯하다고 덧붙였다. 그가 악평을 쓰면 책 한 권쯤은 바로 사장될 수 있었고, 그런 솔직함의 결과 중 하나는 그에게 적이 많다는 것이었으며, 이 말인즉슨 그가 책을 내면—지금까지 세 권의 시집을 냈다고 했다―다들 흔히 하는 말로 칼을 꺼내 든다는 뜻이었다. 그런 공격의 결과로 그의 작품은 제대로 된 평가를 받지 못했다. 그는 미국에 있는 연구비 지원 프로그램과 국내의 문학 관련 일자리에 지원했으나 전부 떨어졌는데, 그래도 평론가로서 지닌 권력은 줄어들지 않았다. 실로 줄어들지 않는 것을 넘어 끊임없이 증가하고 있었고, 이제 국제적인 명성까지 획득하는 수준이었다.

그의 친구들은 작가로서 성공하고 싶다면 다른 사람들의 저작을 공격하는 일은 그만두라고 조언했으나, 그런 조언은 새에게 날지 말라고 하거나 고양이에게 사냥하지 말라고 하는 것이나 다름없었다. 게다가 다른 동물들처럼 본성을 제거당한 채 동물원에 갇혀 안전하지만 자유롭지 못한 삶을 살게된다면, 그렇게 쓴 시에 무슨 가치가 있겠는가? 그리고 비평가의 도덕적 의무, 안전하고 평범한 것에 안주하려는 문화적 경향을 교정해야 한다는 의무는 말할 것도 없었다. 저녁 식사 초대장 같은 것과는 비할 수 없는 책임이었다.

그가 무엇보다 참을 수 없는 것은 이류들, 부정직한 자들, 무지한 자들의 승리라고, 그는 이야기를 계속했다. 이런 승리가 일상적으로 반복되고 있다는 사실은 삶의 수수께끼 중 하나로, 이런 현실과 싸우려 들었다가는 부정의 문학을 무효하게 만들었던 바로 그 절망에 굴복하게 될지도 모른다는 것을 그는 잘 알았다. 바리새인과 너무 많은 시간을 보내느라 정작 악마를 바라보지 못하게 되는 것이다. 자신이 악의 문제를 고민하게 된 것은 이런 사고의 흐름 때문이었다고, 그가 말했다.

그는 겨우 스물여섯이었고—그것보다 훨씬 나이가 많아 보인다는 것을 알고 있다고 했다—큰 그림도 없이 글을 쓰면서 지금 쓰고 있는 책의 결말이 어떻게 될지 모른다고 주장하는 작가들, 자신의 작업이 세심한 고민이나 예술적인 능력이나 심지어 막대한 수고의 결과가 아니라 신비로운 영감, 최악의 경우 상상력의 소산인 것처럼 구는 작가들의 이야기를 했을 때, 자기 자신을 묘사한 것은 아니었다. 그는 작품이 어떻게 끝날지 확실히 알지도 못하는데 글쓰기를 시작하지는 않는다고, 목적지도 모르는 채 열쇠나 지갑을 두고 집을 나서지 않는 것과 마찬가지라고 했다. 저런 작가들의 태도는 예술을 나약한 것으로 보이게 한다는 점에서 우리 문화계의 골칫거리라고, 다른 분야에 종사하는 사람들은 자신을 단련하고 능력을 기르는 것을 자랑스럽게 생각하지 않냐고, 그는 말했다. 그러고는 이런 상황 진단에 나 역시 동의할 것이라 기대한다고 했다. 내 책을 읽어본 후 내게 상상력이 있다면 그것을 현명하게 잘 숨겼다고 추론했다는 것이었다.

"세상에서 가장 숨기 좋은 곳은, 진실과 아주 가까운 곳이에요. 능숙한 거짓말쟁이들은 전부 아는 사실이지요."

그가 말했다.

그가 내 어깨 너머의 무언가를 쳐다보았고, 고개를 돌려 보니 비서가 서 있었다. 그녀는 정말 죄송하지만 배정된 시간이다 되었다고, 다음 일정이 TV 인터뷰라 약속 시간을 정확히 지켜야 하니 이제 이야기를 마무리해달라고 했다. 나를 인터뷰하던 기자가 즉시 항의하기 시작해 긴 대화가 이어졌는데, 그는 빠르고 강하게 말하는 반면 비서는 아주 느리게 특정한 어구만을 반복해 대답하면서 자신도 안타깝다는 듯 고개를 끄덕였다. 결국 기자는 짜증이 묻어나는 몸짓으로 서류 가방에 책과 메모를 챙기기 시작했다. 비서가 나를 엘리베이터 쪽으로 안내하면서 항공사에서 일하며 단련한 기술이 이 일에 생각보다 도움이 된다고 말했다. 그 기자는 특히 까다로운 축에 속한다고, 그가 인터뷰를 맡으면 항상 비슷한 언쟁으로 끝난다고 덧붙였다. 그는 질문을 하기까지 너무나 긴 시간이 걸렸고, 그렇게 긴 시간이 걸려 생각해낸 질문에도 자신이 직접 최적의 답변을 해버린다는 것이었다.

비서는 살짝 눈을 굴리며 엘리베이터 버튼을 눌렀다. 사실 두 사람은 같은 학교에 다녔고 가끔 가족 행사에서 만날 때도 있는데, 직업적인 상황에서 만나면 기자는 항상 자신을 모른 척한다고 했다. 가족으로서 만나면 예의 바르고 친절하다고, 애석하다는 듯 덧붙였다. 또, 할머니들에게도 선뜻 말을 거는 사람은 그 기자뿐이라 할머니들도 오랫동안 그의 이야기를 들어준다고 했다.

호텔 측에서 지하에 임시 스튜디오를 설치하도록 배려해주었다고, 내려가는 엘리베이터에서 그녀가 말했다. 평소만큼 전문적인 환경은 아니겠으나 그래도 꽤 그럴듯하다고 했다. 우리는 천장이 낮은 널찍한 공간에 들어섰고, 카메라 장비가 쌓인 가운데서 전선과 조명을 조절하느라 여념 없는 사람들이 보였다. 저 멀리, 노출된 콘크리트 벽과 포장용 상자로 둘러싸인 한쪽 구석 자리가 높은 책장과 사진과 올이 드러난 페르시아 러그로 조붓하게 꾸며져 있었다. 러그 위에는 예스러운 의자 두 개가 대화하기에 적합한 각도로 놓여 있었다. 눈부신 조명 여러 개가 그곳을 비추어, 가장자리를 따라 책을 쌓아놓은 황금색 섬 같은 느낌을 주었고, 작업 중인 사람들은 해안 너머 연옥의 어둠에 잠긴 것 같았다.

호리호리한 여자가 우리 쪽으로 다가와 손을 내밀었다. 둥그렇고 하얀 얼굴을 TV 출연에 맞게 공들여 화장한 모습이었다. 옷깃이 높게 올라온 블라우스의 긴 소매에 단추가 달려 있었고 길고 풍성한 밝은 금발 머리는 뒤로 부드럽게 넘겨 포니테일로 묶었는데, 마치 책이 쌓인 섬에 사는 학구적인 공주 같았다. 그녀는 자신이 인터뷰를 진행할 거라고 영어로 말했다. 음향 장비에 작은 문제가 생겨서 그것만 해결하면 바로 시작할 수 있을 거라고 덧붙였다. 그러고는 고개를 돌려 비서에게 말을 건넸고, 두 사람은 웃기도 하고 서로의 팔에 손을 올리기도 하면서 잠시 대화를 주고받았다. 그사이 다른 사람들은 길게 늘어진 전선을 꽂았다 뽑으며, 바닥에 활짝 열린 채 널브러져 있는 커다란 검은색 카메라 케이스를 샅샅이 뒤지며, 아무 말 없이 집중해서 장비를 손보았다. 곧 인터뷰 진행자는 이제 준비됐으니 자리에 앉자고 했고, 우리는 책장에 둘러싸인 가운데 의자에 앉았다. 밝은 조명 주변이 반쯤 어둠에 잠겼고, 어두컴컴한 그림자 사이를 통과하는 카메라맨들의 형체가 흐릿했다. 분명 감독인 것 같은 남자가 조명 밖에 서서 진행자에게 지시사항을 전달하자 진행자는 천천히 고개를 끄덕였는데, 때때로 화장한 눈으로 내 쪽을 곁눈질하며 공모자 같은 미소를 지었다.

기술자들이 무슨 말이든 해보라고 했다고, 진행자가 내게 전했다. 음량을 조절하고 무엇이 문제인지 확인해야 하니 오늘 아침 식사로 무엇을 먹었는지 이야기해보라고 했다는 것이다. 물론 더 재미있는 대화거리는 있겠지만 말이다. 그녀는 여성 작가와 예술가들이 수용되는 방식에 어떤 문제가 있는지 집중적으로 이야기하고 싶다고 했다. 이 주제에 관해 의견이 있으면 공유해달라고, 그러면 인터뷰 중에 좋은 질문을 던질 수 있을 거라고 했다. 내게는 낯선 주제가 아니겠지만, 시청자들로서는 가정과 직장에 도사리는 불평등이 그들에게 예술로 소개되는 것까지도 좌지우지한다고는 생각하지 못했을 수도 있으니 그 점을 정확히 짚어주지 않을 이유가 없다는 것이었다. 당연한 말이지만 뛰어난 여성은 제대로 평가되는 경우가 드물고, 그나마도 그들이 늙거나 추해지거나 죽고 없어더는 사회에 위험한 존재가 아니라는 판단이 있을 때만 제대로 평가되었다. 예를 들어 예술가 루이즈 부르주아는 할머니가 되자 갑자기 엄청난 인기를 얻어 마침내 벽장에서 튀어나와 대중의 관심을 받을 수 있었다. 그와 비슷한 남성 예술가들은 그동안 죽 관심을 받았고, 거창하고 자기 파괴적인 행동으로 인기를 끌었는데 말이다.

　어쨌든 루이즈 부르주아의 작업을 보면 그 주제가 여성의 몸이 축적한 사적인 역사라는 것을, 또한 여성의 몸에 가해지는 억압과 착취와 변형, 여성의 몸이 하나의 형태로서 겪는 끔찍한 가변성과 다른 형태를 창조할 수 있는 능력이라는 것을 알 수 있었다. 부르주아의 재능이 그녀가 경험한 것들의 익명성에 기대고 있다고 생각하면 꽤 재미있었다. 그녀가 어렸을 때부터 대중의 관심을 받았다면 여자의 삶에 얽힌 수치스러운 비밀 속에 머무르는 대신 다른 예술가들과 함께 파티에 다니고 잡지 표지에 실리기 위해 포즈를 취했을 터였다.

"부르주아가 어린아이들을 기르던 시기에 했던 작업이 있어요."

그녀가 말했다.

"그 작품들 속에서 부르주아는 자신을 거미로 묘사하지요. 흥미로운 특징은, 작가가 모성에 관해 전달하는 메시지―남성 예술가들의 세계관 속에서 영원히 반복되는, 만족감에 황홀해하는 성녀로서의 어머니와는 극명하게 다르지요―뿐만 아니라 그림이 아이가 그린 것처럼 보인다는 점이에요. 보이지 않는 여성성에 관한 예시로는 이보다 더 좋은 예시를 떠올리기 힘들어요. 여성 예술가 본인은 사라져버리고 그저 자식의 관점에 맞게 유순한 괴물로서만 존재하지요.

여성 예술가 상당수는 어느 정도 자신의 여성성을 무시해왔는데, 그들의 경우 비교적 쉽게 세상의 인정을 구했다고 할 수도 있을 거예요. 어쩌면 남성 지식인들이 불쾌해하는 주제는 건드리지 않아서 그런 것일 수도 있고, 생물학적 숙명을 거부한 덕분에 작업에 전념할 시간이 있어서 그런 것일 수도 있지요. 재능 있는 여자가 여성성에 얽매이기를 거부하는 것도, 세상에 다른 방식으로 연결되어 자유를 추구하는 것도 이해할 만한 선택이에요. 하지만 부르주아의 거미 이미지는 이런 주제에서 도망친 여자를, 말하자면 다른 여자들이 거미줄에 발 묶인 사이 홀로 도망쳐버린 여자를 나무라는 것만 같아요."

그녀가 말했다.

그녀는 잠시 이야기를 멈추고 호기심 어린 시선으로 카메라 불빛 쪽을 바라보았다. 그 너머에 있는 사람들은 팔에 전선을 한가득 든 채 머리를 맞대고 알 수 없는 논의를 이어가고 있었다. 감독이 고개를 가로저었고, 진행자는 완벽하게 그린 눈썹을 들어 올렸다가 천천히 시선을 이동해 다시 나를 바라보았다.

"어렸을 때 이런 것들을 깨달았던 기억이 나네요."

그녀가 이야기를 이어갔다.

"내가 태어나기 전부터 어떤 것들은 이미 정해졌고, 오빠의 손에는 승패가 주어진 반면 나의 패는 오래전부터 패배를 향하고 있다는 것. 이런 부당한 현실을 정상인 것처럼 받아들여서는 안 돼요, 내 친구들은 전부 그럴 준비가 되어 있는 것 같지만요. 그리고 그런 상황에서 우세를 차지하기란 아주 어려운 일은 아니었어요. 좋은 패를 쥔 남자아이들은 조금 안주하고 말았고, 다리 사이에 있는 것이 물음표로 보이기 시작하면서 그것으로 무엇을 해야 할지 답을 구해야만 했거든요. 이 남자아이들의 여자를 향한 태도는 정말이지 터무니없었는데, 부모님이 보여준 예시를 보고 부지런히 따라한 것이었지요. 여자인 친구들은 그들의 태도에 맞서 자신을 방어했는데, 그 방어란 최대한 완벽하고 거슬리지 않는 여자가 되는 것이었어요. 하지만 자신을 방어하지 않는 여자들도 마찬가지로 나빴죠. 이런 완벽함에 관한 기준에 순응하지 않음으로써 자신을 실격시키고 그 주제와 거리를 두는 셈이었으니까요.

하지만 나는 곧 깨달았어요, 그 무엇보다 끔찍한 것은 평범한 재능과 지능을 가진 백인 남자라는 사실을. 극심한 억압 속에 사는 가정주부조차도, 평범한 백인 남자보다는 인생의 연극과 시에 더 밀접하지요. 왜냐하면, 루이즈 부르주아가 보여줬다시피 최소한 하나 이상의 관점을 취할 수 있으니까요. 그리고 많은 여자아이가 좋은 성적을 내고 직업적인 야망을 갖게 된 것도 사실이에요. 사람들은 평범한 남자아이들이 기분 상할까봐 걱정까지 하잖아요. 하지만 조금만 앞을 내다봐도 알 수 있어요, 여자아이들의 야망은 어디로도 닿을 수 없다는 것을. 이 나라에서 종종 마주치는 도로 같아서, 새로 포장한 덕에 시작 지점은 넓고 매끈하지만 중간에서 뚝 끊겨버리고 말아요. 정부에서 돈이 부족하니까 공사를 멈춰버린 거죠."

그녀는 잠시 이야기를 멈추고 감독을 흘긋 바라보았는데, 감독은 엄지를 아래로 내려 보이고는 계속 이야기하라고 손짓했다. 그녀는 한 가닥 삐져나온 밝은색의 곧은 금발 머리를 뒤로 넘긴 다음 맞잡은 손을 무릎 위에 올렸다.

"이때쯤 나는 문학과 예술의 세계를 발견했어요. 그 안에서 내게 필요한 정보를 잔뜩 발견했지요. 어머니는 그런 정보를 내게 물려주지 않았는데, 어쩌면 내가 아무것도 모르는 채로도 상처 하나 없이 이 지뢰밭을 통과할 수 있기를 바랐거나, 그곳의 위험에 관해 미리 경고하면 내가 지레 겁먹고 실수할까봐 걱정했나 봐요. 난 열심히 일하려고, 최고의 결과를 내려고 노력했어요. 그렇지만, 솔직하게 말하면, 내가 얼마나 열심히 하든 언제나 나보다 덜 힘겨워 보이는, 나보다 훨씬 가볍게 일을 해치우는 남자아이가 있더라고요.

그래서 난 태연자약의 기술을 연마하며 실제보다 덜 준비한 척하기 시작했는데, 어느 날 나의 연기가 현실이 된 것을 발견했어요. 조금은 운에 맡겨두고 무작정 행운을 믿어봄으로써 오히려 더 많은 것을 성취할 수 있다는 사실을 알게 되었지요. 마치 어린이가 처음으로 자전거의 보조 바퀴를 떼고 도움 없이 페달을 밟을 때처럼요. 그리고 한 남자에게 헌신하지도, 그의 헌신을 기대하지도 않으면서 여러 남자의 관심을 즐기게 되었지요. 헌신적인 남녀 관계란 사실 함정이고, 그 함정에 빠지지 않으면서 관계의 장점만 즐길 수 있다는 것을 깨달았거든요.

어느 순간에는, 다른 여자들처럼 자신을 위험에 빠뜨리지 않고도 아이를 가질 수 있겠다는 생각도 들더라고요. 하지만 나는 진심으로 아이를 원하지는 않았어요. 친구들은 계속 아기를 낳았고 지치지도 않고 아기 이야기를 했지만요. 세상에 아이들이 많고 많은 것 같아서 아이 없이 살 수 있다면 시도라도 해봐야겠다고 생각했지요. 다음 주자, 다음 세대의 여자아이에게 바통을 넘겨주고 나 대신 경주를 이겨줄 거라고 기대하는 건 탐탁지 않았거든요."

그녀가 말했다. 초롱초롱하고 밝은 파란색의 아몬드 모양 눈으로 줄곧 나를 응시하고 있었다.

"내가 하는 일은 여러 면에서 피상적이지요. 대중의 시선을 받는 일이고, 내가 이 일을 맡을 수 있었던 이유에는 나의 외모 관리 능력도 있었으니까요. 프로그램에는 남성 진행자도 있고 그에게는 매력적인 외모가 필수적이지 않지만, 나는 그런 불평등에는 눈곱만큼도 관심이 없어요. 나의 관심사는 권력이고, 아름다움이란 권력은 사실 유용한 무기예요. 여자들이 너무나도 손쉽게 오용하고 폐기하는 무기. 나는 문학보다는 미술을 집중적으로 파고들었는데, 바로 시각적인 세계에서 이런 정치적인 것들이 결정되고 인생의 싸움이 벌어지며 남성이 점한 우위의 본질이 가장 확연하게 드러나기 때문이에요.

한동안 미술 전공생들을 위해 모델 일을 했어요. 돈을 벌겠다는 목적도 있었지만 또 여성의 몸이라는 주제를 파헤치고 싶어서 한 일이기도 했지요. 옷을 입으면 여자의 삶에 얽힌 비밀이 옷 안쪽으로 기어들어 내 몸에 뿌리를 내리고, 후에 나를 옭아맬 순종의 거미줄을 짜는 것처럼 느껴졌거든요. 나 역시 미술사 전공이라 논문을 쓰려고 영국 예술가 조앤 어들리에 관해 공부했는데, 어들리의 입지는 권력을 얻은 여성이 겪게 되는 비극을 보여준다는 생각이 들었어요. 하지만 루이즈 부르주아나 시인 실비아 플라스가 경험한 비극과는 참으로 달랐지요. 실비아 플라스는 여자가 생물학적 숙명을 완수했을 때 어떤 대가를 치러야 하는지 똑똑히 보여주었잖아요.

반면 조앤 어들리는 스코틀랜드 해안가의 작은 섬에 숨어서 자연의 가혹함을, 절벽과 격랑의 바다와 하늘을 기록했어요. 세상의 끝이 어디인지 밝혀내려는 것처럼 언제나 형용할 수 없는 폭력과 격동의 가장자리에 서 있었지요. 어들리는 글래스고에서도 생의 한 시절을 보냈어요. 그곳에서 거리의 아이들을 그렸는데, 아이들의 가난과 우울한 명랑함을 무감하게 관찰하지는 못했지요. 실로 집요하게 작업했고, 드가가 발레하는 여자아이들의 세계에 출몰했던 것처럼 어들리도 아이들의 세계에 발을 들였는데, 차이점이라면 어들리는 남자가 아니기 때문에 그녀의 관점은 친숙하고 정당하다기보다는 께름칙하고 어색하게 느껴지지요.

그녀는 글래스고의 슬럼가에 갈 때마다 길거리나 하숙집에서 마주친 남자들을 모델로 그림을 그렸는데, 그녀가 그들을 재현한 방식은 이름난 남성 예술가들이 썼던 방식과 비슷해요. 그녀의 그림 중에 침대에 누워 있는 남성 누드가 있거든요. 그림 속의 남자는 잘 먹지 못해 칙칙하고 앙상한 몸을 완전히 드러낸 채로, 피부색과 마찬가지로 칙칙한 방 속에서 관처럼 좁고 불편한 침대 위에 모로 누워 있어요. 이 그림은 내가 지금껏 마주한 그 어느 여성 작가의 작품과도 닮은 구석이 없는데, 워낙 그림 크기가 큰 탓인지 마치 작가가 거대한 절망 속에서 삶을 바라보고 있는 것 같아서 독특해요. 그리고 바로 이런 분위기 때문에, 벌거벗고 누워 있는 여자들의 그림을 그렸던 남성 예술가들의 역사를 보기 좋게 반박해낸 느낌도 들고요. 그 잠자는 몸의 비애, 어떤 희망이나 가능성도 제시하지 않는 모습은 그야말로 충격적이고, 실제로 이 작품이 공개되자 큰 논란이 일었어요. 그림 속 잠자는 남자와 몇 년 전 세상에 알려진 강제수용소 속 피해자들의 이미지가 유사하다는 것도 이유였고요.

논란은 뜨거웠으나—이런 논란의 이상한 결과 하나는 수많은 남자가 모델이 되겠다며 어들리의 집에 찾아온 것이었어요—그는 평생 예술가로서 인정받지 못했고, 잘은 모르겠지만 여성으로서 유복한 삶을 누리지도 못한 것 같아요. 확실한 사실은 그가 아이 없이 외롭게 살았다는 것, 고통스러운 병으로 마흔두 살에 죽었다는 것이에요. 어들리의 생에는 환상이 없었고, 내가 보기에 여자가 환상 없이 살기란 불가능해요. 그랬다가는 세상이 그 여자를 없애버릴 테니까요."

그녀가 계속 말했다.

"나 자신의 경우에는, 내가 흥미롭다고 생각하는 여자들의 작업을 홍보함으로써 이런 부정의를 바로잡고, 이런 논의의 토대를 바꿀 수 있는 위치까지 올라오기 위해 분투했지요. 하지만 이런 위치에 도달한 지금은 허허바다의 작은 바위 위에 서 있는 듯한, 물이 차오르며 바위 위의 공간이 점점 더 좁아지는 듯한 느낌이에요. 아무런 영역도 확보하지 못했으니 한 발 내디딜 마른땅도 없는 것이지요. 어쩌면 요즘 시대에도 여자가 자기 영역을 확보하려면 부르주아의 거미처럼 살아야 하는 걸지도 모르겠네요, 남자의 영역에서 그곳의 규범을 따르며 살아갈 준비가 되어 있지 않다면. 아직 세상에는 모델과 예술가라는 두 가지 역할뿐이고, 대안이 있다면 이런 거죠."

그녀가 말하는 사이 어둠 속을 가로지르던 남자들이 서로를 바라보며 고개를 가로젓기 시작했고, 감독은 낙담한 듯 양손을 위로 들어 올렸다.

"대안은 어떤 믿음이나 철학 속으로 숨어들어 그 안에 보금자리를 마련하는 거예요."

여기까지 이야기한 그녀는 고개를 갸우뚱한 채 감독이 자신에게 하는 이야기를 들었고, 다 하찮다는 듯 얇고 우아한 눈썹을 찌푸리며 나를 바라보았다.

"정말 이상한 일이지요. 남자들이 이렇게 많이 모였는데도 문제 하나 해결하지 못해서, 장비를 바리바리 싸 들고 스튜디오에 가야 고칠 수 있겠다잖아요. 정말 실망스럽네요."

그녀는 의자에서 일어나 옷에 고정한 마이크 선을 풀어내기 시작하며 말했다.

"우리가 나누던 대화의 주제를 생각하면, 아이러니한 것 이상이에요."

　세 번째 인터뷰가 마지막이라고, 다시 위층으로 올라가는 길에 비서가 말했다. 지금까지 했던 두 차례 인터뷰보다 더 성공적이었으면 좋겠다고 했다. 파올라가 이번 인터뷰를 마치고 점심 먹을 식당을 예약해둔 것 같으니, 바라건대 콘퍼런스로 돌아가기 전에 쉴 수 있을 거라고 덧붙였다. 로비에 도착하자 아까처럼 발 받침대에 앉아 통화 중인 파올라가 보였다. 그녀가 손을 흔들면서 눈을 굴렸고, 비서는 첫 번째 인터뷰를 했던 소파로 나를 데려갔는데, 그곳에는 어떤 남자가 기다리고 있었다. 그러나 가까이 가보니 남자아이라고 할 만큼 어렸다. 그는 흰 티셔츠와 바랜 듯한 색깔의 청바지 차림으로 소파 가장자리에 걸터앉은 채 손가락에 느슨하게 야구모자를 걸어 흔들고 있었다. 종교화에 등장하는 어린 성자처럼 조금 긴장한 듯한 순수한 표정을 짓고 있었다. 자리에서 일어나 나와 악수했고, 내가 앉을 때까지 예의 바르게 기다리더니 그 후에 다시 자기 자리에 앉았다. 순순한, 거의 여성스러운 얼굴 옆으로 갈색 머리카락 몇 가닥이 곱슬거렸고, 머리카락보다 더 진한 밤색 눈동자는 아이 같은 진솔함을 머금고 내 눈을 바라보았다.

　"궁금한 게 있는데요."

그가 마침내 입을 열었다.

"햇볕이 좋은 곳에서 살고 싶다는 생각을 해보셨나요? 작가님 책을 보고 떠오른 생각이에요. 등장인물 한 명이 자기는 평생 비가 내리는 추운 동네에서 살았다고, 날씨가 좋은 곳으로 갔더니 성격이 바뀌었다고 하잖아요. 작가님도 혹시 그렇지는 않을까요?"

나는 그런 생각은 할 필요 없을 것 같다고, 나는 햇볕 따뜻한 곳에서 살 계획이 없다고 했다.

"왜요?"

그가 물었다.

우리는 가만히 앉아 서로를 바라보았다.

"제가 고민을 해봤는데요. 작가님에게는 그게 좋을 것 같아요."

그가 말했다.

나는 내가 어디에 살면 좋겠냐고 물어보았다.

"여기요."

그가 간단하게 대답했다.

"아주 행복하실 거예요. 괴롭히는 사람도 아무도 없고요. 다들 친절하게 대해줄걸요. 심지어 우리말을 배울 필요도 없을 거예요. 다들 영어를 할 줄 아는 데다가, 요즘 세상은 영어

238

위주라는 걸 순순히 받아들이거든요. 우리가 작가님을 돌봐주는 거죠. 모든 것이 더 수월해질 거예요. 더는 힘든 일도 없겠죠. 해변에, 바다 옆에 작은 집을 구하면 돼요. 따뜻하게 살면서 피부도 갈색으로 태우고요. 제가 고민을 해봤는데요. 단점이 하나도 없어요."

그가 반복해서 말했다.

저 멀리 어둑어둑한 로비에 있는 사람들은 서 있거나 앉아 있거나 분주히 움직였다. 그 광경이 선명하게 보이는데도 마치 물속을 바라볼 때처럼 넘어설 수 없는 거리감이 느껴졌다. 사람들이 웅얼거리는 낮은 말소리가 끊임없이 귀에 닿았으나 무슨 말을 하는지는 분간할 수 없었다. 가끔 한 무리 사람들이 사라지고 다른 무리로 대체되었으며, 여행 가방을 든 사람들이 거뭇한 유리문을 통해 들어오고 나갈 때마다 뜨겁고 밝고 정지된 듯한 바깥 풍경이, 그 기이한 현실이 언뜻언뜻 보였다.

나는 사람들이 어디서 어떻게 사는지가 중요한 것 같지는 않다고, 그들 개인의 본성이 상황을 만들어갈 것이기 때문이라고 했다. 환경을 바꾸는 방식으로 자기 운명을 다시 쓰려는 행위는 위험하고 주제넘은 짓일 수 있다고 했다. 원하지 않는데도 환경이 바뀌어버린 사람들의 경우 알고 있던 세계를—그 특징이 무엇이든—상실한다는 것은 재앙이었다.

"언젠가 우리 아들이 고백했어요."

내가 이야기를 시작했다.

"어렸을 때는 다른 가족에 속하고 싶다고, 한때 자주 어울렸던 친구네 가족이 자기 가족이었으면 좋겠다고 진심으로 바랐었대요. 친구네는 아주 대가족인데다가 항상 시끌시끌하고 여유로운 성격이었지요. 식사 시간이면 항상 아들 자리를 마련해주었고, 안락하고 푸짐하게 음식을 차려놓고 오만 것에 관해 이야기하면서도 옳고 그름을 따지는 법은 없었다고 해요. 그래서 거울 앞에 서는 듯한 고통스러운 자기 인식의 상태로, 사람들의 이야기가 신뢰성을 상실하는 세계로 떠밀릴 필요가 없었다는 거예요. 아들은 우리 가족이 그런 세계로 떠밀렸다고 느꼈어요."

내가 계속 말했다.

"그리고 한동안은 이야기를 붙잡고 있기 위해 무엇이든 했죠. 과거의 일상과 과거의 전통을 고집했어요, 그것들이 상징하는 바는 이제 남아 있지 않았는데도. 결국에는 포기하고 집에서 자기 존재를 지우기 시작했지요. 아까 말했다시피 항상 친구네 가족과 시간을 보냈고, 집에서는 한 끼도 먹지 않았어요. 식탁에 둘러앉기만 해도 자신이 상실한 것이 떠올라 슬픔과 분노에 사로잡혀서 그랬다고, 나중에 고백하더라고요. 하지만 나중에는 항상 그 친구네 집에 머무는 것도 그만두었어요. 결국 그 집 부모가 아들의 소식을 물어보고 집에 행사가 있을 때마다 초대하기 시작했고, 아들은 자신이 발길을 끊어 그들이 속상해하거나 상처받은 것은 아닐지 걱정했어요.

사실 아들은 더 이상 그 집에 가고 싶지 않았어요. 한두 해 전에는 따뜻하고 위안이 된다고 생각했던 것들이 이제는 억압적이고 성가셨던 거예요. 아들이 보기에 식사 시간은 멍에 같은 것이었고, 부모는 그 시간을 이용해 자기 아이들을 묶어 놓고 그들 가족의 거짓 믿음을 영속시키려는 거였어요. 친구는 매 순간 부모의 감시를 받고 있었고, 그의 선택과 태도는 판단의 대상이었어요. 아들에게는 이 판단이라는 것이 무엇보다 불쾌하게 느껴져서 그 집에 발을 들이고 싶지 않게 된 거죠. 자기도 그 판단의 대상이 될지 모르니까요.

그들이 줄곧 아들을 초대하자, 아들은 그동안 자신의 방문이 생각했던 것처럼 일방적인 의미를 지니지 않았다는 것을 알게 됐어요. 그들이 제공하는 위로를 갈구하느라 그들에게도 자신이 필요했다는 사실을, 자신이 가족의 행복을 목격해줄—심지어 증명해줄—존재였다는 사실을 깨닫지 못했던 거예요. 아들은 그들이 자신의 고통을 보며 즐거워했을지, 비통한 궁금증을 품었지요. 아들의 고통은 그들이 사는 방식이 더 우월하다는 것을 확인해주었을 테니까요.

하지만 결국에는 그런 가혹한 평가를 그만두고 그들의 초
대를 받아들이기 시작했어요. 항상 그런 것은 아니었지만 예
의에 어긋나지 않을 만큼. 과거에 그들이 건넨 위로를 받아들
였으니 그럴 의무가 있다는 걸 알게 된 거예요. 그리고 이 깨
달음은 자유의 본질을 고민하게 만들었어요. 아들은 아픔을
피하거나 덜어내고 싶은 욕망 때문에 자신의 자유 일부를 포
기하고 말았다는 사실을 깨달았어요. 그것이 불공평한 거래
같지는 않지만, 이제 아들은 전처럼 선뜻 거래에 나서지 않을
거예요."

인터뷰어는 아까와 똑같이 순수하고 인내심 깃든 표정으로
이야기를 들었다.

"그렇지만 사람들에게 의지하는 게 그렇게 나쁜가요? 모든
사람이 잔인하지는 않잖아요. 어쩌면 작가님이 운이 나빴던
걸 수도 있죠."

그가 말했다.

"이 나라에서 쓰는 언어에 그런 단어가 있지요. 정확히 번
역하기는 힘들지만, 간단히 말하자면 고향에 있는데도 향수
를 느끼는 듯한 감정을 뜻해요. 즉 이유 없는 슬픔인 거죠. 어
쩌면 이 나라 사람들이 한때 세상을 떠돌았던 것은 그런 감정

때문에, 그런 마음을 치료해줄 보금자리를 원했기 때문일 거예요. 보금자리를 찾는다면 모험은 끝나겠지만, 진실하고 내밀한 감정을 만들어내는 것, 이를테면 이야기를 만들어내는 동력은 바로 집을 잃었다는 상실감이지요. 상실감이 어떤 종류의 고통을 야기하든 그 본질은 나침반 같은 것이라, 상실에 아파하는 자는 온 마음을 걸고 나침반이 가리키는 방향으로 가요. 보기에는 그러면 안 될 것 같더라도요.

그런 사람이 평온을 얻기란 불가능해요. 어쩌면 세상에 평온하게 살아가는 사람들이 있다는 사실에 놀라워하며, 그런 삶을 절대 이해하지 못하며 평생을 살게 될지도 몰라요. 그가 바랄 수 있는 최선은 능숙하게 평온을 흉내 내는 것이겠죠. 중독자들과 비슷해요. 어떤 중독자들은 평생을 약물의 유혹에 발 묶인 채 유혹과 공존하며 살아야 한다는 것, 최선은 굴복하지 않는 것뿐이라는 사실을 납득하며 살잖아요.

이런 사람이 참을 수 없는 것은 자신의 경험이 보편적인 조건에서 발생한 것이 아니라 특별하고 예외적인 상황에 의한 거라는 생각, 그가 삶의 진실로 간주하던 것이 실제로는 한 개인의 행운과 불운의 결과물이라는 생각이에요. 그리고 중독자는 이미 세상에 관해 너무 많이 알고 있는데도 다시 순수함을 회복할 수 있다고 어렵사리 믿어야만 하지요."

내가 말했다.

"요즘은 어디서 지내나요? 아까 말씀하셨던, 작가님 아들 말이에요."

그가 물었다.

나는 아들이 당분간 아버지의 집에서 살기로 했다고, 아들이 없어도 행복하다고 말할 수는 없겠지만, 그 애가 구하는 것을 찾기를 바란다고 했다.

"왜 가도록 내버려두셨어요?"

그가 물었다.

나는 내가 아이들에게 자유를 주었고 자유는 조건을 달 수 있는 것이 아니라고 대답했다.

그는 안타깝지만 맞는 말이라는 듯 고개를 끄덕였다.

"그래도, 삶의 어느 순간에는 비가 많이 오는 곳과 햇볕이 따뜻한 곳 중 어디서 살지 선택할 수 있는 거예요. 우리가 작가님을 잘 보살펴줄 거예요."

그가 아까 했던 말을 반복했다.

"누구도 만나고 싶지 않으면 그러지 않아도 되고요. 하지만 이곳 사람들은 작가님이 있다는 사실에 감사할 거예요. 저는 아직도 작가님이 운이 나빴다고 믿어요. 이 나라에 사셨다면 다른 경험을 했을 거예요. 작가님 책 속의 인물은 평생 자기 내면에 있던 습기가 서서히 마르고 있다는 것을 깨닫잖아요. 그때가 두 번째 인생을 살 기회일지도 모른다고 생각해요. 하지만 그럴 수 없어요. 본국에 가족이 있고 아이들은 어리니까요. 게다가, 그는 자기가 성공할 수 있었던 것은 국적 덕택이기도 하다고 믿어요. 그 나라 출신이 아니었다면 다른 경쟁자들과 차별점이 없는 채로 똑같은 조건에서 겨뤄야 했을 텐데, 그도 마음 깊은 곳에서는 자신에게 그런 재능이 없다는 것을 알아요. 하지만 작가님은 어디에도 속하지 않잖아요. 어디든 갈 수 있는 자유로운 몸이에요."

비서가 조심스럽게 다가와 인터뷰를 마무리할 시간이라고, 이제 파올라와 나는 식당으로 가야 한다고 말했다. 또, 폐를 끼치는 것이 아니라면, 아까 말했던 것처럼 자기 아이들을 위해 내 책 두 권에 사인해줄 수 있는지 물어보았다. 그러고는 마트 비닐봉지에서 책을 꺼내 위에 펜을 한 자루 올려놓은 다음 내게 내밀었다. 비서가 아이들의 이름 철자를 불러주었고 나는 책에 서명했다.

세 번째 인터뷰어가 자리에서 일어났고, 그때까지도 앉아서 통화 중이던 파올라는 핸드폰을 가리키더니 손가락으로 허공을 찔렀다. 머지않아 핸드폰을 가방에 넣고는 의자에서 일어나 우리와 합류했다. 비서는 오전에 있었던 일들에 관해 이야기해주었고, 파울라는 그 이야기를 들으며 다시 핸드폰을 꺼내 빠른 속도로 화면에 무언가를 두드렸다. 그러고는 시계를 확인한 후 나를 바라보았다. 구시가지에 식당을 예약해뒀다고 했다. 내 책을 번역한 펠리시아라는 여자도 올 예정이었다. 원한다면 택시를 탈 수도 있지만, 더위를 견딜 수 있다면 걸어가자고 했다. 시간이 넉넉하니까.

"걸어가면 좋을 거예요, 싫어요?"

그녀가 물었다. 단추처럼 조그마한 눈이 기대로 빛나고 있었다.

음침한 서늘함과 어둠이 깃든 로비를 벗어나 도로로 나선 순간 외부의 열기에 깜짝 놀랐다. 새파란 하늘 아래, 숨길로 밀려드는 건조한 대기에는 창백한 먼지가 날아다녔다. 거리에는 인적이 드물었다. 도로 건너편, 건물이 드리운 직사각형 그늘 속에 서서 담배를 피우고 이야기를 나누는 직장인 무리 외에는 아무도 없었다. 고양이 한두 마리가 주차된 자동차 밑 어두운 공간에서 옆으로 몸을 쭉 펴고 누워 있었다. 저 멀리서 들리는 자동차 소리, 주변 공사장의 기계 소리가 계속 윙윙거리는 배경음을 형성했다.

우리는 도로를 따라 걷기 시작했고, 파울라는 체구도 작은 데다가 얇은 금색 샌들을 신고 있었는데도 놀라울 만큼 빨리 걸었다. 그녀는 정확히는 몰라도 50대 정도였는데, 장난기가 엿보이는 오목조목한 얼굴과 반짝이는 눈동자는 마치 아이 같았다. 그녀의 작고 단단하고 활력 있는 몸이 가볍고 흐르는 듯한 소재의 옷 안에 감겨 유유히 전진했고, 팔은 앞뒤로 흔들렸으며, 부드러운 갈색 머리카락이 뒤로 나부꼈다.

"나는 걷는 것을 좋아해요. 어디든 걸어 다녀요. 사람들은 자동차에 갇혀 있는데 나 홀로 걷다 보면 얼마나 즐거운지."

그녀가 말했다.

나도 분명 눈치챘겠으나 이곳, 수도는 가파른 지형으로 잘 알려져 있다고 했다.

"그래서 난 항상 올라가거나 내려가는 셈이에요, 평탄히 걷는 법이 없는 거죠."

그녀가 말했다.

그녀는 옛날에 자동차가 있었으나 좀처럼 운전을 안 해서 항상 마지막으로 주차한 곳을 잊어버렸다고 했다. 그러던 어느 날 차가 필요해서 찾았더니 누군가가 들이받은 상태였다.

"사고가 났다고 해서 차 문을 열어보지도 않고 깔끔하게 포기해버릴 수 있는 사람은 세상에 나밖에 없을걸요. 차는 완전히 망가진 상태였어요. 그래서 그 자리에 두고 떠났지요."

그녀가 말했다.

내 숙소가 있는 교외는 이곳에서 멀리 떨어진 듯 보이지만 사실은 지리만 잘 알면 도보로 30분 정도면 갈 수 있다고, 그녀가 말했다. 도로 시스템에 변수가 많고 대중교통이 부족한 탓에 훨씬 멀어 보이는 것뿐이었다. 하지만 숙소가 몹시 외딴 곳에 있는 듯한 분위기이다 보니, 지난 몇 년 동안 무단이탈하거나 도망치려고 했던 작가들에 관한 이야기를—그중에는 꽤 재미있는 것도 있었다—많이도 들었다고 했다.

　　"하지만 사실 문명은 줄곧 가까운 곳에 있었던 거예요."

　　그가 말했다.

　　수많은 사람이, 평생 이곳에 살아온 토박이들조차 이 도시의 열기에 지쳐버린다고 그가 덧붙였다. 하지만 자신은 에너지를 보존하는 법, 통제할 수 없는 것들과 싸우며 기력을 낭비하지 않는 법을 익혔다고 했다. 예를 들어 파올라의 아들이 아직 꼬마였을 때 이야기인데, 그 시절 파올라는 잠에서 깬 아이가 부엌으로 오면 어머니가 옷을 싹 갈아입은 채로 아침을 만들며 하루를 준비하는 모습을 발견할 수 있도록 새벽같이 일어나고는 했다. 그 후에는 아이를 어린이집에 데려다주었고, 가는 길에는 줄곧 즐겁게 대화를 나눴는데, 작별 인사를 한 후에는 즉시 집으로 돌아와 옷을 다 벗고 바로 잠자리에 들었다. 부지런히 걸어갔다 오느라 소진된 에너지는 말 그대로 몇 시간씩 꼼짝도 안 하고 침대에 누워 있는 동안 보충되었다고, 에너지를 아끼려고 눈도 깜빡거리지 않는 파충류 같았다고, 그가 말했다. 내가 이곳에서 몇 년을 살았냐고 묻자, 파올라는 35년이라고 답했다. 어린 시절은 북부의 시골 마을에서 보냈다고 했다.

"그곳은 온통 물이에요. 하늘은 항상 습기로 무겁고, 강물은 넘칠 듯하고, 어디를 가나 물방울이 떨어지고 실물결이 흐르고 물줄기가 쏟아지는 소리가 들려서, 그곳에 있으면 마법에 걸린 듯한 기분이 들어요."

그녀가 말했다.

최근에 파올라는 어머니의 건강이 안 좋아져 고향에 돌아가 몇 주를 보냈다고 했다.

"귀향해서 옛날처럼 물에 둘러싸여 있으니 기분이 참 이상하더라고요. 비 내리는 소리, 강물이 언덕 아래로 바다를 향해 흐르는 소리가 들렸고, 사방에 잎이 무성하고 물기 머금은 나무와 잔디가 있었어요. 시간이 흐르자 그동안 완전히 잊고 있었던 것들이 기억나기 시작했어요. 나의 성인기가 그저 하룻밤 꿈처럼 느껴질 정도였지요. 내가 사라진 듯한 기분이었어요. 마치 어린 시절의 장소가 나를 과거로 끌어당긴 것처럼요. 하루는 강가에 앉아 책을 읽었거든요. 내가 열두 살, 열세 살

때 그랬던 것과 똑같은 모습이었어요. 갑자기 그 시절 이후로 내가 했던 일들이 전부 가짜처럼 느껴지더라고요. 결국 나는 과거와 똑같은 장소로 돌아왔으니까요."

그녀가 말했다.

다시 도시로 돌아온 후, 그녀는 몇 주 동안이나 무아지경에 가까운 상태로 도시 곳곳을 걸어 다녔고, 발밑에 닿는 따뜻한 돌바닥의 친숙한 감각은 느끼고 또 느껴도 만족할 수 없었다.

"두 번째 신혼여행을 떠난 부부 같았지요. 물론 내 실제 결혼 생활과 달리 이 기분은 지속되었어요. 건강에도 도움이 되었고요."

그녀가 말했다.

다행스럽게도 전남편은 이곳에서 보내는 시간이 적다고, 요트 경주를 하는 덕분에 바다에 있을 때가 많다고 했다.

"나는 전남편을 '해적'이라고 불러요. 해적이 나를 찾아 동네를 헤집고 다니면, 절대 발견되지 않도록 조심하죠."

파올라가 말했다.

그녀와 전남편 사이에는 열네 살짜리 아들이 하나 있었다. 둘은 아이가 태어나기도 전에 헤어진 상태였다.

"사실 전남편은 내가 임신한 것도 몰랐어요. 가능한 한 오래 숨겼거든요. 임신 사실을 숨기지 않았다면 절대 그에게서 벗어날 수 없었을 거예요. 그가 진실을 알게 되었을 때 나는 숨어 지내다시피 했는데, 전남편이 날 죽이려 들 거라는 걸 알아서 그랬어요. 인정해요, 그렇게 교묘하게 임신하다니 내가 이기적이었죠. 하지만 그때 난 마흔 살이라 사실상 마지막 기회였어요."

파올라가 말했다.

파올라의 아들은 아버지에 대한 관점을 형성하기가 힘들었다. 오랫동안 못 볼 때가 잦았고, 같이 있을 때는 그 요란한 존재감이 불편했다. 게다가 아버지의 너무 화려하고 제멋대로인 생활 방식은 어쩔 수 없이 일상의 현실적인 과제들을 수행하며 사는 파올라의 삶과는 너무 달랐던 것이다.

"아이 아버지는 여자친구가 하고많았는데 전부 다 대단히 어리고 대단히 아름다웠어요. 반면 나는 나이도 많고, 딱히 여자처럼 보이지도 않아요."

파올라가 말했다

"이제는 남자 만나는 일에 관심 없어요. 내 몸은 사생활을 요구하고 있어요. 흉한 흉터로 뒤덮인 것처럼 헐렁한 옷 밑에 숨어 있는 걸 좋아하지요. 내가 평생 품어왔던 낭만적인 사랑을 향한 믿음을 드디어 폐기한 거예요. 왜냐하면, 어떻게 된 일인지 나는 나이가 오십이었을 때도 진정한 동반자를 찾을 수 있다고 생각했거든요. 꼭 그가 아직 등장하지 않은 소설의 주인공이라 소설이 끝나기 전에 찾아내야 한다는 태도였죠. 하지만 내 몸은 더 현명해요. 혼자 있게 해달라고 요구하고 있어요."

그녀가 말했다.

그동안 우리는 좁은 골목길을 따라 내리막을 걷고 있었는데, 이제는 더 널찍한 가로수길이 펼쳐졌다. 가끔 교차로에서 분수가 있는 쾌적한 광장과 교회를 마주치기도 했다. 이 구역은 굉장히 오래된 곳이라 10년 전만 해도 더럽고 방치된 상태였는데, 돈을 쏟아부은 결과 이제는 인기 많은 동네로 변하고 있다고 파올라가 말했다. 새로운 상점과 식당이 문을 열고 있고 심지어 기업체도 몰려들고 있다고 했다. 그러나 상점은 전세계 어느 중심가를 가도 볼 수 있는 유형이었고 술집과 카페는 다른 곳과 마찬가지로 어쩔 수 없이 관광객을 겨냥해 장사 중이었다.

"그러니 이런 지역 재활성화라는 것도 사실은 죽음이 변장한 것에 지나지 않아요."

그녀가 덧붙였다.

"유럽이 죽어가고 있어요. 도시들은 야금야금 원래 모습을 상실해 어떤 것이 가짜고 어떤 것이 진짜인지 구분하기가 점점 더 힘들어지고 있고요. 이러다가는 모든 것이 사라진 후에야 무슨 일이 일어나고 있었는지 알게 될지도 몰라요."

파올라는 시계를 보더니 아직 식당 예약 시간까지 여유가 있다고, 멀지 않은 곳에 내가 좋아할 만한 곳이 있으니 괜찮다면 한번 가보자고 했다. 우리는 전보다도 더 가벼운 발걸음으로 걷기 시작했고, 파올라의 길고 부드러운 머리칼이 뒤로 휘날리며 은색 튜닉이 요란하게 펄럭거렸다.

"우리가 곧 보게 될 장소는 조금 특이한 곳이에요."

함께 걷고 있는데 그녀가 말했다.

"몇 년 전에 우연히 찾았어요. 옆을 지나는데 샌들 끈이 망가지는 바람에 앉아서 고쳐야 했거든요. 그런데 이 교회 문이 열려 있는 거예요. 그래서 별생각 없이 안에 들어갔다가 무척 놀랐죠."

약 50년 전 어느 밤에 심각한 화재가 발생해서 완전히 파괴되었던 교회라고 파올라가 말했다. 어찌나 심각했던지 석재가 무너지고 납으로 된 창문틀이 녹았으며 소방관 두 명이 불을 끄다가 목숨을 잃고 말았다. 하지만 교회를 복원하는 대신 건물의 구조만 수리해서 전과 다름없이 예배용으로 쓰자는 결론이 났다. 보고 있으면 마음이 산란할 정도로 훼손된 외관은 줄곧 과거의 끔찍한 사건을 상기했지만.

"안쪽이 온통 새카맸어요. 벽과 천장이 뒤틀린 탓에 바위가 적층하고 팽창한 동굴 같았고, 불길은 교회에 있던 그림과 동상은 뭐든 집어삼키면서도 여기저기에 그을음을 남겨 꼭 귀신이 나타난 것처럼 보였지요. 어딜 봐도 녹은 밀랍처럼 기이하게 어그러진 형체들이 있었고, 석제품이 열기에 둘로 쪼개져 있거나 주춧돌 자리가 텅 비어 있기도 했고, 어딘가 휑해 보이는 벽감 자리도 보였어요. 전부 겉면이 심각하게 변형되어 인간의 손길이 느껴지지 않는 것이, 마치 화재의 트라우마가 문명을 자연으로 회귀시킨 듯한 모습이었어요.

이유는 모르겠지만 내게는 굉장히 감동적이더라고요. 주변에 있는 모든 것이 대체되고 제거되는 가운데 불이 난 교회는 그 모습 그대로 존재할 수 있다는 사실에서, 내가 이해할 수도, 표현할 수도 없는 심오한 의미가 느껴졌어요. 하지만 사람들은 계속 교회에 갔고, 모든 것이 정상이라는 듯이 행동했어요. 처음에는 그렇게 내버려 둔 것이 끔찍한 실수라고 생각했어요. 무슨 일이 있었는지 아무도 눈치채지 못할 거라고 생각하는 건가, 싶었지요. 그런데 사람들이 기도하고 예배하는 모습을 보니까 다들 정말로 눈치채지 못한 듯했어요. 어떻게 그럴 수 있는지는 모르겠지만요. 그것이 너무나도 끔찍해서 교회에 있는 모든 사람에게 소리를 지르고 시꺼먼 벽과 휑덩한 공간을 똑바로 직시하게 만들고 싶었지요.

그런데, 동상이 있었던 자리에 새로운 조명을 설치해서 빈 곳에 빛을 드리운 장면이 눈에 들어왔어요. 이 조명에는 동상이 있었다면 눈에 들어오지 않았을 텅 빈 공간을 바라보게 만드는, 그곳에서 깊은 의미를 포착하게 만드는 신비로운 효과가 있었어요. 그래서 이 광경이 끔찍한 방임이나 오해의 결과가 아니라 예술가의 작품이라는 사실을 알게 되었지요."

그녀가 말했다.

우리는 붐비는 교차로의 빨간불 앞에 멈춰 서서 횡단보도를 건너려고 기다렸다. 그늘이 없었다. 숨 막히는 도로 위로 열기가 아른아른 피어올랐고, 소음이 시끄러운 가운데 햇볕이 가차 없이 우리의 머리를 달구었다. 반대편 도로변을 따라 보랏빛 구름 같은 꽃이 피어난 거대한 나무가 늘어서 있었는데, 나무가 드리운 숲속 같은 그늘 속에서 사람들의 형체가 선명해졌다. 그들은 짙은 빛깔의 나무 기둥 사이에서 산책하거나 벤치에 앉아 있었고, 그 위로는 나뭇잎이 빽빽하게 겹쳐져 있어 내가 바라보면 바라볼수록 더 정교하게 그 명암이 드러났다.

한 여자가 멍하니 서서 앞을 바라보는 사이 어린아이가 몸을 웅크리고 발치에 있는 무언가를 관찰하고 있었다. 어떤 남자는 벤치에 다리를 꼬고 앉아 신문을 넘기고 있었다. 웨이트리스가 테이블에 앉아 있는 사람에게 음료를 한 잔 가져다주었고, 남자아이의 발길질에 둥그런 공이 그림자 속으로 질주했다. 새들은 부리로 땅을 쪼느라 여념이 없었다. 적막한 숲속 같은 건너편의 풍광, 그리고 우리가 서 있는 시끌벅적한 도로가 너무나도 극명한 대비를 이루어 잠시 참을 수 없을 듯한 기분이 들었다. 아주 근본적이고 극복할 수 없는 혼란, 어떤 방식으로 교정하려고 하든 결국에는 소용없다는 것이 증명될 혼란을 상징하는 것 같았다. 신호등 불이 바뀌자 우리는 길을 건너기 시작했다. 등을 타고 땀방울이 흘러내렸다. 심장이 내리쬐는 햇볕에 점령당한 듯 쿵쾅거렸고, 나는 태양에 집어삼켜진 기분이었다.

파올라가 묘사했던 교회는 도착하고 보니 닫혀 있었다. 그녀는 잠긴 문 앞에서 이쪽저쪽으로 서성거렸다, 그러면 다른 통로가 나타나기라도 할 것처럼.

"아쉽다, 작가님한테 보여드리고 싶었는데. 오래전부터 생각해뒀다고요."

그녀가 의기소침하게 말했다.

우리가 서 있는 조붓한 광장은 우물 같은 구조였고, 햇볕이 그대로 내리쬐면서 우리가 들어갈 수 없는 엷은 빛깔의 건물

가장자리에 그늘을 드리웠다. 나는 벽에 기대 눈을 감았다.

"작가님, 괜찮아요?"

파올라의 목소리가 들렸다.

외부의 열기와 빛을 뒤로하고 들어간 식당의 어둠이 너무나도 농밀해서 꼭 깊은 밤 같았다. 구석 자리의 테이블에 여자가 혼자 앉아 있었다. 위에는 아르테미시아 젠틸레스키의「살로메와 세례자 요한의 머리」복제품이 있었다. 테이블 위, 여자 앞쪽에는 자전거 헬멧이 있었다.

"우리가 너무 늦었지요."

파올라가 말했고, 어깨를 으쓱하는 펠리시아의 얼굴이 일그러졌다. 커다란 입은 웃는 것도, 찡그린 것도 같았다.

"괜찮아요."

펠리시아가 대꾸했다.

우리는 자리를 잡고 앉았다. 파올라가 우리가 들렀던 교회는 어떤 곳인지, 우리의 방문이 왜 실패였는지 설명하는 사이 펠리시아는 미간을 찌푸리고 묵묵히 이야기를 들었다.

"나는 모르는 곳인 것 같네요."

펠리시아가 말했다.

언덕만 내려가면 있다고, 몇 백 미터만 걸어가면 된다고 파올라가 말했다.

"그렇지만 두 분 택시 타고 왔잖아요."

펠리시아는 의아하다는 듯 말했다.

그건 더워서 그랬다고 파올라가 답했다.

"덥다고요? 지금은 별로 더운 것도 아니에요. 원래 이맘때쯤에는 이것보다 훨씬 덥기도 해요."

펠리시아가 내게 물었다. 놀란 것 같았다.

"하지만 익숙하지 않다면, 다르게 느껴질 수도 있죠."

파올라가 말했다.

"그럴 수도 있겠네요."

펠리시아가 말했다.

"열기가 머릿속까지 파고들지요. 포도주처럼요. 말이 나왔으니 포도주나 한잔할까요."

파올라가 말했다.

"오늘따라 나를 놓아버리고 싶네요."

파올라가 메뉴 쪽으로 손을 뻗으며 말했다.

펠리시아가 천천히 고개를 끄덕였다.

"좋은 생각이에요."

그녀가 말했다.

키가 크고 마른 펠리시아의 갸름하고 창백한 얼굴은 식당의 어둑어둑한 조명과 짙은 그림자 속에서 조각상 같은 인상을 주었다.

"우리―그 표현이 뭐였지요? 고삐를 늘여볼까요?"

파올라가 말했다.

"늦추는 거죠. 고삐를 늦춰볼까요, 라고 해야 해요."

펠리시아가 말했다.

"펠리시아는 고삐를 아주 꽉 조이고 살잖아요."

파올라가 말했고, 펠리시아는 아까처럼 웃는 것도 같고 찡그린 것도 같은 기묘한 표정을 지었다.

"그 정도는 아니에요."

펠리시아가 대답했다.

"아주 빡빡해요. 하지만 숨 막혀 죽을 정도는 아니지요. 딱 살아 있을 정도로만 조이잖아요? 고삐 입장에서도 펠리시아가 살아 있어야 쓸모가 있을 테니까요."

파올라가 말했다.

"맞는 말이네요."

펠리시아가 답하며 웨이터가 포도주를 놓을 수 있도록 테이블에서 자전거 헬멧을 치웠다.

"이건 뭐예요? 이제 자전거도 타요?"

파올라가 외쳤다.

"맞아요."

펠리시아가 답했다.

"차는 어떡하고요?"

파올라가 물었다.

"스테파노가 가져갔어요. 원래 그 사람 것이기는 하잖아요."

펠리시아가 대답하고는 어깨를 으쓱했다.

"그렇지만 차 없이 어떻게 살아요? 집이 너무 멀어서 차 없으면 안 될 텐데."

파올라가 말했다.

펠리시아는 답을 고민하는 모양이었다.

"불가능하지는 않아요. 한 시간만 일찍 일어나면 돼요."

그녀가 대꾸했다.

파올라는 고개를 가로저으며 조그맣게 욕설을 내뱉었다.

"정말 기분이 나빴던 것은, 자동차를 가져간 이유랍시고 했던 말이에요. 더는 나를 믿고 자동차를 맡길 수가 없대요."

펠리시아가 말했다.

"펠리시아를 못 믿는다고요?"

파올라가 물었다.

"우리가 약속했던 바는,"

펠리시아가 천천히 이야기를 시작했다.

"알레산드라를 맡는 사람이 차를 쓰는 거였어요. 즉, 스테파노가 주말에 아이를 돌볼 예정이라면 차도 함께 가져가는 거죠. 하지만 아이는 대부분 나랑 지내니까 차도 내 아파트 밖에 주차되어 있었어요. 스테파노는 차에 무슨 일이 생기면 내가 해결할 거라고 생각했고요. 2주 전에는 타이어를 새것으로 교체해야 했거든요. 내 월급 절반에 가까운 돈이 들어갔어요."

"그러니까, 줄곧 그 사람에게 이득인 상황이었네요."

파올라가 말했다.

"타이어를 교체하고 난 다음에 그 사람 변호사한테 우편이 왔어요. 읽어봤더니 내 수입으로는 자동차를 소유하기 버겁다고, 유지비를 감당할 수 없다고 쓰여 있더라고요. 내가 알아채지도 못한 사이에 자동차는 사라지고 없었지요. 아이를 학교에 보내려고 준비 중이었고 이미 지각인 시간이었는데, 그걸 읽고 창밖을 봤더니 차가 없더라고요. 스테파노도 자동차 열쇠를 갖고 있었으니까, 밤중에 와서 우리가 자는 사이에 가져갔던 거예요.

난 그날 일정이 빼곡했고, 차가 없으면 아무 일도 할 수 없었어요. 나한테 귀띔조차 해주지 않다니, 정말 충격적이더라고요. 또, 그동안 내가 무의식적으로 우리가 쓰는 차에서 안정

261

감과 정당성을 느꼈다는 사실도 깨달았어요. 유지비가 많이 나가기는 했지만, 차를 스테파노와 함께 쓰는 상황에서, 뭐랄까, 보호받는다고 느꼈던 것 같아요. 창밖 너머로 사라져버린 자동차의 자리를 확인하기 전까지는 우리 관계에 관한 환상을 붙들고 있었던 거예요. 한 시간 전만 해도 환상 같은 건 하나도 남아 있지 않다고 맹세라도 할 수 있었겠지만요. 그리고 심지어 그 순간에도 환상은 남아 있었어요. 무슨 오해가 있었을 거라며 전화기를 들고 스테파노에게 전화했거든요. 스테파노는 아주 침착했지요. 마치 내가 못된 짓을 저질러 벌을 받게 된 아이인 것처럼, 어떤 벌을 받게 되었는지 설명이 필요한 것처럼 말하더군요. 내가 울기 시작하자 더욱 침착해져서는, 내가 자제력이 부족해서 이런 불행을 초래했으니 참 슬픈 일이라고 하더라고요."

펠리시아가 말했다.

"그렇지만 그건 완전히 틀린 말이지요. 펠리시아의 변호사가 항의해주면 되잖아요, 아이를 돌보고 있으니 차가 필요하다고."

파올라가 소리쳤다.

펠리시아는 천천히 고개를 끄덕였다.

"나도 그렇게 생각했어요. 그래서 변호사에게 전화를 걸었죠. 전화만으로도 목돈이 든다는 걸 알면서도요. 변호사는 중요한 건 딱 하나랬어요. 자동차 서류에 누구의 이름이 쓰여 있는지. 내가 도덕에 관해 왈가왈부해봤자 소용없다는 거예요. 나는 도저히 믿을 수가 없어서 묻고 또 물었고, 대화가 너무나 길어지는 바람에 설상가상으로 상담비가 엄청나게 나왔지요. 그때쯤에는 알아야 했어요. 스테파노는 옳고 그름을 기준으로 행동하지 않는다는 것, 법이 허락한다면 무엇이든 한다는 것을요. 그는 법이 자신의 무기로 사용될 수 있다는 사실을 이해하는데, 나는 법을 정의와 연결해서 생각하지요. 그러면 항상 한 수씩 뒤처지기 마련이에요."

펠리시아가 말했다.

"스테파노가 너무 머리가 좋아서 펠리시아가 고생이군요."

파올라가 말했고, 펠리시아는 미소 지었다.

"머리 좋은 사람을 고르려고 애썼던 건 사실이에요."

펠리시아가 말했다.

"해적이 법을 이용하던 방식은 철거 현장에서 커다란 쇳덩이 공으로 건물을 깨부수는 방식과 비슷했어요. 마구잡이로 난장판을 만들었고 결국에는 모든 것이 사라졌지요. 살인이 합법화된다면 1분도 지나지 않아 우리 집 대문에 똑똑, 소리가 나고 그 사람이 모습을 드러낼 거예요. 지금까지 위험에 처하지 않을 사소한 범법 행위는 기꺼이 저질렀어도 나 때문에 감옥까지 가려고 하지는 않았거든요. 심지어 나를 죽여버리는 기쁨을 위해서라도."

파올라가 말했다.

펠리시아는 의자 깊숙이 등을 기댄 채 무릎 위에 포도주잔을 올리고 앉아 있었다. 그림자 속에서 그녀의 우울한 미소가 떠올랐다.

"이 포도주 정말 맛있네요. 잠들 것만 같아요."

펠리시아가 말했다.

"피곤한가 봐요."

파올라가 말했고, 펠리시아는 여전히 미소를 머금고 고개를 끄덕이며 눈을 반쯤 감았다.

"오늘 아침에는 6시에 일어나서 7시에 알레산드라를 데려다준 다음, 자전거를 타고 내가 번역을 가르치는 대학에 가서 8시부터 수업을 했어요. 그러고는 다시 자전거로 역까지 가서 교외로 가는 기차를 탔어요. 그곳에 있는 학교에서 영어랑 프랑스어 수업을 했지요. 유일한 문제점이라면, 오늘 다른 교사 한 명이 결근한 바람에 평소보다 학생이 두 배나 많은 상황에서 예정대로 시험을 치렀다는 거예요. 집에서 채점해야 하는 시험지도 두 배나 많았죠. 이 많은 시험지를 어떻게 자전거로

운반할 수 있을지 도저히 모르겠더라고요.

　해결책을 생각해내고는 꽤 뿌듯했지요. 시험지 뭉치를 자전거 좌석에 묶은 다음에 일어서서 페달을 밟는 거였어요. 그러고는 기차로 시내까지 이동한 다음, 도서관에서 번역 텍스트 목록화 작업에 대해 강연하고 이리로 온 거예요. 오늘 아침 알레산드라는 몸이 좋지 않았어요. 그래서 딸아이를 데려가라고 학교에서 연락할지도 모르겠다고 생각하고 있었는데, 일정이 빡빡하다 보니 그런 전화가 오면 어떻게 해야 할지 감이 안 잡히더라고요. 다행히 전화는 오지 않았어요."

　펠리시아가 천천히 이야기했다.

　"그렇지만 다른 전화를 받았지요."

　펠리시아는 의자를 뒤로 젖히고 머리를 벽에 기대며 말했다.

　"어머니였어요. 내 물건이 담긴 상자와 작은 가구 몇 개를 어머니 집에 맡겨놓았는데, 더는 맡아주지 못하겠다는 거예요. 오늘까지 와서 가져가지 않으면 길바닥에 내다 버리겠다고 그러던데요. 나는 또 설명했지요."

　그녀는 전처럼 웃는 것 같기도 하고, 찡그린 것 같기도 한 표정으로 말했다.

　"지금은 친구네 아파트에 살고 있어서 그런 걸 놓을 자리가 없는 데다가 물건을 싣고 올 자동차도 없다고, 어머니 집에는 큰 다락방이 있으니 거기 넣어두면 누가 신경이나 쓰겠냐고 말했어요. 어머니는 내 물건을 맡아주는 게 지겹다면서 오늘 와서 가져가지 않으면 길바닥에 내다 버린다는 말을 반복했지요. 내 인생이 이렇게 엉망진창이고 내게 제대로 된 집도 없다고 해서 어머니 잘못은 아니라는 거예요.

어머니가 말했어요. '넌 좋은 집에서 자랐는데 네 아이는 길바닥 애들처럼 살기를 바라는구나.'

나는 이렇게 대답했지요. '어머니는 상황이 달랐잖아요, 아빠가 생계를 책임져서 일을 안 해도 됐으니까.'

그랬더니 어머니가 말했죠. '그래, 네가 좋아하는 평등이 너한테 뭘 해줬는지 봐라. 남자들은 널 깔보고 신발에 묻은 흙덩이 취급하지. 네 친척 안젤라는 한 번도 일한 적 없고 이혼을 두 번이나 했지만 영국 여왕보다도 돈이 많아. 집에 남아 육아에 전념하고 아이들을 자기 자산으로 이용했으니까. 하지만 너는 집도 돈도 없고, 심지어 자동차도 없는 데다가, 네 아이는 고아처럼 길거리를 돌아다녀. 아이 앞머리도 안 잘라 줘서 눈을 다 덮는 바람에 그 애는 자기가 어디로 가는지도 몰라.'

내가 대답했어요. '어머니, 스테파노가 그런 앞머리를 좋아

해서 자르지 말라고 성화라 그렇게 놔둘 수밖에 없는 거예요.'

어머니가 대답했죠. '내 딸이 이런 여자라니 믿을 수가 없구나, 남자 말을 듣느라 자기 자식 머리도 마음대로 못 하고 말이야.' 그러고는 집에 내 물건을 두기 싫다는 말을 반복하고 전화를 끊었어요.

어젯밤에는 한 친구가 나랑 딸을 보러 우리 아파트로 왔어요. 알레산드라는 한 번도 만난 적 없는 친구였지요. 친구랑 나의 작업에 관해 이야기하고 있는데, 갑자기 딸이 끼어들었어요. '엄마는 항상 일 이야기를 하는데요' 하고 내 친구에게 말을 걸었어요. '하지만 진짜 일도 아니잖아요. 다른 사람들이 취미라고 부르는 걸 두고 엄마는 일이래요. 조금 우습다고 생각하지 않으세요, 하는 거라고는 앉아서 책 읽는 게 다인데 일이라니요?'

친구는 동의하지 않는다고, 번역은 분명 일이고 예술이기도 하다고 했어요. 알레산드라는 친구를 바라보더니 내게 말했지요. '엄마, 우리 집에 있는 이 사람 누구야? 옷도 이상하게 입었어. 지금 보니 마녀 같아.' 친구는 웃어넘기려고 했지만 이런 이야기를 듣게 되어, 그것도 다섯 살짜리 아이의 입에서 듣게 되어 기분이 상했다는 것이 느껴졌어요.

딸아이가 앞에 있어서 설명할 수 없었던 사실은, 바로 그런 식으로 스테파노가 복수에 성공했다는 것이었지요. 내 아이에게 나쁜 영향을 주어 나를 싫어하게 만들고 자신의 오만한 성격을 주입한 거예요. 우리가 처음 갈라섰을 때 그 사람이 딸을 데려가서 연락을 끊어버렸던 기억이 나네요. 몇 시간만 데리고 있기로 했었는데, 전화에도 문자에도 답하지 않고 열흘이 지났어요. 그동안 나는 슬퍼서 미쳐버릴 지경이었어요. 눈을 감아도 몇 분 이상 잠드는 법이 없었고, 우리에 갇힌 동물처럼 아파트 안을 어슬렁거리면서 이 상황이 끝나기만을 기다렸어요.

시간이 지난 후에야 깨달았어요. 그때 내가 견뎌냈던 고통은 마땅히 겪어야 했던 것이 아니었어요. 그 고통은 내가 스테파노와 갈라서기로 해서 생긴 일이 아니었고, 그가 나와 나의 아이를 목표물 삼아 고안한 치밀하고 잔인한 계획의 결과였어요. 그가 알레산드라를 훔쳐 간 것은 힘을 과시하려고, 자신이 얼마나 강한지 증명하려고 그런 것이었죠. 자기가 원하면 언제든 아이를 데려가고 데려올 수 있다, 이거죠. 우리가 몸싸움을 벌였다 해도 그 사람이 이겼을 테고요.

스테파노는 아이를 마음대로 데려감으로써 내게 이렇게 말한 거나 마찬가지예요. 내게 힘이 있다고 생각했다면—그것이 그저 진부한 어머니의 힘일지라도—완전히 잘못 알고 있는 거라고. 또한, 내가 그를 떠났다고 해서 자유로워진 것은 아니라고. 사실 나는 내 권리를 내팽개쳤을 뿐이라고. 그 권리란 애초에 전남편이 내게 허락해서, 내가 그의 노예가 되었기에 누릴 수 있던 것이라고. 작가님 책을 보면요."

펠리시아가 내게 말했다.

"비슷한 고통이 묘사된 구절이 있어요. 난 그 대목을 아주 세심하게, 아주 공들여 옮겼어요. 마치 잘못하면 망가지거나 죽을 수도 있는 연약한 것을 다루듯이. 이런 경험은 온전히 현실에 속하는 것이 아니라 그 증거는 각자가 주장하는 서로 다른 이야기, 충돌하는 이야기들뿐이에요. 그래서 어느 대목도 잘못 옮겨서는 안 됐어요. 작업을 끝낸 후에는 이런 기분이 들더라고요. 작가님이 이 절반의 진실을 글로 씀으로써 그것에 정당성을 부여했다면, 나는 그 글을 다른 언어로 옮겨 계속 살아남을 수 있게 함으로써 정당성을 부여했다는 기분."

"우리는 살아남지요."

파올라는 빈 술잔을 기울여 안을 확인하며 말했다.

"우리의 몸은 그 쓸모가 다했는데도 삶을 이어가고, 이것이 그들을 가장 짜증나게 해요. 우리의 몸은 계속 살아남아 늙고 추해지고 그들이 듣기 싫어하는 진실을 말해요. 해적은, 우리가 헤어진 지가 언젠데 아직도 나를 노려요. 내가 생생해 보일 때마다 달려와 찍어누르려 난리죠. 포도주를 마셨더니 머리가 어지럽네요."

파올라가 장난기 섞인, 일그러진 미소를 지으며 덧붙였다.

"꼭 전남편이 내 머리채를 붙잡고 흔들던 때 같아요. 지금은 그때처럼 아프지는 않네요. 이 정도면 복수 아닌가요? 그 사람이 내 머리를 잡아당기면 얼마나 아팠는지 몰라요. 그러니 남편이 아니라 포도주 때문에 어지러운 머리로 이런 대화를 나누는 건 좋은 일이죠. 게다가 눈앞의 그림을 보세요, 접시 위에 목 잘린 남자의 머리가 담겨 있잖아요. 이해 안 되는 것이 있는데요. 왜 재혼하신 건가요, 알 건 다 아시는 분이. 글에 다 쓰셨잖아요. 재혼하면 다시 성역할의 법칙 속에서 살게 되는 건데요."

파올라가 내게 말했다.

나는 그 법칙들의 울타리 안에 살면서 그것들에 관해 더 잘 알게 되기를 바란다고 했다. 그러고는 옛날에 큰아들이 벽에 붙은 목 잘린 남자 그림을 모작했었다고, 자세한 부분은 생략한 채 그 안의 형체들과 형체들 사이의 공간적 관계만을 대충 스케치한 것이라고 했다. 흥미로운 점은 자세한 부분들, 그리고 그것들이 연관된 이야기가 생략되니 그림은 살인에 관한 작품이 아닌 사랑의 복잡성에 관한 작품이 되었다고 말했다.

파올라는 천천히 고개를 저었다.

"불가능해요. 그런 법칙들은 남자들을 위한 거예요. 어쩌면 아이들에게도 좋을 수 있죠. 하지만 여자들에게는 해변의 모래성 같은 환상에 지나지 않아요. 모래성이란 결국 어린아이가 자기 천성을 증명하는 수단이자, 다른 남자와 똑같이 자라기 전에 세운 임시 건물 같은 것이니까요. 성역할의 법칙 속에서 여자는 육지의 영속성과 바다의 난폭함 사이에 있는 임시적인 존재예요. 차라리 보이지 않는 편이 낫죠. 법 밖에 사는 편이 나아요. 그런 존재가 되는 거죠―그 단어가 뭐더라?"

파올라가 말했다.

"무법자."

펠리시아가 그림자 속에서 씩 웃으며 말했다.

"무법자."

파올라는 만족스러운 목소리로 말했다. 그러고는 빈 술잔을 들고 펠리시아의 잔에 건배했다.

"나는 무법자로 살래요."

택시 운전사는 나를 길가에 내려주고는 바다로 가는 길을 가리켰다. 두 팔을 흔드는 그의 몸짓은 산책로 너머까지, 모래 언덕 한가운데로 구불구불 나 있는 길을 따라 보이지 않는 곳까지 계속 걸어가야 한다고 알리려는 듯했다. 오후의 무겁고 압도적인 열기가 잦아들기 시작하며 하늘은 멍이 든 듯 부드러운 푸른색으로 물들었다. 모래사장의 경계에 세워진 흰색 시멘트로 된 낮은 담벼락은 아직 남은 한낮의 빛을 머금은 채, 조금씩 다가오는 그림자와 날카로운 대비를 이루었다. 모래 언덕 너머에서 희미하게 파도 소리가 들렸고, 아직 바다가 보이지 않는데도 수분으로 무거워진 공기와 탁 트인 풍경이 느껴졌다.

전화가 울렸고, 화면에는 작은아들의 이름이 떠 있었다.

"사고를 친 것 같아요."

아들이 말했다.

"자세히 이야기해봐."

내가 답했다.

어젯밤에 일어난 일인데, 하고 아들이 이야기를 시작했다. 친구들과 놀다가 실수로 불을 냈다고 했다. 기물 파손을 했다고, 어떻게 해야 할지 걱정이라고 했다.

"엄마는 외국에 있어서 전화해봤자 소용이 없을 것 같았어요. 그런데 아빠도 연락이 안 되는 거야."

아들이 말했다.

나는 괜찮냐고 물어보았다. 어쩌다가 그런 일이 일어났냐고, 무슨 생각이었냐고 물었다.

"파예, 가만히 내 이야기 좀 들어줄 수 없어?"

아들이 신경질을 냈다.

아들은 친구 둘과—남자애 한 명과 여자애 한 명—그중 한 명의 집에서 저녁을 보내고 있었다. 친구의 아파트에는 지하에 헬스장과 수영장이 있었다. 자정쯤 셋은 수영하러 가기로 했고, 수건과 수영복을 챙겨 아래층으로 향했다. 그런데 남자 아이들이 탈의실을 쓰고 나왔을 때 등 뒤로 문이 닫혀 잠겨버리고 말았다. 문제는 친구가 탈의실 히터 위에 수건을 널어두었다는 것이었다. 몇 분이 지나자 탈의실 창문 너머로 수건에 불이 붙은 광경이 보였다.

"벽에 긴 손잡이가 달린 수영장 청소 도구가 세워져 있었어요."

아들이 말했다.

"그래서 그걸 가져다가 창문을 부순 다음, 손잡이 끝에 수건을 걸어 깨진 창틈으로 꺼낸 다음 불을 껐어요. 사방이 깨진 유리 조각이고 수영장은 연기가 자욱했는데, 경보음이 울리면서 사람들이 전부 안으로 달려드는 거예요. 우리한테 소리를 지르면서 공공 기물을 파손했다고 몰아붙였고, 무슨 일이 있었는지 설명하려고 해도 들어주지 않았어요. 친구들은 유리를 밟아 발에서 피가 흐르는 채로 너무 무서워서 훌쩍훌쩍 우는데, 그 사람들은 계속 우리 얼굴에 대고 소리를 질러댔어요.

그중 한 아저씨는 위층에서 자고 있는 자기 아이들 이야기를 했어요. 그 애들이 자다가 깨서 방에 연기가 있는 걸 봤으면 얼마나 놀랐겠냐고. 실제로는 잠에서 깨지도 않았는데. 우리 이름이랑 주소를 받아 적더니 경찰에 연락할 거라고 말하고는 나갔어요. 우리는 계속 수영장에 있었고. 나는 유리 조각을 청소한 다음 몇 시간 동안 친구들 발에 박힌 유리를 빼줬어요. 둘 다 얼마나 놀랐던지. 잠시 그렇게 있다가 친구들한테 그냥 집에 가라고, 내가 경찰이 올 때까지 기다리겠다고 했어요. 그런데 기다리고 또 기다려도 경찰이 안 왔어요. 그래서 밤새 기다리다가 결국에는 그냥 일어나서 학교에 갔어요."

아들은 울기 시작했다.

"수업 중에 누가 들이닥쳐서 나를 불러 갈 것 같아서 온종일 가슴 졸였어요. 어떻게 해야 할지 모르겠어."

아들이 말했다.

나는 그 건물 수영장이 원래 밤에 이용해도 되는 곳인지 물어보았다.

"당연하지."

아들이 엉엉 울면서 말했다.

"다들 밤에도 수영한다고. 그리고 문이 잠긴 것도 우리 잘 못은 아니야. 친구가 문이 고장 났다고, 수리했어야 했다고 그랬다고요. 히터에 수건을 올려놓은 건 바보 같았지만 그러지 말라는 안내 같은 것도 없었고, 불이 날 수 있다는 생각을 못했어요. 왜 경찰이 안 왔는지 모르겠어요. 어떻게 해야 할지 도무지 모르겠어서 차라리 경찰이 왔으면 좋겠다고 바랐다니까."

"경찰이 안 온 건, 너희가 아무 잘못도 안 했기 때문이야."

내가 말했다.

아들은 아무 대꾸도 없었다.

"사실 칭찬을 받아 마땅하지. 청소 도구를 썼던 건 정말 좋은 생각이었고, 그러지 않았다면 건물 전체로 불이 번졌을 수도 있으니까."

내가 말했다.

"편지를 썼어요, 쉬는 시간에."

아들이 곧바로 말했다.

"일어난 일을 전부 설명한 편지예요. 편지를 갖다 놓으려고요, 사람들이 읽을 수 있도록."

우리 둘 다 아무 말도 하지 않았다.

"집에 언제 와요?"

아들이 물었다.

"내일."

내가 답했다.

"엄마한테 가도 돼요?"

아들이 묻고는 곧바로 덧붙였다.

"가끔은 벼랑 같은 곳에서 떨어질 것 같은 기분이야. 아무 것도, 아무도 나를 잡아줄 수 없을 것 같아요."

"피곤한 거야. 밤새 잠을 한숨도 못 잤으니."

내가 말했다.

"너무 외로워. 그런데도 사생활은 전혀 누리지 못해요. 사람들은 내가 존재하지도 않는 것처럼 행동해. 뭘 해도 개의치 않아요. 면도날로 손목을 긋는다고 해도 눈치채지도, 상관하지도 않을 것 같다니까."

아들이 말했다.

"그렇다고 해서 네 잘못은 아니야."

내가 말했다.

"나한테 질문은 잔뜩 하는데, 답을 연결해서 생각하지 않아요. 내가 이미 해준 이야기와 연관 지어서 고민하는 법이 없어. 전부 무의미한 사실의 나열일 뿐이야."

아들이 말했다.

"모든 사람에게 네 이야기를 할 수는 없어. 어쩌면 단 한 사람에게는 할 수 있겠지."

내가 말했다.

"어쩌면."

아들이 말했다.

"네가 원할 때 언제든지 와. 얼른 보고 싶다."

내가 말했다.

하늘이 흐릿한 붉은색으로 물들어 있었고, 잔잔했던 바람이 강해지며 모래 언덕 위의 마른 풀들이 앞뒤로 흔들렸다. 아무도 없는 산책로를 따라 걸어가자 해변이 펼쳐졌다. 황량하고 군데군데 쓰레기가 굴러다니는 모래사장의 비스듬한 가장자리로 파도가 밀려와 부서졌다. 바람이 더욱 강해졌고, 입자가 굵은 잿빛 모래사장 위로 언덕의 그림자가 길게, 우뚝 솟은 산처럼 드리웠다. 그림자 가운데에 웅크리고, 서 있고, 앉아 있는 사람들이 보였다. 주로 둘씩 짝지어 있었는데, 가만히 있기도 했고 어떤 원시적인 작업에 여념이 없는 듯 자기들끼리 분주하기도 했다. 그리 멀지 않은 곳에는 떠다니는 나무를 주워 만든 모닥불이 타고 있었고, 바람이 하늘 높이 연기를 날렸다. 불 주변에도 사람들이 모여 있었다. 어두컴컴한 저녁 하늘을 배경으로 그들의 담배 끝이 강렬한 주황색으로 타올랐다. 가끔 대화를 나누는 낮은 목소리가 들렸으나 바람과 부서지는 파도 소리에 지워졌다.

나는 그 사람들 사이로 해변을 가로지르기 시작했다. 전부 남자들이었고, 아무것도 안 입거나 허리에 천 하나를 두른 모습이었다. 몇몇은 앳된 티가 역력했다. 대부분 내가 지나가는 동안 침묵을 지키며 시선을 돌리거나 내가 보이지 않는 척했으나, 한둘은 무표정한 얼굴로 나를 빤히 응시했다. 놀라울 정도로 아름답고 풋풋한 남자애가 흘긋 나와 시선을 엮고는 고개를 돌리더니, 옆에 있는 다른 남자의 근육질 어깨로 수줍게 얼굴을 묻었다. 그는 무릎을 꿇고 있었는데, 다른 남자의 커다란 손 밑으로 그의 둥그런 엉덩이 곡선이 보였다. 나는 계속 발걸음을 옮겼고, 모닥불 주변에 모여 있는 한 무리 남자들을 지나쳤다. 그들은 숲속의 놀란 동물들처럼 고개를 돌려 나를 바라보았다. 하늘에는 노란색과 검은색이 섞인 기이한 붉은 빛이 얼룩처럼 퍼져 있었다. 더 먼 곳에는 부두와 교외의 건물들이 파도가 만들어낸 물안개 속에서 희뿌옇게 빛났다.

나는 아무도 없는 곳으로 가서 옷을 벗기 시작했다. 몇 발자국 떨어진 곳에서 바다가 들썩이고 요동쳤다. 출렁이고 넘실거리는 파도의 결을 따라 붉은빛, 잿빛이 어른거렸다. 모래 언덕을 넘어가자 바람이 더 거세져 미세한 모래조각이 피부 위로 날아왔다. 나는 내리막을 따라 밀려드는 파도 사이로 빠르게 나아갔다. 해변은 경사가 심해 내 몸은 곧 넘실대는 바닷물에 들어섰고, 무겁고 세찬 수면에 떠올라 파도의 오르내림에 따라 위아래로 움직였다.

남자들은 몸을 돌려 나를 바라보고 있었다. 그중 한 사람이 자리에서 일어났다. 곱슬곱슬 덥수룩한 검은색 수염이 있는 덩치 크고 우락부락한 남자로, 배가 둥글고 허벅지가 햄처럼 두꺼웠다. 그가 내리막을 따라 천천히 물가로 다가오자, 수염 사이로 미소를 머금은 입과 어렴풋이 반짝이는 치아, 내게 고정된 시선이 보였다. 나는 우리 사이의 간격을 인식하면서, 물결 속에서 오르내리면서 그의 눈빛을 맞받았다. 그는 파도가 부서지는 곳에서 발걸음을 멈추고 마치 신처럼 빛나는 벌거벗은 몸으로, 미소를 머금은 채 섰다. 그러고는 두꺼운 페니스를 잡고 바다에 오줌을 싸기 시작했다. 어찌나 많이 싸는지 바다에 금색 밧줄을 던지기라도 하는 듯 세찬 물줄기가 번쩍거렸다. 그는 악의적인 쾌감이 번뜩이는 새카만 눈동자로 나를 바라보았고, 그사이 노란 물줄기는 멈추지 않고 그의 앞으로 흘러나왔다. 몸에 더 남은 것이 있다고 믿기 힘들 정도였다. 넘실거리는 바닷물 속에 안겨 있는 나는 숨을 몰아쉬는 거대한 생명체의 품속에 누워 있는 듯한 기분이었고, 남자는 깊은 바닷속으로 오줌을 쌌다. 나는 잔인함과 즐거움이 들어찬 그의 눈을 바라보았다. 그가 멈추기를 기다렸다.

새로운 시작을 결심하는 여자의 찬란한 용기

• 옮긴이의 말

『영광』과 함께 레이첼 커스크의 '윤곽 3부작'이 마무리되었다. 『영광』은 앞선 두 작품, 『윤곽』 그리고 『환승』과 비슷하지만 사뭇 다르다. 이 작품에서도 화자 파예는 주로 청자의 역할을 수행하고 있다. 사람들을 만나고, 그들의 이야기를 듣고, 들었던 것을 독자에게 전한다. 각양각색의 인물이 털어놓는 이야기는 때로 흥미진진하고 때로 절절한데, 주로 인간이라면 누구든 공감할 수 있는 이별과 상실, 정체성의 위기를 주제로 하고 있기에 독자는 자신의 삶과 감정을 더듬으면서 마음 깊은 곳이 저릿해지는 독서 경험을 할 수 있다. 그러나 『영광』에서는 그런 독서를 기반으로 더욱 구체적이고 또렷한 상실의 주체를 인식하게 된다. 바로 글쓰기를 상실한 작가, 레이첼 커스크다.

'윤곽 3부작'의 탄생

일단 커스크가 어쩌다가 이런 소설들을, 그러니까 화자가 전하는 타인의 이야기로 구성된 소설들을 쓰게 되었는지 이야기하고자 한다. 원래 저자는 영국 중산층 여성과 가족의 현실에 천착해 등장인물과 사건과 배경이 있는 전통적이고 자전적인 소설을 썼고, 그런 작품으로 탄탄한 성공을 거두었다. 그러다가 아이를 낳았고, 그 경험으로 회고록을 썼다. 그 후, 이혼을 했고, 그 경험으로 또다시 회고록을 썼다. 파예에 의하면 결혼이란 "하나의 이야기"인 만큼 커스크에게 결혼, 즉 이야기가 무너진 것은 커다란 충격이었고, 그녀는 그 경험을 고통스러울 정도로 솔직하게 기록했다. 그러나 영국 독자와 평단은 그녀의 자전적 소설들을 즐겁게 읽었던 것과 달리 이 내밀한 회고록에는 우호적이지 않았다. 실로 커스크의 이혼에 관한 회고록 『후유증: 결혼과 이혼에 관하여』(*Aftermath*)는 엄청난 비판(이나 비난)을 맞닥뜨렸다.

이혼 후 커스크는 자신이 두 아이를 뱃속에서 길러 낳은 어머니인 만큼 단독 양육권을 가질 자격이 있다고 느꼈고 그것을 숨기지 않았다. 남편과 사는 동안 페미니즘의 원칙에 부합한다고 생각해서 가족의 생계비를 벌어왔건만 육아와 집안일 등 어머니와 아내로서 해야 할 임무는 전혀 줄어들지 않았고 이혼 후에는 오히려 남편에게 수당을 주게 된 현실을 통탄했다. 자신의 정체성이 "자기혐오에 빠진 복장도착자" 같은 것이었다고, 완벽한 페미니스트가 되기 위해 여성의 몸을 혐오하면서 남성의 옷을 입어야 했다고 묘사했다. 나는 이런 묘사가 예리하다고 생각했다. 어째서 성평등을 위해 어머니와 아기가 공유하는 육체의 역사는 완전히 무시당할 수밖에 없는 것인지, 여성은 왜 전통적으로 남성의 미덕이었던 경제력을 갖춰도 아내와 어머니로서의 임무를 덜어낼 수 없는지, 커스크의 질문이 불편할지언정 유효하다고 생각했다. 어쩌면 유효해서 불편한 것일지도 몰랐다. 하지만 그녀의 글이 너무 주관적이고 자기중심적이고 적나라하다고 생각한 (혹은 너무 소심하고 진실을 제대로 드러내지 않았다고 생각한) 독자가 적지 않았다. 『선데이타임스』의 칼럼니스트 카밀라 롱은 커스크를 "나약하고 보잘것없는 지배자이자 제일가는 나르시시스트"라고 비판했다.

커스크는 이혼 때문에, 『후유증』을 향한 비판(이나 비난) 때문에 "창작자로서 죽음"을 겪었다고 한다. 거의 3년 동안 읽지도 쓰지도 못했다. 자신이 믿어온 삶의 관점과 플롯이 완전히 무너져버린 상황에서, "글쓰기와 삶이 똑같다"고 생각하는 작가가 과거의 창작관을 붙들고 있는 것은 무리였다. 소설은 가짜라고, 쓰기 민망하다고 생각했다. 등장인물을 만들어내고 그들이 사건을 겪게 만드는 행위가 우습게 느껴졌다. 하지만 자서전을 쓸 수도 없었다. 더는 오해당하거나 독자의 분노를 자극하고 싶지 않았다.

인간으로서, 작가로서 외롭고 지친 상태에서, 아무도 자신을 지켜주지 않는 상황에서 커스크의 주의를 끈 것은 생전 처음 보는 사람들의 이야기를 듣는 행위였다. 상대에 대해 아무것도 모르는 채로 그들이 자기 삶을 묘사하는 것을 듣고 있으면 아무런 판단 없이 "서사의 순수성"을 감각할 수 있었다. 그렇게 『윤곽』이 탄생했다. 1인칭 화자가 낯선 사람의 이야기를 사전 정보도 맥락도 없이 듣고 전해주는 소설, 주인공의 "관점이 전멸한" 소설이. 화자가 살과 피가 있는 인간이 아니라 거울이 되어 타인을 비추는 소설이.

파예와 레이첼

'윤곽 3부작'의 화자 파예는 좀처럼 자신을 드러내지 않지만 분명 커스크를 닮았다. 어쩌면 저자가 자신을 기반으로 설정 몇 가지만 바꿔 동일시될 위험을 피했다고 할 수도 있을 것 같다. 둘 다 영국에 사는 중년 여성 작가이고, 이혼했으며, 아이가 둘이고, 후에 재혼했다. 관심사와 행적도 비슷하다. 그리스 아테네에서 글쓰기를 가르치고, 런던의 집을 개조하고, 독일 퀼른의 문학 행사에 참가하는 것* 등은 전부 파예와 커스크가 공유하는 경험이다.

그래도 파예는 파예고 레이첼은 레이첼이다. 그래서 화자를 저자와 동일시했던 나 같은 독자에게 『윤곽』에서 느지막이, 주택대출회사 직원에 의해 처음으로 파예의 이름이 호명된 것은 깜짝 놀랄 만한 일이었다. 이런 효과를 노린 것인지, 실제로 『환승』에서도 『영광』에서도 이름은 느지막이 한 번씩만 언급된다. 게다가 파예는 아들이 둘이고 커스크는 딸이 둘이며, 퀼른에서 10년 만에 재회한 여성 기자에 의하면 아들을 기르는 것과 딸을 기르는 것은 천지 차이다.

'윤곽 3부작'의 첫머리에서 드러나는 화자와 저자의 가장 명확한 차이점은 파예가 (소설의 화자답지 않게) 자기 이야기를 자제한다는 것, "받아들이기만 하면 되는 걸로 생각"하며

---

* 『영광』에서 파예가 참가하는 문학 행사와 콘퍼런스는 주최 장소가 명시되는 것은 아니지만 전자는 독일 퀼른, 후자는 포르투갈 리스본일 확률이 높다. 일단 행사가 퀼른에서 열렸다는 것은 헤르만의 지하 공연장(퀼른 필하모니)과 라인강 묘사, 파예의 호텔(호텔 바세르투름) 묘사에서 추측할 수 있고, 콘퍼런스가 리스본에서 열렸다는 것은 수녀들이 만든 에그타르트, 경사진 도시 구조, 파올라가 소개한 교회(상도밍구스 성당) 묘사에서 추측할 수 있다.

타인의 이야기를 수용한다는 것이었다. 받아들이기만 하는 화자라니, 과거의 커스크에게서는 이런 특성을 찾아볼 수 없었다. 그래서 듣고 또 듣는 파예를 화자로 내세운 그녀는, 자기 삶의 고통을 낱낱이 공개해 공분을 샀던 작가에서 겸허하고 이타적인 작가로 거듭난 것처럼 보이기도 했다.

그러나 이야기를 있는 그대로 받아들이는 것이 가능한가? 몸과 생의 역사가 있는 인간은 거울처럼 타인의 이야기를 비추어 보여줄 수 없다. 인간의 뇌는 원하든 원하지 않든 이야기에서 정보를 취사선택하기 마련인 데다가, 재구성해 글로 쓰는 과정에서는 어쩔 수 없이 왜곡이 발생한다. 더군다나 청자가 '서사'라는 것에 근본적인 회의를 품고 있다면? 『윤곽』에서 화자는 상대의 어휘를 고쳐주기도 하고 인물의 진위성을 질문하기도 하면서 완전한 몰입이나 공감을 거부했다. 게다가 그녀는 "더 이상은, 누구를, 그리고 그 무언가를 설득하고 싶지" 않고 "아무것도 원하지 않기로" 했다는 등 상당히 허무주의적인 발언을 흘렸다. 실제로 저자는 『윤곽』을 두고 안젤리키를 비롯한 다양한 화자들은 "아직 이야기 안에 있는 사람들"이고, 파예는 "이제 이야기를 믿지 않겠다고 말하는" 사람이라고 설명했다. 즉, 파예는 커스크가 소설을 폐기한 것처럼 삶의 서사성을 거부하려는 것이었다. (그것을 겸허함이라고 부를 수 있을지는 잘 모르겠다.)

그래서 『환승』에서 더는 받아들이기만 하지 않겠다는 다짐을 암시하고, 당혹감과 외로움을 느끼면서 새로운 사랑에 뛰어드는 모습을 드러냈던 대목들은 '윤곽 3부작'의 마지막을 기대하게 했던 것이다. 그녀의 과묵하고 허무한 청자로서의 역할에, 그녀의 거울에 균열이 생겼으니까. 이야기를, 이야기로서의 결혼을 폐기한 파예와 커스크가 그 폐기를 회의하기 시작했으니까. '환승'의 끝에는 도착이 있을 테니까.

깨진 거울

『영광』의 파예는 『환승』에서처럼 자신의 내밀하고 사적인 순간을 공유하지 않는다. 독자는 그녀가 재혼했다는 소식도 타인의 입을 통해 듣게 된다. 그러나 그녀는 앞선 두 소설보다 더욱 존재감이 강하다.* 이야기하는 사람들의 외모와 행동을 때로는 잔인할 정도로 집요하게 관찰하고, 그들의 이야기에 반응하면서 논평을 덧붙인다. 가령 비행기에서 자꾸만 복도로 발을 뻗는 "일시적인 남성성"의 남자가 자신의 딸에게 문

---

* 사실 이야기하는 사람들의 맥락도 더욱 또렷하다. 『영광』에는 오래전에 만났던 사람들, 심지어 전작에 등장했던 인물까지 등장하고, 파예는 그들의 달라진 모습을 감각하면서 궁금증을 품는다.

제가 있다고 이야기하자 파예가 "사람들은 자신에게 문제가 있다는 생각보다 자식에게 문제가 있다는 생각을 더 쉽게 또 기꺼이 받아들이는 것 같다"고 대꾸하는 장면은 인상적이다. 또, 언니를 질투한 기자 이야기는 『윤곽』의 파예가 전했다면 안타까움과 공감의 대상이 될 수도 있었겠으나, "서사를 향한 충동의 뿌리가 사건을 유의미한 방식으로 연결하려는 욕망이 아니라" "죄책감을 피하려는 욕망일 수도 있다"는 평은 사뭇 다른 뉘앙스를 부과한다.

그리고 파예가 만나는 사람들을 고민하면 할수록 파예의, 커스크의 존재감을 느끼게 된다. 『영광』에서는 화자와 저자의 유사성이 유독 뚜렷하다. 일단 파예가 썼다는 책은 '윤곽 3부작'과 굉장히 닮았다. 『영광』의 후반부, 포르투갈 콘퍼런스의 저녁 식사에 동석한 기자는 파예가 사람들에게 묻는다는 한 가지 질문을 언급하는데, '여기에 오기까지 무슨 일이 있었냐'는 그 질문은 『윤곽』에서 파예가 글쓰기 수업의 학생들에게 하는 질문이다. 또 포르투갈에서 이뤄진 세 번째 인터뷰에서 앳된 기자는 파예의 책에 등장한다는 인물, 평생 비가 내리는 추운 곳에서 살다가 날씨 좋은 곳으로 이사하고 성격이 바뀐 인물을 언급하는데, 그는 분명 『윤곽』에 등장하고 『영광』에 재등장하는 라이언이다. 게다가 『영광』에서는 커스크가 등장인물의 입을 빌려 자신의 이야기를 한다. 가령 두 번째 인터 뷰를 진행한 "학구적인 공주" 같은 기자가 내놓는 루이즈 부르주아의 거미 작품과 여성성에 관한 논평, 여성 예술가들이 늙거나 죽어 무해해지면 대중의 인기를 끌기 시작한다는 의견은 그녀의 에세이와 인터뷰에서 확인할 수 있는 것이다. 또, "이야기가 작동하려면 잔인함이 있어야만" 한다는 소피아의 말은 "사물과 언어 사이의 관계는 폭력의 가능성을 만들어낸다"는 커스크의 말을 상기함으로써, 사실 그녀가 두 사람의 입을 빌려 자신의 의견을 개진하고 있다는 것을 암시한다.

그러니까, '받아들이기만' 하겠다는 태도의 공허함을 인식하고 그것을 멈추기로 결심하는 주체는 파예이자 커스크다. 포르투갈 콘퍼런스의 첫 번째 인터뷰는 그래서 의미심장하다. "작가의 명성을 쌓아올리고 또 부수는 일에 전문가"로 알려진 기자는 "부정의 문학"의 한계를 지적한다. 부정의 문학은 "난관에 부딪힐 수밖에" 없다고, 이런 글의 솔직함은 "모두가 꼼짝없이 한배에 갇혀 있는 상황에서 바다로 뛰어내리려는 자의 솔직한 마음"이지만 진정한 솔직함은 "배에 남아 배의 진실을 밝히기 위해 노력하는 사람의 솔직함"이라고 한다. 여기서 '부정의 문학'은 전통적 소설이 취하는 관점과 서사와 상상력을 거부하고 제거한 문학으로 풀이할 수 있을 텐데, 토마스 베른하르트의 소설만큼이나 레이첼 커스크의 '윤곽 3부작'도 이에 해당한다. 어쩌면 거울로 어떤 형상을 비추었느냐의 차이만 있을지도 모른다. 다시 말해, 처음에 파예가 '받아들이기만' 하는 청자가 되었던 것은 "물이나 유리처럼 순수하게 앞에 있는 것을 반사해낼 수 있는 솔직함" "미덕과 악덕 중 그 어느 것도 편들지 않으면서 세상을 공정하게 묘사할 수 있는 솔직함"의 가능성을 믿었기 때문일 수도 있다. 그리고 그 과정에서 작가, 즉 인간은 거울일 수 없으며, 자신이 거울로서 세상을 비추는 일에 몰두하면 결국 "악에 기여"하게 된다는 것을 직감한 것 아닐까. 그래서 "거울을 부숴"버린 것 아닐까, "그것이 폭력의 결과였는지 그저 실수였는지 모르는 채로."

악마를 바라보기

그렇다면 커스크가 거울이 됨으로써 기여할 뻔했던 악은 정확히 무엇일까? 그 힌트를 얻기 위해 다시 포르투갈 콘퍼런스의 첫 번째 인터뷰로 돌아가고자 한다. 기자는 "무엇보다 참을 수 없는 것은 이류들, 부정직한 자들, 무지한 자들의 승리"라면서, "자신의 작업이 세심한 고민이나 예술적인 능력이나 심지어 막대한 수고의 결과가 아니라 신비로운 영감, 최악의 경우 상상력의 소산인 것처럼 구는 작가들"을 비판한다.

그러나 "이런 현실과 싸우려 들었다가는" "절망에 굴복하게" 된다고, "바리새인과 너무 많은 시간을 보내느라 정작 악마를 바라보지 못하게" 된다고 한다.

『영광』에서는 위의 기자뿐만 아니라 많은 인물이 동시대 문학계의 경향을 비판한다. 그들에 따르면 요즘 작가들은 낭독회에서는 활약할지언정 쓰는 책은 기껏해야 그저 그런 수준인 데다가, 제자와 함께 쓴 책을 자기 것인 양 행세하면서 동료 작가를 깔본다. 제인 오스틴을 비롯한 고전 작품은 끊임없이 영화와 드라마로 소비되며, 독자들은 헤르만 헤세의 책을 더는 '힙'하지 않아 들고 있으면 부끄럽다고 여기고, 세제를 사듯 책을 사면서 무신경하게 별점을 남길 뿐만 아니라 "어려운 작가를 읽는 일에 수반되는 수고 없이 문학의 뉘앙스만 경험"하고자 한다.

하지만 다시 한번, "이런 현실과 싸우려 들었다가는 부정의 문학을 무효하게 만들었던 바로 그 절망에 굴복하게 될지도 모른다." 작가는 바리새인이 아닌 악마를 바라봐야 한다. 그렇다면 악마는 무엇인가? 커스크는 굴복하지 않고 악마를 바라보기로 했을까?

그 답은 마지막 장면에 있는 듯하다. 마지막 장면에서 파예는 "잔인함과 즐거움이 들어찬 그의 눈"을 바라보는데, 여기서 "그"는 파예가 몸을 담근 "생명체의 품속" 같은 바다로 오줌을 싸는 남자다. (소설 초반부에서는 여성 승무원과 남성 고객이 시선을 맞받고 파예가 그 모습을 묘사한다.) 다시 말해 남성 우월주의가 강하다고 알려진 포르투갈의 해변에 벌거벗은 남자들이 모여 있고, 여자가 그들을 지나쳐 바다*에서 헤엄치기 시작하자 그들 중 한 명이 물속의 여자를 바라보면서 바다에 오줌을 싸는 것이다.

"신처럼 빛나는" 몸이 "금색 밧줄"을 던진다는 신화적인 묘사 때문일까, 나는 이 장면에서 이 소설의 제목을 떠올렸다. 성별을 구분해 수여하기 전까지 여성은 누릴 수 없다는 바로 그 '영광'이라는 특별상을. 자국에서 무시당하는 여성 페미니스트 작가 소피아에 따르면, 그녀가 번역해 홍보한 루이스는 솔직한 글쓰기로 호평받았으나 남자가 아닌 여자였다면 "솔직함 때문에 조롱"당했을 것이고, "최소한 호평은 못 받았을" 것이다. 이 지적은 루이스의 외모와 작품 묘사가 노르웨이 작가 칼 오베 크나우스고르를 상기한다는 점에서 의미심장하다. 그는 일상과 삶의 면면을 상세하게 묘사하는 자전적인 소

---

* 『영광』의 파올라에 의하면 육지는 영속적인 공간, 바다는 난폭한 공간이고, 소피아에 의하면 이야기가 작동하려면 잔인함이 있어야만 한다.

설 '나의 투쟁' 연작으로 유명한데, 종종 커스크와 함께 언급되지만 그녀보다 더 확실한 찬사를 받고 있다. 다시 말해 소피아의 지적이 가리키는 것은 여성의 회고록은 악평받고 남성의 자전적 소설은 열렬히 찬사받는 현실 아닐까. 게다가 화자의 존재감이 희박한 '윤곽 3부작'이 받은 호평은, "사람들은 실체가 확실한 여성 화자보다 모호한 화자를 선호한다"는 커스크의 의심을 증명했다. 과연 단테의 『신곡』이 별 1개를 받는 것 정도는 바리새인에 비할 만하지 않은가. 악마는 따로 있다.

『윤곽』이 출간된 후, 커스크는 2015년에 진행한 인터뷰에서 '윤곽 3부작'의 마지막 작품이 "평화를 발견하는 내용"이라고 말했다. 나는 소설의 제사로 쓰인 스티비 스미스의 시, 떠날 수 있는 최후의 순간에 자리를 박차고 일어난 여자를 떠올린다. 떠날 때를 알고 떠난 자의 평화를. 그리고 다시금 난폭한 바닷속의 파예를, 영속적인 육지를 바라보면서 남성의 잔인하고 즐거운 시선을 맞받는 파예를 떠올린다. 악을 직시하기로 한 자의 평화를.

올해 레이첼 커스크는 열한 번째 소설 『두 번째 장소』(*Second Place*)를 발표해 부커상 후보에 올랐다. '윤곽 3부작'의 끝에서 무엇보다 신작의 형식이 궁금해지는 것은 자연스러운데, 평에서 마르그리트 유르스나르의 『하드리아누스 황제의 회고록』이 언급된다는 것은 이 소설이 편지의 형식을 취한다는 뜻일 테다. 그렇다면 이제 '윤곽 3부작'의 거울 실험은 끝났다, 거울을 깨고 악을 직시하는 것으로. 그녀의 신작을 앞에 두고, 산산이 부서진 끝에서 새로운 시작을 결심하는 여자의 용기란 얼마나 찬란한지 생각하고 있다.

2021년 가을
임슬애

참고 자료

Camilla Long, "*Aftermath: On Marriage and Separation* by Rachel Cusk," *The Sunday Times*, 2012. 3. 4.

Francesca Wade, "Interview with Rachel Cusk," *The White Review* No. 14, 2015. 8.

Kate Kellaway, "Rachel Cusk: '*Aftermath* was creative death. I was heading into total silence'," *The Guardian*, 2014. 8. 30.

Rachel Cusk, *Aftermath: On Marriage and Separation*, Farrar, Straus and Giroux, 2012.

──── , *Coventry: Essays*, Farrar, Straus and Giroux, 2019.

Sheila Heti, "Rachel Cusk, The Art of Fiction No. 246," *The Paris Review* No. 232, 2020. 1.

레이첼 커스크의 '윤곽 3부작'

사랑할 수 없는 사람들의 상실 혹은 단절
『윤곽』

또 다른 삶으로 가는 여정
『환승』

타협 없는 어둠의 찬란한 성취
『영광』

레이첼 커스크 Rachel Cusk, 1967–

1967년 캐나다에서 태어난 레이첼 커스크는 어린 시절을 로스앤젤레스에서 보낸 후 1974년 영국으로 이주해 옥스퍼드 대학에서 영문학을 전공했다. 2018년에 구겐하임 펠로십을 수상했으며 현재 파리에 살고 있다. 첫 소설 『아그네스 구하기』(*Saving Agnes*, 휘트브레드 신인소설가상)를 1993년에 출간한 이후, 『어느 도시 아가씨의 아주 우아한 시골생활』(*The Country Life*, 서머싯 몸상 수상), 『알링턴파크 여자들의 어느 완벽한 하루』(*Arlington Park*, 오렌지상 최종 후보), 『운 좋은 사람들』(*The Lucky Ones*, 휘트브레드 소설상 최종 후보), 『우리에 갇혀』(*In the Fold*, 부커상 후보), 『두 번째 장소』(*Second Place*, 부커상 후보) 등 그녀의 소설은 주로 사회가 만들어놓은 여성상과 이에 대한 풍자를 주제로 했다.

지금까지 모두 열한 편의 장편소설을 발표했고, 2003년에는 『그란타 매거진』이 선정하는 '영국 최고의 젊은 소설가'로 뽑혔다. 루퍼트 굴드가 연출하고, 레이첼 커스크가 각본을 쓴 에우리피데스의 『메데이아』(*Medea*, 2015)는 수잔 스미스 블랙번상의 최종 후보로 선정되기도 했다. 특히 10년 간의 결혼 생활과 이혼의 아픈 경험을 대담하고 솔직하게 담은 그녀의 회고록 『일생의 일: 엄마가 되는 것』(*A Life Work: On Becoming a Mother*, 2001)과 『후유증: 결혼과 이혼』(*Aftermath: On Marriage and Separation*, 2012)은 영국 문단에 큰 파장과 논쟁을 낳았다.

긴 공백 후, 커스크는 새로운 형식의 소설적 글쓰기를 시도한다. 주관적이고 직관인 견해는 피하면서 서사적 관습에서 벗어나 개인적 경험을 표현하는 것이다. 이 새로운 프로젝트는 '윤곽 3부작'인 『윤곽』(*Outline*, 2014), 『환승』(*Transit*, 2016), 『영광』(*Kudos*, 2018)으로 발전했고, 해외 문단에서 높은 평가를 받고 있다.

옮긴이 **임슬애** Lim Seray

고려대학교에서 불어불문학을, 이화여자대학교 통역번역대학원에서 한영번역을 공부하고 현재 번역가로 일하고 있다. 리디아 유크나비치의 『숨을 참던 나날』, 엘리너 데이비스의 『오늘도 아무 생각 없이 페달을 밟습니다』, 니나 라쿠르의 『우리가 있던 자리에』 등을 옮겼다.

영광

지은이 레이첼 커스크
옮긴이 임슬애
펴낸이 김언호

펴낸곳 (주)도서출판 한길사
등록 1976년 12월 24일 제74호
주소 10881 경기도 파주시 광인사길 37
홈페이지 www.hangilsa.co.kr
전자우편 hangilsa@hangilsa.co.kr
전화 031-955-2000~3 **팩스** 031-955-2005

부사장 박관순 **총괄이사** 김서영 **관리이사** 곽명호
영업이사 이경호 **경영이사** 김관영 **편집주간** 백은숙
편집 김지수 노유연 김지연 최현경 김영길
관리 이주환 문주상 이희문 원선아 이진아 **마케팅** 정아린
디자인 창포 031-955-2097
인쇄 예림 **제본** 예림바인딩

제1판 제1쇄 2021년 10월 29일

값 15,500원
ISBN 978-89-356-6884-7 03840